I coralli

© 2009 Giulio Einaudi editore s.p.a., Torino
www.einaudi.it

ISBN 978-88-06-19103-0

Mariolina Venezia

Come piante tra i sassi

Einaudi

Come la Procura di Matera, in questo romanzo, non è dove dovrebbe essere, cosí ogni riferimento a persone, fatti, ruoli risponde alle libere leggi della fantasia. I prefetti, i sostituti procuratori, gli appuntati e le casalinghe micidiali che popolano queste pagine sono creature fantastiche: ogni eventuale riferimento alla realtà è casuale.

Come piante tra i sassi

Prima parte

*...non piú furori a te reca l'estate
né primavera i suoi presentimenti...*

Capitolo primo

E tutti questi dove vanno, che manca piú di mezza giornata all'ora dello struscio? Ma non ce l'hanno un mestiere? Imma Tataranni si spenzolava dal davanzale al secondo piano della Procura della Repubblica, sforzandosi di allungarsi sulle punte dei piedi, perché quelle cazzo di finestre erano troppo alte e ci arrivava a malapena. Fra i passanti che transitavano in quel momento sotto gli alberelli del corso, cercando di ripararsi dal sole che riverberava sull'impiantito di piazza dei Caduti, enorme e tutta bianca da quando l'avevano rifatta, Imma avvistò una capigliatura castana striata da colpi di sole fatti con maestria e sicuramente di fresco, perché anche da quella prospettiva non si vedeva traccia di ricrescita. Strinse gli occhi per migliorare la messa a fuoco. Non poteva esserne sicura, ma le probabilità che fosse lei erano alte.

Maria Moliterni, impiegata di terzo livello nel settore amministrativo, e moglie del prefetto. Già da diversi mesi Imma aveva il sentore, quasi la certezza, che la signora approfittasse delle ore di servizio per andare a fare la spesa, ma non era ancora riuscita a sorprenderla in flagrante. Aguzzò la vista cercando di cogliere qualche altro dettaglio, quando il telefono nella stanza si mise a squillare. Fece in tempo a notare un paio di scarpe modello Chanel prima che con un'elegante falcata la signora svoltasse verso la piazza del mercato. Imma poggiò a terra la pianta dei piedi, annotando mentalmente l'orario, l'una e dieci, poi fissò il telefono. Erano rogne, ne era sicura.

Era sempre cosí quando squillava a quell'ora. Pensò immediatamente a Valentina, che doveva essere appena uscita da scuola e in quei giorni stava piantando una grana. Invece le dissero che avevano ucciso un ragazzo, a Nova Siri. Imma si sentí sollevata.

La Procura della Repubblica di Matera il sabato mattina assumeva un aspetto sinistro. Senza il solito viavai di belle signore togate, di uscieri, di gente venuta a sbrigare pratiche, di avvocati in abito blu riuniti in circolo come pinguini sulla banchisa, di imputati, testimoni, parenti, carabinieri e poliziotti, saltavano all'occhio tutte le magagne.

I muri sbrecciati e stinti. Lo scotch che imperversava. Marroncino, da pacchi, a sigillare porte, oppure a fissare grossi fogli di carta per oscurare qualche vetrata. Scotch telato penzolante su quadrati di plastica che fungevano da bacheche, con ordini di convocazione e comunicati di servizio attaccati alle estremità. Scotch colorato, giallo o blu, con scritte bianche o nere, che incaprettava macchinari in disuso arenati nei corridoi. Scotch trasparente che teneva insieme vetri rotti di finestre. Scotch appiccicato dove capita e basta.

E poi pile di scatoloni polverosi in precario equilibrio, con su scritto *Elezioni amministrative*, fili elettrici che spuntavano dai muri e si arrotolavano come serpenti, lampade al neon agonizzanti.

Imma attraversò i corridoi deserti col rumore dei tacchi che rimbombava, oltrepassò la porta con su scritto *Bagno chiuso per vandalismo* e raggiunse appena in tempo la macchinetta per timbrare i cartellini.

Lí davanti, Diana si stava infilando il soprabito. Si ostinava a usarlo, malgrado le mezze stagioni fossero sparite da un pezzo.

Ogni giorno all'una e ventidue la sua assistente smetteva di rispondere al telefono, passava in bagno, si lavava le mani col sapone personale che si portava da casa, poi tornava, prendeva il soprabito, che si infilava strada facendo, timbrava e usciva a e mezza spaccate.

Si fermò un attimo, quando Imma le diede la notizia, poi mormorò un che peccato a fior di labbra.

A Imma non sfuggí la leggera apprensione nel suo sguardo.

Si conoscevano dai tempi del liceo, quando per un periodo avevano anche diviso il banco, prima che Diana scegliesse di sedersi con Cucciniello, a fare chiacchiere e pettegolezzi che ebbero un pessimo influsso sul suo rendimento scolastico. Per questo Imma seppe immediatamente dare un nome alla preoccupazione che le leggeva negli occhi in quel momento: Cleo.

L'aveva avuta dopo quasi quindici anni di tentativi andati male e chiamarla Cleopatra le era sembrato il minimo. D'altronde lei stessa si chiamava Diana anziché Giuseppina, come avrebbe dovuto, in onore della luccicante cavallerizza che suo padre aveva visto una volta, al circo Orfei, e mai piú dimenticato. Anche se poi, a causa del viso leggermente allungato, Diana piú che alla cavallerizza somigliava al cavallo.

Nominava la figlia in qualsiasi discorso, a proposito e a sproposito, come per capacitarsi che esistesse davvero, con grande ammorbamento di Imma, che aveva sempre trovato i discorsi sui figli noiosi almeno quanto quelli sui fidanzati e sui preparativi di matrimonio, superati soltanto dai resoconti delle vacanze e dalle foto dei viaggi.

Forse fu per mettere in atto una piccola vendetta che aspettò qualche istante prima di dire alla segretaria di far salire Calogiuri, andando via, segno che aveva intenzione di sbrigarsela senza di lei.

Mentre se ne andava, sollevata, a scaldare lo sformato di patate, Diana le disse che aveva telefonato Perrone per quella cena delle ex compagne del liceo. Alla fine avevano deciso di farla a casa di Carmela Guarini. Volevano la risposta. Imma disse di sí pensando ad altro, e se ne pentí prima ancora di finire la sillaba, ma ormai era troppo tardi.

L'Alfa Romeo d'ordinanza imboccò la statale per Metaponto. Imma aveva l'elenco della sezione A che le scorreva in testa. Altieri, Ambrico, Amodio... Si stava chiedendo chi fosse la colpevole, perché le riunioni di classe sono un incubo per tutti, ma non si sa per quale motivo, e con quale intento, c'è sempre qualcuno che si prende la briga di organizzarle.

Accanto a lei Calogiuri guidava in silenzio. Quella mattina verso le sette c'era stato un rapido rovescio di pioggia che aveva pulito il cielo e poi era uscito il sole. Tutto brillava.

Una gazza bianca e nera, elegante come una dama dei primi del Novecento in abito da sera e grossa come un cagnolino, sbucò dai cespugli e planò davanti a loro scomparendo un attimo dopo dall'altra parte. Dei passerotti birbanti scendevano in picchiata e si piantavano sull'asfalto, sollevandosi in volo appena in tempo per non essere schiacciati dalle ruote. La macchina procedeva in mezzo a colline interamente ricoperte di un verde tenero e carico, striato del giallo dei fiori di rapa, uguale a quello dei colori a cera che solo pochi anni prima, quando ancora era possibile ragionarci, utilizzava Valentina.

Ma non era questo a occupare i pensieri di Imma, in quel momento. A parte le solite rogne, un'idea che le era venuta da poco l'attanagliava. Doveva fare qualcosa, quel pomeriggio. Ma cosa?

Con un movimento fluido, Calogiuri schivò un imbecille che stava per andargli addosso e si rimise in carreggiata.

Imma formulò a un tratto il pensiero che l'appuntato fosse una delle cose migliori che le erano capitate negli ultimi anni. Non perché era un bel pezzo di giovane, come avevano notato fin dal primo giorno le segretarie, le dattilografe, il personale amministrativo, alcune avvocatesse e le ragazze del bar, arrivando a malignare che fosse il motivo per cui l'aveva scelto come proprio collaboratore personale, ma perché se ne stava zitto, muto, e non parlava se lei non gli rivolgeva la parola. Adesso pensava a guidare, cosa che peraltro faceva magnificamente, concentrato, prudente e veloce. Stavano uno accanto all'altro in perfetto silenzio, col rassicurante fruscio delle ruote sull'asfalto, senza bisogno di dire idiozie.

La strada non era molto trafficata, a quell'ora. Imma la guardava scorrere mentre sul parabrezza si schiantavano insetti di ogni genere, lasciando grosse macchie di succo verde o giallo. Uno anche una strisciata di sangue. Era primavera.

L'evidenza la colpí inaspettatamente. I campi di grano si srotolavano allegri e rasserenanti fino all'orizzonte, come se la regione definita a piú riprese vergogna nazionale, fino al giorno prima serbatoio di emigrazione, voti comprati e mortalità infantile, si fosse all'improvviso trasformata in una dolce Svizzera spensierata e fertile. Gli uccellini cantavano. Imma pensò che con tutto quello che aveva da fare, adesso, le toccava accollarsi anche il cambio del guardaroba.

A Nova Siri, il cadavere era stato ritrovato all'inizio di una stradina poderale che dava sulla 106, noto punto di snodo per le attività dei clan pugliesi e calabresi.

L'inconfondibile viavai che quel genere di evento sempre richiamava si vedeva da lontano.

Il maresciallo dei carabinieri della stazione locale, Domenico La Macchia, Imma aveva già avuto modo di conoscerlo abbastanza bene, perché la zona, la cosiddetta California di Basilicata, era la piú calda della sua area, e a parte la mafia che era stata almeno apparentemente sconfitta nel '93, con l'operazione Siris, non erano mancati omicidi, scandali e abusi. Era un tipo sui trentacinque, di

Lamezia Terme, e Imma era convinta che sniffava. Scattoso e impettito, sempre pronto a strafare, la trattava con gentilezza esagerata, credendo cosí di nascondere un pensiero che invece portava scritto in faccia: era lui, e non lei, che avrebbe dovuto dare gli ordini, per il semplice fatto di avere qualcosa nei pantaloni. Imma aveva l'impressione che aspettasse solo il momento giusto per dimostrarglielo.

Lo guardò mentre si aggirava, con gli occhiali da sole a specchio, alla ricerca di un'occasione per mettersi in mostra, cacciandosi fra i piedi degli uomini che avevano finito di transennare e tenevano lontani i curiosi, intralciando il medico legale e quelli della scientifica. Imma si fece avanti col suo passo deciso, camminando sicura sui tacchi a spillo e puntando dritta l'obbiettivo sotto lo sguardo incuriosito di alcuni sfaccendati che non essendo riusciti a vedere il morto volevano rifarsi in qualche modo.

Il ragazzo stava steso sull'erba, in mezzo alle canne lungo il vialetto sterrato che dalla statale 106 portava a casa sua, come le avevano detto nella telefonata.

Era vestito di nero dalla testa ai piedi. Lo sguardo di Imma fu attratto dalla fibbia della cintura con la D e la G di Dolce e Gabbana. Una fitta le strinse lo stomaco.

Un po' era fame, perché non aveva mangiato e l'ora di pranzo era passata da parecchio, un po' nervoso. La settimana prima Valentina aveva fatto il diavolo a quattro perché alla sua amica Bea avevano comprato uno di quei vestiti che valeva da solo quasi quanto tutto il suo stipendio, e adesso lo voleva anche lei.

Imma aveva resistito, eroica, a costo di mettere in crisi la pace da poco ristabilita con sua figlia e di esporsi a infinite rappresaglie, e alla fine, come succedeva tutte le volte, gliel'aveva comprato il padre.

Erano Dolce e Gabbana anche le mutande del ragazzo, il cui elastico bianco con la sigla grigia spuntava dalla cintola dei pantaloni.

L'intera scena sarebbe potuta essere una pubblicità del

pregiato marchio. Il nero del vestito sul verde brillante dell'erba. Il pallore cadaverico, era il caso di dirlo, del ragazzo, i cerchi neri sotto gli occhi e le labbra bluastre, sul volto dai lineamenti regolari. I capelli intostati dal gel, e quel rosso violento alla gola, là dove era arrivata la coltellata. Anche il motorino, buttato per terra nell'erba, poco piú in là, era rosso.

Non mancava nemmeno la colonna sonora. Quel zm zm di fondo, tanto fastidioso, che a volte, con Valentina, la faceva impazzire. Proveniva dalle cuffie dell'Emmepitre che il ragazzo portava ancora alle orecchie e non gli era caduto nemmeno con la coltellata.

"Festa Nunzio, nato a Nova Siri il 21 marzo 1981".

Il brigadier Cagnazzo aveva trovato la carta di identità poco lontano, fra l'erba.

"Il 21 marzo è oggi, faceva gli anni".

Dall'81 al 2003. Imma ebbe giusto il tempo di fare i conti. Ventidue.

C'era uno che dava in escandescenze. Un tipetto basso e tarchiato, tutto un nervo, che smadonnava dicendo qualcosa a proposito della prossima volta. Era quello che aveva trovato il cadavere, un camionista che si era fermato a pisciare fra i cespugli e poi aveva dato l'allarme. Trasportava merce deperibile, e La Macchia lo stava trattenendo. Figurati se si lasciava sfuggire l'occasione. Dovette intervenire lei.

La Macchia se ne uscí con la solita trovata: "Dottoressa, non l'avevo vista", contorcendosi in modo innaturale e flettendo le ginocchia come si fa coi bambini, a sottolineare il fatto che Imma gli arrivava poco sopra la cintola. Lei non si lasciò intimidire. Sistemò la questione col camionista e per mettere i puntini sulle i chiese di riferirle come si stessero muovendo. La Macchia le fece notare il timbro col Partenone sul polso del ragazzo.

C'era stata una specie di epidemia negli ultimi tempi. Andavano in discoteca. Litigavano per qualche motivo trogloditico, tipo che la ragazza aveva guardato un altro, o un altro aveva guardato la ragazza, poi uscivano, facevano a botte ed eventualmente si sbudellavano. Come se per qualche strano contraccolpo piú quei ragazzi diventavano moderni, tutti vestiti all'ultima moda, videogame, internet e discoteche, piú diventavano antichi, pronti a tutto se qualcuno dava un'occhiata di troppo alla fidanzata o magari gli offendeva la mamma.

"Non c'è altro?"
"E che ci dev'essere, dottoressa? Ieri sera ha litigato con qualcuno, quello l'ha aspettato qui, all'inizio della strada che porta a casa sua, ed ecco il risultato".

Quando parlava, La Macchia si avvicinava sempre troppo. Imma disse "Vedremo", e si concentrò sul morto senza piú cacarselo.

Avevano fatto un lavoro pulito, perché a parte il taglio alla gola era composto come un manichino. Fu quello che confermò il medico legale. Il ragazzo, apparentemente, non portava segni di colluttazione, forse erano stati in due, uno lo teneva, l'altro l'aveva accoltellato.

"È stato ucciso qui?" chiese Imma.
"Qualche metro piú in là, sulla strada". Poi l'avevano trasportato dietro i cespugli, sicuramente per ritardare il ritrovamento del cadavere. L'ora della morte, a volersi sbilanciare, era fra le quattro e le cinque del mattino.

Mentre il medico legale parlava, non del morto però, ma della deviazione che avevano fatto sulla 106, e dei lavori sulla Salerno - Reggio Calabria che non finivano mai, Imma notò qualcosa nell'erba. Un santino, di quelli che un tempo davano in chiesa quando passavano per le offerte.

"La Madonna della Sulla, non la conoscete? – Il brigadier Cagnazzo non si capacitava. – A maggio c'è la festa. Come, non avete mai visto la processione, dottoressa?"

"No, Cagnazzo, che devo fare?"
Tempo addietro le famiglie basilische avevano usato

san Michele Arcangelo come avvertimento, con Michele Danese, per esattezza, che poi era diventato collaboratore di giustizia nel '96. Ma la Madonna della Sulla, adesso, era una novità.

Un lombrico rosa e ben pasciuto, probabilmente stanato dal tacco a spillo di Imma che affondava nel terriccio reso molle dalla pioggia del mattino, serpeggiò placidamente fra gli steli delle margherite. Lei lo osservò per un attimo, poi lo schiacciò con la scarpa e si pulí la suola su una pietra.

Mentre il camionista faceva marcia indietro col camion riempiendo l'aria di polvere e odore di cherosene, i carabinieri si davano da fare per tener lontani i curiosi, gli uomini della scientifica iniziavano a riporre tutta l'attrezzatura, un brusío si diffuse fra i presenti. Quelli che se ne stavano andando, perché si era fatto tardi e il pranzo ormai era diventato non freddo ma gelato, tornarono indietro. Il brusío si acquietò, e tutti gli occhi si puntarono sulla centoventisette bianca furgonata, piuttosto malmessa, che stava arrivando in quel momento e si fermò proprio di fronte al luogo dove c'era il cadavere.

Le portiere si aprirono lentamente.

Scese una donna alta e bruna, sui quaranta, piú appariscente che bella, con una faccia larga cui il labbro inferiore un po' cadente conferiva un'espressione lievemente ottusa, o forse sensuale. Se era la madre del morto, lo aveva fatto giovane, oppure si portava bene gli anni.

Dall'altra parte non scendeva nessuno. Passò un minuto buono senza che succedesse niente. Tutti si erano azzittiti. Alla fine uscí un uomo sui sessanta, ancora ben messo, con un po' di pancia, ma robusto e abbronzato. Aveva la faccia percorsa da una fitta rete di rughe e mani poderose. Da contadino. Gli occhi celesti erano vuoti. I due si avviarono verso il centro di attrazione, lí dove c'erano le transenne.

Andò avanti lui, come se fosse telecomandato, col passo controllato di chi teme di cadere da un momento all'altro. Imma pensò che se fosse caduto non sarebbe stato semplice rialzarlo, con la stazza che aveva. Invece non cadde. Avanzò fra la gente che si apriva per lasciarlo passare, con la donna dietro, che lo seguiva come a difendere le retrovie. Si posizionò di fronte al morto e restò immobile. L'ingrato compito di chiedergli se lo riconosceva toccò a La Macchia, che tirò un paio di volte su col naso, prima di decidersi. L'uomo fece un segno con la testa. Poi piú niente.

Un venticello leggero, che si era alzato da poco, faceva muovere appena appena le foglie degli alberi e dei cespugli. Una grossa farfalla gialla e nera, di quelle che da bambini facevano a gara per acchiappare, planò lentamente e si posò sulla faccia del morto, iniziando a passeggiarci sopra. Fra un po' avrebbe raggiunto la ferita impiastricciata di sangue e ci avrebbe tuffato dentro la proboscide.

Forse per via di quella famosa cena con le compagne di classe, che aveva fatto riaffiorare ricordi rimasti sepolti per tutti quegli anni, a Imma vennero in mente i versi di una poesia che aveva imparato alle elementari.
Non piú furori a te reca l'estate, né primavera i suoi presentimenti...
Faceva cosí. Anzi. *Non piú furori* a me *reca l'estate...*
«A me» invece che «a te», come le era sembrato piú logico. Ecco.

Passò un aeroplano, alto nel cielo. Si sentí il rombo, poi si perse nella distanza.

Per indole e storia personale, Imma non si perdeva in chiacchiere. Andava al sodo, cercando di risolvere problemi domestici e casi giudiziari senza grosse distinzioni fra un omicidio passionale, un abuso edilizio e un rubinetto che perdeva, implacabile come un orologio a cucú, insensibile alle sfumature e concentrata sul risultato.

Non è giusto, dicevano le ragazze quando venivano interrogate e prendevano un voto inferiore alle aspettative, oppure quando qualcuno dei professori infrangeva i patti, o privilegiava le solite raccomandate. Imma non si era mai fatta sfuggire una dichiarazione del genere, né allora né adesso, malgrado di ingiustizie ne avesse subite in tutti i campi. Aveva il senso dell'autorità e non si lamentava quando veniva esercitata, ma aveva deciso già ai tempi del liceo che un giorno sarebbe stata dall'altra parte e avrebbe posto riparo a quello stato di cose. E quel giorno, in effetti, era arrivato. Almeno lei cosí credeva. O comunque ci sperava.

Per fare qualche domanda ai genitori del morto, e portarli via dal luogo del ritrovamento, perché i rilievi erano finiti e presto avrebbero rimosso il cadavere, Imma si avvicinò ai due e poi li accompagnò verso la casa. Abitavano lí. In fondo al sentiero dove era stato ritrovato il ragazzo.

Capitolo secondo

Era un'ex casa coloniale della bonifica, una di quelle a due piani, predisposta cosí perché la zona era alluvionale, in modo che gli abitanti potessero rifugiarsi al secondo piano in caso di allagamento. Si vedeva che aveva conosciuto momenti di benessere. Di euforia, anzi. La struttura razionalista disegnata negli anni Cinquanta era stata aggiuntata e modificata negli anni Ottanta senza farsi mancare niente. Delle arcate di cemento armato che le spuntavano dai fianchi la rendevano simile a un grosso ragno o a un'astronave appena atterrata. La fiancheggiava una tettoia con due nanetti a guardia, una cuccia per il cane a forma di chalet, una casetta per gli attrezzi in anticorodal, cemento e vetro. Su tutto, svettava la parabola.
Alla prosperità era seguita la decadenza, anche questo si vedeva. A parte il vialetto d'accesso pieno di buche e di polvere, che aveva reso irriconoscibili le scarpe pitonate di Imma, le inferriate del cancello erano mezze arrugginite, i muri scrostati, e uno dei sette nani, Mammolo doveva essere, aveva perso un braccio.
Alle domande di Imma, l'uomo si limitò a muovere ogni tanto la testa con un'aria talmente annientata che lei si chiese se avrebbe mai riacquistato l'uso della parola. Alla fine fu la donna a rispondere. Parlava come un disco che perde i giri.
Quella mattina, le disse, erano passati dal vialetto ver-

so le nove, come facevano in genere il sabato per andare a fare spese al centro commerciale, l'Heracleon, dove a volte si fermavano anche a mangiare qualcosa. Non si erano accorti di niente. In effetti sia il cadavere che il motorino erano nascosti dall'erba alta e dalle canne, e se il camionista non fosse andato a pisciare sarebbero potuti restare lí chissà fino a quando.

La notte non avevano sentito niente. No.

Imma si guardò intorno. C'era qualcosa che non le quadrava, come una mancanza, ma non sarebbe riuscita a dire di che si trattava.

Chiese come mai quella mattina non si fossero preoccupati vedendo che il figlio non tornava.

Mentre il marito si infilava in casa, la donna fece vedere a Imma un ex silos per il grano che avevano trasformato in una specie di rimessa. C'era qualche tanica, degli attrezzi, un barbecue arrugginito. Nunzio lasciava lí il motorino quando non aveva intenzione di usarlo subito. Per questo non si erano accorti della sua assenza.

La donna continuava a parlare con quella leggera distorsione nella voce.

"Russa", le fece Imma a bruciapelo, puntandole contro il dito. Quegli accenti aveva imparato a riconoscerli, volente o nolente.

"Ucraina", puntualizzò l'altra.

"E quanto tempo è che state qui?"

"L'89".

Quindi non era lei, la madre del ragazzo.

"Eravate venuta a fare la badante?"

"Quando sono venuta io non c'erano badante", rispose la donna.

Raccontò di aver lasciato il suo paese dopo la caduta del muro, attratta come tanti altri dall'Occidente. Voleva andare negli Stati Uniti, e invece... Si strinse nelle spalle.

Aveva trovato posto nella cooperativa di quello che poi

sarebbe diventato suo marito, come bracciante agricola. Imma scommise fra sé e sé che ora le avrebbe tirato fuori qualcosa tipo che al suo paese era ingegnere. Infatti, dopo un attimo di silenzio, lo disse: "Al mio paese ero laureata in ingegneria nucleare".
"Certo", rispose Imma.
La madre del ragazzo era morta, la informò la donna. Cancro. C'erano due fratelli piú grandi, uno viveva a Milano, l'altro a Matera. Era sposato e non veniva mai.
Sarà allergico alle russe, anzi alle ucraine, pensò Imma. Ma se lo tenne per sé.
Le chiese se andassero d'accordo, lei e Nunzio. La donna fece un impercettibile movimento di spalle.
"Nunzio era un bravo ragazzo, ma qui i ragazzi sono abituati troppo bene, o troppo male. Sicché..."
"E che faceva?"
"Perdeva tempo".
Imma chiese se litigavano. La donna si affrettò a fare segno di no con la testa. Poi disse che forse si era messo in qualche brutta storia. Ma lei non ne sapeva niente. Parlavano poco.
Prima di entrare, Imma la squadrò. Di faccia non era niente di che, ma di fisico poteva aver fatto la spogliarellista, tranquillamente.
Dentro era tutto in ordine. C'era un odore di detersivo che prendeva alla gola. L'uomo era seduto al tavolo. Fermo, immobile. Imma si avvicinò.
Non è che ci provasse gusto a mettere sotto torchio uno che aveva appena perso il figlio, ma faceva parte del pacchetto, e lei quando una cosa bisognava farla non usava metterla in discussione.
"È necessario per trovare l'assassino", disse. Era quello che diceva sempre, per indorare la pillola.
L'uomo si mise in moto lentamente, come una di quelle vecchie automobili che hanno bisogno di un po' di tempo per scaldarsi. Iniziò a parlare guardando fisso un pun-

to davanti ai suoi occhi dove forse vedeva cose e persone che ormai non c'erano piú.
"Bel regalo per il compleanno".
Rimasero in silenzio per un po'. Imma non se la sentí di intervenire subito, poi lui ricominciò a parlare.
"Ho lavorato tutta la vita per dare un futuro ai miei figli. Coi due grandi credo di esserci riuscito, invece con Nunzio... È arrivato tardi, e quando mia moglie è morta era ancora piccolo. Gli ho fatto anche da madre. Forse per questo gli volevo piú bene che agli altri".
Solo a quel punto la guardò in faccia, senza smettere di parlare.
"Non sono riuscito a dirglielo".
Ammutolí, e si mise di nuovo a guardare fisso e concentrato quel punto davanti a lui, come se fosse una questione di vita o di morte. Se avesse distolto gli occhi anche solo un attimo sarebbe crollato. La moglie, che stava trafficando con una caffettiera, se ne accorse. Si avvicinò e gli mise una mano sulla spalla.
Questo sembrò dargli forza. Aspettò un attimo, inghiottí, poi riuscí a dire ancora qualcosa.
"Certi errori si pagano cari".
"Che errori?"
L'uomo non le rispose. Seguiva un suo filo, nel quale lei c'entrava poco.
"Forse l'abbiamo viziato, io e sua madre. Forse tutto il contrario... Chi lo sa cos'è giusto?"
Io no, pensò Imma, e stava per lanciarsi in varie considerazioni su sua figlia, ma si trattenne. Doveva sbrigarsi. Le prime informazioni, le piú preziose, andavano raccolte subito, perché fra un po' sarebbero saliti gli uomini di La Macchia e allora addio.
"Avete notato qualcosa di strano ultimamente?"
La donna gli strinse la mano sulla spalla e stava per rispondere, ma Imma la prevenne.
"Il caffè", le disse, indicando la macchinetta che ini-

ziava a gorgogliare, per togliersela da davanti almeno per qualche minuto. Era peggio delle donne italiane, questa. Di quelle che parlano al posto del marito. Chiese a lui se pensava che Nunzio si fosse messo in qualche brutto giro. Poco tempo prima, disse l'uomo, era stato fuori tutta una notte. Lui gli aveva chiesto che avesse fatto, ma la risposta era stata la solita.
"Cioè?"
"Fatti i fatti tuoi".
Imma annuí. Le conosceva quelle risposte. Cosí facevano, Valentina in prima fila, che un tempo tornando da scuola raccontava per filo e per segno tutto quello che era successo lasciando che la minestra si raffreddasse nel piatto, tanto che bisognava dirle di star zitta se no non mangiava niente, mentre adesso si chiudeva in certi silenzi che potevano durare anche una settimana.
La moglie si avvicinò col caffè. Disse che Nunzio, ogni tanto, da un po' di mesi, tornava con le scarpe sporche di fango.
"E come mai secondo voi?"
"Non lo so. Non gliel'ho neanche chiesto. Tanto non mi avrebbe risposto". Fu il padre a parlare.
Imma bevve il caffè in due sorsi. Non era neanche male. Chiese alla donna di farle vedere la stanza del ragazzo.

Scesero in quella che altrimenti sarebbe stata la tavernetta. Lí Nunzio si era fatto la sua camera. Cosí entrava e usciva come piú gli pareva senza rendere conto a nessuno. Dentro, era tutto sottosopra. Anche Valentina faceva cosí. Certi giorni, sembrava che ci fossero stati i ladri. Cassetti aperti, calzini buttati per terra, una chitarra, una maglietta con Che Guevara, bicchieri e tazze vuote, un disco di plastica bianco usato come posacenere, pieno di cicche. Attaccata al muro con lo scotch, una foto delle macchinette insieme a una ragazza bruna, che sorrideva. Lui aveva un'aria piú seria. Era la prima volta che Imma vedeva quel ragazzo da vivo. Per modo di dire, insomma. Chissà che tipo era. Per il momento, non era ancora riuscita a farsene un'idea.

Aprí l'armadio. Jeans sdruciti, camicie che avevano alzato il pelo. Roba da mercato, certo non all'altezza del Dolce e Gabbana che sfoggiava il morto.

Hanno bisogno di abiti firmati, questi ragazzi, – pensò a un tratto, – come un tempo i guerrieri della corazza. Infilò la mano in qualche tasca. Non trovò soldi. Né lí, né nel cassetto del comodino. Niente che facesse pensare alla droga, nemmeno. C'era invece un giornale a fumetti e qualche cd. Uno degli Articolo 31, la fissazione di Valentina.

Lungo il viale, vide venirle incontro gli uomini di La Macchia che arrivavano per la perquisizione e i sigilli alla casa. Disse di andarci piano. Sapeva che tendevano a farsi scappare la mano. Per sicurezza, quando arrivò giú disse a Calogiuri di raggiungerli. Di lui si fidava. Aveva garbo, quel ragazzo.

Comunque La Macchia non aveva tutti i torti. Il caso sembrava di quelli canonici, che si risolvono entro le quarantott'ore.

Iniziavano ad arrivare le prime notizie. Gli uomini inviati al Magna Grecia erano tornati. Nunzio era stato visto effettivamente in discoteca, la sera precedente. E aveva anche avuto un litigio. Cosí dicevano i buttafuori, che li avevano separati e sbattuti sul piazzale, lui e quell'altro. Il fratello della ragazza.

Questo Carmine, Amoroso faceva di cognome, era uno che in paese aveva conosciuto un momento di celebrità, per aver realizzato due sogni molto diffusi da quelle parti. Primo, era stato assunto a tempo indeterminato alla Fiat di Melfi. Secondo, aveva mandato a fanculo un capo reparto. Con un pugno in faccia.

Per quale motivo non si era capito bene, c'era di mezzo una donna, si mormorava. Se n'erano dette tante. Che era un violento, un testacalda, un donnaiolo. Ma forse era solo invidia. Per quanto se lo potessero sognare la notte – quelli là, i capo UTE, cosí si chiamavano, ti facevano venire il prurito alle mani – nessuno avrebbe mai avuto il coraggio di fare qualcosa che metteva in pericolo il posto fisso. Perché poi, chiaramente, Carmine era stato licenziato.

"Carmine Amoroso – disse uno degli uomini di La Macchia che lo conosceva bene, visto che avevano piú o meno la stessa età, sui ventiquattro, e ogni tanto si erano incontrati in qualche pub – era un testa di cazzo, ma non era cattivo".

Non è che bisogna essere cattivi, pensò Imma, per dare una coltellata.

Lo avevano visto che minacciava Nunzio con un coltello, dicendogli che non era finita lí. E di stare alla larga dalla sorella. Era un tipo incazzoso, quel Carmine.

La Macchia adesso la guardava con uno di quei suoi sorrisetti appena accennati, che suggerivano con discrezione, ma inconfondibilmente, qualcosa del tipo: che avevo detto io?

"Dove abita?" chiese Imma, pur di non dargli soddisfazione. Aveva quella cosa da fare ma tanto non riusciva a ricordarsela...

Fu mentre salivano al terzo piano del palazzo anni Novanta di Nova Siri Scalo, dove abitava l'indiziato – poteva chiamarlo cosí, ormai –, che all'improvviso le tornò in mente. Aveva promesso a Valentina che sarebbero uscite insieme per comprare le scarpe. Faceva caldo, non poteva piú andare con quelle invernali.

Capitolo terzo

La prima cosa che notò, in cucina, furono le piastrelle. Bianche coi fiorellini azzurri dipinti a mano. *Sogno di primavera*, cosí erano indicate sul catalogo, sotto il codice B44, se lo ricordava ancora. All'inizio degli anni Novanta, quando avevano fatto i lavori a casa loro, erano stati indecisi fra quelle e le C91, un po' piú grandi e col fondo verde, anzi no, color champagne. E comunque fra i due litiganti il terzo gode. Alla fine non avevano messo né l'una né l'altra perché costavano troppo, e a quel prezzo, con quelle che avevano trovato poi, ci era uscito anche il bagno. Ma adesso a vederle in opera facevano la loro figura, bisognava dirlo.

La seconda cosa fu il segno sulla guancia della ragazza. Un livido, mascherato col fondotinta.

Milena, la ragazza di Nunzio, quella per cui era scoppiato il casino in discoteca, era una diciassettenne piccolina, coi capelli neri lisci e la pelle bianchissima. Aveva due tette rotonde e abbondanti, anche quelle bianchissime, che sbucavano dalla maglietta striminzita, con un cuoricino di cristallo a ballarci sopra. Uno di quelli di Starwoski, o come diavolo si chiamavano.

Stava lavando i piatti tenendosi in bilico su un paio di tacchi a spillo di rispettabile altezza.

A Imma tornò in mente, a torto o a ragione, una compagna di classe, una rossa abbondante, Filomena. Il padre la riempiva di botte se solo guardava un ragazzo, o un ragazzo la guardava. Ma lei se ne fregava. Anzi, piú lui faceva cosí, piú lei lo sfidava. Il padre si imbestialiva. E lei peggio. Un giorno sí e un giorno no arrivava a scuola piena di lividi coperti col fondotinta, ma non si arrendeva. "Che volete da noi? Non c'entriamo niente".

Il nonno stava seduto davanti alla televisione e ora le parlava senza nemmeno togliere gli occhi dallo schermo. Canale 5. Non c'era nessun altro in casa. Né il fratello, né il padre, né la madre.

"È morta", rispose Milena quando Imma glielo chiese, asciugandosi le mani con una certa soddisfazione, come a dire cosí impari a farti i cazzi degli altri. Di cancro, anche lei, come la madre di Nunzio. Due anni prima.

Da quelle parti negli ultimi anni di morti strane se ne erano verificate parecchie. Cancri, leucemie. E nascite ancora piú strane. Si diceva in giro che fosse la centrale nucleare, quella dell'Enea, la Trisaia di Rotondella, ma non esistevano dati scientifici, o se esistevano non si conoscevano.

Il padre di Milena stava in Germania. C'era andato da ragazzo, con uno zio, e aveva trovato lavoro alla Volkswagen. Ci era rimasto anche dopo sposato, tornava un mese sí e un mese no. Cosí aveva messo incinta la moglie ed erano nati i due figli. Mandava un vaglia da Wolfsburg alla fine di ogni mese. Grazie a quei soldi si erano fatti l'appartamento, col riscaldamento autonomo e le piastrelle B44. Lui aveva vissuto tutta la vita aspettando la pensione per poter tornare, e adesso che i figli erano cresciuti e la moglie morta, era ancora lí che aspettava.

Carmine non si trovava. Né Milena né il nonno seppero dire dove fosse andato, se sarebbe tornato, e quando. Il cellulare risultava spento. A Imma sembrò che la ragazza e il vecchio si scambiassero uno sguardo.

Il nonno doveva essere sui settanta. Ogni tanto borbottava qualcosa fra i denti, prendendosela col padreterno e col governo, e sicuramente anche con lei.

Intanto i ragazzi di La Macchia avevano iniziato a perquisire. Stampavano ditate sulle superfici intonse dei mobili, nel salotto col cellofan sul divano e sulle poltrone. Il nonno li seguiva con disapprovazione, poi ogni tanto andava a buttare un occhio alla televisione, che era rimasta accesa. Qualcuno stava vincendo un sacco di soldi, al quiz. Imma portò Milena in un posto piú tranquillo. Se le cose stavano come sembrava, il fratello le aveva ucciso il ragazzo, e non era la prima volta che gliele dava, ci avrebbe scommesso. Può darsi che avrebbe parlato.
Entrarono in una stanza che doveva essere stata la camera da letto dei genitori. Sul comodino, incorniciata, la foto di una donna, una di quelle foto in posa e ritoccate che i fotografi di paese espongono nelle vetrine. La madre di Milena, sicuramente. Le somigliava anche un po', ma lei era piú carina.
La ragazzina si rivelò un osso duro. Cominciò a ripetere sempre gli stessi concetti, e se cadeva in contraddizione aspettava in silenzio e dopo un attimo ripeteva la stessa cosa.
A Imma iniziavano a venire i nervi, senza contare che aveva fame e che si era giocata la sua occasione con Valentina. A quell'ora, sicuramente, le scarpe era andata a comprarsele col padre, e sarebbe stata una di quelle tipiche cose che le avrebbero rinfacciato negli anni a venire. E poi chissà quanto avrebbero speso.
Entrarono i carabinieri.
Allora se ne andarono in un'altra stanza, quella di Milena. C'era un poster di Del Piero sul muro. Anche a Valentina piaceva Del Piero, l'aveva appiccicato sulla prima pagina del suo diario.
Sul tavolo, qualche cd, e dei dvd. Roba di kung fu, e *Kill Bill*, la storia di una stangona che staccava con un morsico la lingua di uno che la voleva violentare mentre era in

coma, e poi faceva a polpette tutti quelli che le davano fastidio. Imma l'aveva visto per sbaglio al cinema, insieme a suo marito. Poco tempo prima.
Quindi il dvd di Milena era pirata, sicuramente, ma adesso non era il momento per occuparsene.
C'erano anche tre foto delle macchinette, della stessa sequenza di quelle in camera di Nunzio, con loro due che facevano gli scemi.
Tutt'a un tratto Imma chiese a Milena se avesse paura del fratello. Era per questo che teneva la bocca chiusa? La ragazza la guardò con un'aria di compatimento e non rispose. Imma sentí una grandissima voglia di prenderla a schiaffi.
Invece abbassò lo sguardo e rimase un momento in silenzio. Quando rialzò gli occhi, li aveva quasi lucidi.
"Ci sono passata anch'io", disse.
Mentre i ragazzi di La Macchia mettevano sottosopra il resto della casa, Imma raccontò a Milena un fatto personale inventato là per là, di un fratello che dettava legge, in casa. Che poi non era nemmeno cosí lontano dalla verità. "Guai se mi vedeva studiare, – aggiunse, tanto esempi a cui ispirarsi non ne mancavano. – Voleva essere servito e riverito come un pascià". Se non fosse stato per sua madre...
"Andava a fare le pulizie, mamma. Proprio nel palazzo della Procura, dove lavoro io adesso. Ci teneva tanto a farmi studiare. Era analfabeta".
Niente. Nessun effetto.
"Non ha fatto in tempo a vedermi laureata", mormorò. In certi casi bisognava giocare sporco.
Quando guardò nuovamente Milena, seppe che aveva colpito. Un'emozione iniziava a farsi strada sul suo viso. Ne approfittò subito.
"Quel livido in faccia, chi te l'ha fatto?"
Milena esitò, poi la guardò con uno sguardo che Imma aveva letto certe volte sul viso di sua figlia, un misto di rimprovero e sfida.
"Sono caduta", disse infine.

Milena si alzò di scatto e si avvicinò alla finestra, forse per non farsi vedere le lacrime che le stavano spuntando, oppure per guardare fuori senza averne l'aria.
Da non crederci. Gli anni passavano, ma quelle ragazzine, come un tempo, si sarebbero fatte ammazzare piuttosto che ammettere di averle prese da uno di famiglia.
"Senti, Milena. Ti chiami cosí, giusto? – disse Imma. – Tu credi di fare la furba, ma ti conviene? Qui c'è una che vuole aiutarti, e tu te la fai sfuggire?".
Se pensava di far colpo, non aveva capito niente. Milena non si spostò di un millimetro.
"Alla tua età mi trovavo nella tua stessa identica situazione. E adesso guarda, un po' di strada l'ho fatta".
Quando Imma voleva essere convincente le veniva una voce granulosa, raspente e dolce come una mela cotogna.
Milena si voltò e le gettò un'occhiata poco entusiasta, soffermandosi sulla camicia a pois che aveva comprato al mercato quel sabato. Non sembrava considerarla un modello di riuscita, ma Imma non se ne accorse. O fece finta.
"Dov'è tuo fratello? Cos'è successo, me lo vuoi dire?"
Scena muta.
"La conosci quella canzone, come fa? *Noi gente che spera...*"
Valentina le faceva una testa cosí, con quel pezzo. E il cd l'aveva visto in camera di Nunzio. Se tanto dava tanto...
Milena, infatti, la guardò con una leggera sorpresa.
Ma non serví a molto.
"Che sperate, vorrei capire", fece Imma, con la voce che saliva di alcune ottave e diventava stridula.
"..."
Le era scappato. Cercò di recuperare.
"Tu adesso non riesci nemmeno a immaginarla, una vita diversa. Ma se uno vuole davvero una cosa alla fine la ottiene".
Milena la guardò, come se cercasse un punto dove colpire.

27

Il comportamento di Imma per avvicinarsi alla ragazza.

"Infatti. Nunzio voleva andare in televisione – disse con un sorrisetto un po' amaro – e adesso ci andrà".
Due a uno.
Imma quegli argomenti li aveva usati tante volte. L'inferno e il riscatto. Il fango e come venirne fuori. La tattica A, per riassumere, quella basata su immedesimazione ed empatia, che andava bene per i criminali involontari, i testimoni spaventati, i fuorilegge per caso o per necessità. Di solito funzionava. Ma quei ragazzi stavano cambiando sempre piú in fretta, e forse con una come Milena, a quel punto, avrebbe dovuto ricorrere alla tattica B. Dimostrare di avere il coltello dalla parte del manico, minacciare, far capire tutti i vantaggi di una confessione. Quella che usava coi delinquenti incalliti, insomma. *inveterate*

Ma se c'era una cosa che Imma aveva imparato fin dai tempi del liceo era incassare e riprendersi in tempi rapidi. Tornò alla carica.

"Lo so cosa pensi, – buttò lí. – Hai perso il tuo ragazzo, hai paura, non sai come fare, non hai sicurezze, non hai garanzie. Però di sicurezze e di garanzie ce n'è una sola".

Milena la guardò con un barlume di curiosità che fece di tutto per dissimulare.

"Tu, – disse Imma. – Sei l'unica che può fare la differenza. Mi credi?"

Milena annuí. La guardò, seria. "Credo anche a Babbo Natale".

Imma restò un attimo in silenzio e contò fino a tre. Cominciava a capire il fratello. "Facciamo una scommessa? – disse. – Prova ad avere un po' di fiducia, e vedi che succede".

Milena si strinse nelle spalle, ma le sembrò che qualcosa iniziasse a farsi strada nei suoi occhi, attraversando il cinismo e la disillusione.

Proprio in quel momento si sentí un trambusto, la porta si spalancò e due carabinieri corsero alla finestra.

Giú, sotto il porticato, era arrivato il furgoncino rosso di Carmine, che dopo una veloce retromarcia aveva preso il largo. Doveva aver visto le volanti. Due carabinieri, in macchina, si misero subito all'inseguimento, e scesero anche quelli che erano in casa. Dietro le tende, si affacciavano facce sonnolente di persone interrotte nella siesta, mentre i piú audaci scendevano nel porticato per godersi la scena. L'attimo era perso.

Lo presero subito fuori il paese, con certi pacchi dentro il furgone.

Pieni di peperoni secchi, di olio, di arance, di pane e di pasta fatta in casa. O anche di camicie lavate e stirate, di tovaglie ricamate e biscotti al forno.

Il motivo per cui aveva cercato di scappare, o almeno cosí voleva far credere.

Si era inventato quel lavoro che gli piaceva molto piú della catena di montaggio, spiegò ai carabinieri, e rendeva anche benino. Trasportava roba da mangiare per la gente che viveva fuori casa. Ormai non si chiamavano piú emigrati. Erano operai a Torino, o in Germania, ma anche studenti delle università del Nord. Pescara, Bologna, Parma, Milano. O professionisti sparsi in giro per l'Italia. Come se in quelle città roba da mangiare non se ne vendesse.

Era in nero. Qualche tempo prima la guardia di finanza l'aveva trovato senza partita Iva. Era riuscito a convincerli a non fargli niente, per quella volta, ma adesso, vedendo le macchine dei carabinieri...

"Giuro sulla testa di mia sorella, dottoressa".

Imma lo osservò, pensando a quello che le avevano detto, che piaceva alle donne. Si chiese se fosse per via degli stivali da cowboy, o degli occhi color carbonella. Non gli avrebbe fatto male essere messo un po' sotto torchio, a prescindere. Magari abbassava la cresta, e forse non si sarebbe piú permesso di alzare le mani sulla sorella.

La Macchia era convinto che fosse inutile perdere altro tempo: era stato lui.
Il coltello con cui Carmine aveva minacciato Nunzio la notte prima non saltava fuori.
Lo trovarono i carabinieri, quando finirono la perquisizione.
In camera di Milena, sepolto dentro un vaso di gerani. Carmine giurò di non saperne niente. Milena anche.
Il coltello venne mandato in laboratorio, per vedere se c'erano tracce di sangue. Carmine al comando, per essere interrogato finché non confessava. Allora si giocò il tutto per tutto. Disse che aveva un'amante, una commara si diceva in paese, Adele Cammarota. Il marito faceva il camionista e quella notte non c'era. Alle tre, quando l'avevano visto, stava andando da lei.
Adele Cammarota abitava in una casa che odorava di rosa. Il profumo di rosa, quello chimico, non quello delle rose vere, era uno dei piú stucchevoli che Imma avesse mai sentito, e le faceva venire il mal di pancia istantaneamente. La Cammarota aveva una trentina d'anni, e un'aria sveglia. Anche troppo. Quando le chiesero se confermava l'alibi di Carmine, negò.
Imma a quel punto reputò che la giornata era stata già abbastanza lunga. Affidò Carmine a La Macchia, che a sentir lui doveva solo completare il lavoro e farlo confessare, e se ne andò con Calogiuri nel tramonto che infiammava il cielo pulito dalla pioggia del mattino. Non pensava piú né alle scarpe di Valentina, né a chi avesse ucciso il ragazzo. Stava morendo di fame.

Capitolo quarto

Una domenica al mese avevano l'usanza di andare a pranzo dai suoceri.

Il menu era: calzoni misti dolce e salato, ripieni alcuni di ricotta e spinaci, altri di ricotta e cannella, con una grattatina di buccia di limone. Pietro ne era stato ghiotto da ragazzo, e adesso gli uscivano dalle orecchie, ma come glielo diceva a sua madre? E per secondo roast beef. Oppure polpettone. Ripieno, con l'uovo sodo e il prosciutto. Insalata, frutta e le paste di Schiuma. Quelle le portavano loro.

Immancabilmente, quando si trovava di fronte la nuora con la sua faccia di luna piena e i capelli che a seconda delle settimane viravano sul rosso mogano, o fiamma, o peggio ancora carota, con la ricrescita sempre in agguato, gli improbabili tailleurini che le aveva cucito la madre e le scarpe coi tacchi che con l'andar del tempo diventavano sempre piú alti, e un giorno, forse, avrebbero superato in lunghezza la parte inferiore della gamba, la signora De Ruggeri aveva un trasalimento che si sforzava di dissimulare guardando fisso in avanti, l'occhio un po' vitreo, le labbra strette, in apnea, cercando di cacciare via un dubbio: che le angherie fatte subire a intere generazioni di liceali non stessero adesso producendo quell'effetto in virtú della legge del contrappasso.

Ma Imma non faceva una piega, cosí tanta mimica facciale restava incompresa, e la signora finiva col chiedersi se la madre di sua nipote non fosse anche scema, oltre a essere la donna peggio vestita di tutta la provincia, e se sí

31

come avesse fatto a diventare sostituto procuratore, perché non le risultava che fosse stata raccomandata, e da chi poi, mentre il figlio, che aveva avuto fior di raccomandazioni, non era riuscito ad andare oltre un impiego di terzo livello alla Regione.

Pietro cercava di barcamenarsi fra la madre, la moglie e la figlia, sposando il piú delle volte il partito che era stato di suo padre: non prendere posizione, né in famiglia né in politica.

Fortunatamente c'era Valentina.

I nonni ormai puntavano tutto su di lei. La sua nascita li aveva forniti di uno scopo di vita, ripescandoli appena in tempo dalla palude di recriminazioni e lamentele in cui li aveva sprofondati la pensione.

Il nonno si premurava di prevenire ogni suo capriccio. La nonna la rimpinzava, cimentandosi nell'impresa già tentata con suo figlio: renderla anoressica. Ne scrutava con ansia i lineamenti, compiacendosi di scorgervi pochissimo che ricordava la madre, e quel poco trasformato in meglio. Sperava ardentemente che la piccola, un giorno, avrebbe portato a termine ciò che a loro era riuscito solo a metà: farsi largo nella ristretta cerchia delle famiglie per bene, essere invitata alle feste e agli anniversari, e un giorno, se dio vuole, imparentarsi con una di loro.

Adesso aveva regalato alla nipote un cappello da fantino, lasciando ai genitori la rogna di iscriverla al corso di equitazione, e si stava informando della sua amichetta Bea, e del padre, il dottor Vega, e della nonna, la signora Beatrice, che se la vedeva di portarle i saluti.

Imma non partecipava alla conversazione. Mangiava energicamente, manovrando le posate come zappe, assorta e concentrata come un ruminante.

Pietro la teneva d'occhio, meravigliandosi di vederle quell'espressione.

Dopo quindici anni di matrimonio, senza contare i sette di fidanzamento, sapeva che quando si metteva quieta

quieta, possibilmente di fronte a un piatto pieno, raccolta e indifferente al mondo, voleva dire che stava digerendo qualcosa che non le andava giú e non valeva la pena di interromperla, tanto non avrebbe dato retta nemmeno al padreterno.

Solo che il giorno prima, quando era tornata, affamata e distrutta, gli aveva detto che il caso era praticamente risolto.

Attaccando con sistematicità una fetta di roast beef dopo l'altra, Imma andava rimuginando. Già la sera precedente, mentre stava crollando addormentata, passato il primo momento e calmata la fame, tutto le era sembrato meno ovvio di quanto appariva là per là. D'altra parte, lei era della razza dei ruminanti, d'accordo, ma una mucca, non un cavallo da corsa. Le cose le capiva sempre in seconda battuta.

Tanto per cominciare, Carmine era un colpevole troppo arraffazzonato.

Da quando i telegiornali davano dettagli su dettagli sugli omicidi, le serie televisive spiegavano tutti i metodi della polizia e i programmi serali trasformavano i fatti di sangue in show dal gusto piccante, gli assassini si erano fatti furbi e certi errori avevano imparato a evitarli.

E poi tutto il contorno. La matrigna del ragazzo, tanto piú giovane del marito, e russa, anzi, ucraina. Quella ragazzina reticente come un politico colluso. E quell'abito di Dolce e Gabbana che indossava il morto.

Immersa nei suoi pensieri, Imma prese dal vassoio di peltro l'ultimo pezzo di roast beef, e sotto lo sguardo inorridito della suocera se lo ficcò in bocca tutto intero. Poi, ancora masticando, si alzò da tavola come in trance, andò a prendere la borsa, ne estrasse il cellulare, compose un numero e parlò a bocca piena.

Pietro la trovò seduta sul divano del salotto, che aveva riattaccato, e manovrava con discrezione uno stecchino.

"Tutto a posto?" domandò.

"Sí, ora vengo", rispose Imma.

Pietro annuí. "Mamma sta preparando il caffè. Scendo un attimo a vedere una macchia di umido che è uscita nel garage", stava dicendo, quando sulla soglia comparve Valentina.

"Papà che fai?"

"Passiamo anche a fare la ricarica del cellulare", aggiunse Pietro con un sorrisetto.

L'ultima non era durata nemmeno una settimana.

Valentina prima di uscire la guardò con aria di sfida, come dire non ho piú bisogno di te, cosa che succedeva spesso ultimamente. Pietro invece abbassò lo sguardo, come se le stesse mettendo le corna e non volesse farsi scoprire. E in un certo senso era cosí.

Imma rimase a guardarli fin quando la porta non si richiuse. Padre e figlia, gli stessi occhi chiari, i capelli castani. Valentina con una spruzzatina di lentiggini sul naso. Quelle le aveva prese dalla nonna materna. Sua madre, Nunziata. Un miracolo della genetica.

Riattaccò con lo stecchino, quando la porta si aprí di nuovo e ricomparve suo marito.

Mamma vuole sapere... formulò mentalmente Imma. Invece Pietro non disse niente. Si avvicinò, le diede un bacio e uscí. Imma non parlò. Non ebbe il tempo, ma non avrebbe detto niente in ogni caso. Però, quando la porta si era già richiusa, sorrise. Era la prima volta, da diversi giorni.

Ancora col sorriso sulle labbra andò ad affacciarsi alla finestra e dopo un po' vide suo marito che usciva dal portone con Valentina accanto. Si accorse in quel momento che iniziava a perdere i capelli dal cucuzzolo.

Lo amava di un amore senza struggimenti, venato a volte di insofferenza, quando lo vedeva perdersi in un bicchier d'acqua per faccende del tipo avviare un soffritto o farsi largo in un atrio affollato con qualche gomitata discreta ma ben assestata. All'occorrenza, interveniva in suo

34

soccorso senza dire una parola, limitandosi, nel caso fosse lui stesso a fare qualche osservazione, a un "che ci voleva", pronunciato dopo un attimo di pausa, riferito non si capiva bene se all'inettitudine di lui o alla propria abnegazione coniugale o a entrambi.

Il loro matrimonio era stato ostacolato. I genitori di lui, sua madre in particolare, non potevano capacitarsi che il figlio avesse fatto quella scelta. Fosse stata bella almeno. Fosse stata simpatica. Avesse saputo vestirsi, non dico molto.

Ma le coincidenze con Giulietta e Romeo finivano lí.

Si erano incontrati alla facoltà di legge, a Bari, e da allora non si erano piú lasciati. Avevano piú o meno l'età del ragazzo ucciso, all'epoca.

Quando Imma tornò in sala da pranzo, Pietro e Valentina erano già lí. La tavola era sparecchiata. Sua suocera aveva servito il caffè, e aperto le paste. C'erano le solite file di mignon alla frutta, di sfogliatelle, di bignè e di babà, che Pietro prendeva tutte le domeniche senza mai variare. Valentina si stava ingozzando, dopo aver fatto storie per tutto il pranzo perché era sempre a dieta.

Pietro ascoltava sua madre parlargli del cane dei vicini, che aveva fatto un'altra volta la pipí nel portone, una vergogna, e annuiva a intervalli regolari, mentre il signor De Ruggeri teneva gli occhi prudentemente fissi sul televisore. L'ingresso di Imma catalizzò l'attenzione di tutti.

Anche lei li guardò, come se li vedesse per la prima volta.

Le tornò in mente, un po' inopportuna in quel momento, la casa della bonifica, il cortile coi nanetti, la casetta degli attrezzi e la cuccia, con ancora davanti la ciotola per il cibo.

"Il cane", disse, come svegliandosi da un sogno. Ecco che mancava.

E dopo una rapida valutazione si orientò su un babà.

Capitolo quinto

"Se il cane è sparito prima che il ragazzo fosse ucciso, dottoressa, secondo me l'hanno fatto sparire".
Diana era un'accanita spettatrice di fiction televisive sui corpi di polizia, quelle che negli ultimi anni andavano per la maggiore: poliziotti, carabinieri, Ris, guardia di finanza e vigili, mancava solo la polizia mortuaria e gli esattori delle imposte, chissà se prima o poi avrebbero fatto anche quelli.
Le commentava in ufficio il giorno dopo, divertendosi a criticare tutti gli strafalcioni sulle procedure, ma non si perdeva nemmeno una puntata. In mancanza di altre occupazioni, la sera. Aveva il marito lontano. Faceva il segretario comunale in un piccolo paese del Friuli e non riusciva a ottenere l'avvicinamento.
Cosí quando partiva qualche nuovo caso, lei attingeva al repertorio di spettatrice accumulato in quegli anni per lanciarsi in ipotesi che di solito Imma non prendeva in considerazione.
Ne stava avanzando una per l'appunto in quel momento.
"Sí, dottoressa, – rinforzò, visto che non c'era stata risposta, – avevano già premeditato tutto. E cosí per non farlo abbaiare..."
Bussarono alla porta, giusto in tempo per evitare a Imma di dire qualche cattiveria.
Era La Macchia. La faccia leggermente sudata, l'occhio che brillava.
"Novità, dottoressa". Col tono di dire: Sveglia!

Per La Macchia, un omicidio era una manna dal cielo, la sua occasione, il suo momento di grandezza, l'equivalente delle Olimpiadi per uno sportivo. E il suo cruccio nascosto, ma neanche tanto, che da loro ce ne fossero sempre troppo pochi.

Aveva fatto una visita alla Cammarota, quella che aveva smentito l'alibi del fratello di Milena – gliel'aveva ordinato lei il giorno prima, ma adesso, preso dall'entusiasmo della scoperta, sembrava aver dimenticato quel dettaglio.

"Devo dire la verità, dottoressa, io lo sapevo benissimo, ho avuto solo la conferma".

"Di cosa?"

"La signora, con rispetto parlando, è una zoccola".

Aveva cornificato il marito fin da quando erano sposini novelli, approfittando del fatto che faceva il camionista e il piú delle volte non c'era. Se l'era fatta di sicuro col farmacista, poi col macellaio, e chissà con chi altro. Adesso, da un po' di mesi, andava a letto con Carmine Amoroso, appunto.

Gliel'aveva raccontato la padrona del negozio di confezioni di fronte a quello di parrucchiere della Cammarota. Una tale Ida.

Questa Ida, a detta di La Macchia, su Carmine ci aveva fatto un pensierino, senza successo, e lui aveva una sua teoria.

"Credeva di vendicarsi, dottoressa, invece tutto il contrario. L'ha scagionato".

Era stata lei a dire di aver visto Carmine, la notte del delitto, che andava dalla Cammarota.

Ida Tortorelli abitava proprio sopra il negozio, come la Cammarota, d'altronde. Sembrava ben informata. Passava tutto il tempo a guardare quello che succedeva di fronte. Di giorno, perché coi prezzi che aveva non è che i clienti facessero a botte. Di notte, per qualche motivo suo, che chiamava insonnia.

La Macchia, poi, era stato a trovare la Cammarota, nel suo salone di parrucchiere. Si stava facendo i capelli da sola.
"Le premetto, dottoressa, – attaccò gongolante, – che anche lí non c'era nessuno".
Con una serie di giri di parole che sottolineavano piú di quanto nascondessero, lasciò intendere che quando l'aveva messa di fronte ai fatti, la signora...
"Aveva una scollatura, dottoressa. Porta anche una bella quarta, con rispetto parlando. Veniva sempre piú vicina. Sempre piú vicina, non so se mi spiego..."
Aveva cercato di lavorarselo, a quanto diceva lui, perché era preoccupata, non tanto per una possibile accusa di falsa testimonianza, quanto per il marito. Che se fosse venuto a sapere qualcosa la faceva nera, per questa e le altre volte, e andava a finire che ci rimetteva pure l'attività. Insomma, quando non aveva piú potuto fare diversamente, si era decisa ad ammettere che Carmine era stato con lei la notte prima, supplicandolo di fare le cose con discrezione. Aveva avuto pure la faccia tosta di dire che era stato l'errore di una volta, come se qualcuno ci credesse.
"È proprio una zoccola, dottoressa!"
"E con questo?"

Quando La Macchia fu uscito, Imma piegò accuratamente la richiesta di convalida per l'arresto di Carmine Amoroso, che l'aveva tenuta impegnata fino alle tre di notte passate, e la strappò in quattro pezzi. Diana la guardò con una certa apprensione.
Anche se durante le ore d'ufficio di solito la chiamava dottoressa, e le dava alternativamente del voi, del tu e del lei senza riuscire a decidersi, la conosceva da quando Imma era soltanto una studentessa approdata per errore nella sezione A del liceo classico, di cui con la sua presenza inquinava il prestigio. Non la piú intelligente e nemmeno la piú spiritosa, men che meno la piú bella, ma a conti fat-

ti quella che piú delle altre ci aveva creduto, e a forza di insistere il risultato si vedeva.

Ora sapeva esattamente cosa stava pensando. Era combattuta: se essere contenta, perché ci aveva azzeccato, oppure no, perché cosí, con tutto quello che aveva da fare, si ritrovava sul groppone anche quel nuovo caso, e poiché in quinto ginnasio erano state perfino sedute nello stesso banco – non a lungo, grazie a dio –, sapeva che presto avrebbe iniziato a pendere per la seconda ipotesi, e allora era meglio che lei non fosse lí.

Per non farsi trovare impreparata, Diana si affrettò a chiamare il laboratorio e sollecitò il risultato delle analisi tossicologiche.

Nell'incertezza, intanto che si faceva venire un'idea su come procedere, Imma se ne andò al piano di sotto, all'ufficio ricezione atti. Era il suo passatempo preferito, come per qualcuno il tennis, la caccia o il golf e per qualcun altro l'uncinetto: vedere se riusciva a prendere in castagna Maria Moliterni, che verso quell'ora, in genere, chiamava un'amica sua di Roma.

Imma incollò l'orecchio alla porta. La Moliterni stava parlando del nuovo dietologo. "Mi ha cambiato la vita", diceva. Dopo averla misurata dalla testa ai piedi con un macchinario venuto apposta dagli Stati Uniti, le aveva spiegato di cosa erano composti i suoi chili in piú. Grasso, acqua e altre porcherie in percentuali varie. Le aveva vietato di mangiare la pasta. E i pomodori. "Ah, i pomodori. Tremendi. Uno non immagina nemmeno cosa ti possono combinare. Altro che dieta mediterranea".

Imma stava meditando di aprire la porta di scatto, ma l'altra volta quella l'aveva fregata fingendo di terminare una conversazione di lavoro. D'altra parte mica poteva dirle che stava origliando già da parecchio. Aveva anche pensato alle ambientali... Nel mezzo di queste considerazioni vide arrivare Calogiuri e si staccò prontamente dalla porta.

L'appuntato si avvicinò come se non avesse notato nulla. Disse che erano appena arrivati i risultati degli esami tossicologici. Il ragazzo di Nova Siri aveva sniffato chetamina. Era un anestetico per cavalli, che andava molto, da un po' di tempo.

Poi restò lí, allungando il collo come una gallina che vuole fare l'uovo.

"Che c'è?" disse Imma.
"No, niente, dottoressa".
"Spara".
"Forse è una stupidaggine".
"Lo sai quante ne sento?"
"L'altro giorno, nella stanza di quel ragazzo, quando abbiamo fatto la perquisizione..."
"Beh?"
"C'era una cartina, di quelle..."
"Per rollarsi le canne?"

Calogiuri si affrettò a fare segno di no con la testa. "Topografica", disse con cautela, come se fosse una parolaccia.

"Ah".

"Di quelle parti mi è sembrato, dottoressa. Non ho visto bene, perché il maresciallo La Macchia se l'è presa subito, però al novanta per cento. Anche qualcosina in piú".

"L'hai trovata tu?"

Fece un'aria come a scusarsi. "Stava sotto il letto. C'erano delle croci a matita segnate sopra".

"E che aspettavi a parlarmene?"

"Il maresciallo ha detto che se la vedeva lui. Ho fatto male?"

Fosse stato un altro, che so, Cagnazzo, o Di Giovine, Imma gli avrebbe fatto un cazziatone dei suoi, oppure gli avrebbe chiesto in tono sarcastico quando pensava di darle la notizia, per il compleanno, o per la pensione, come regalo, al posto di qualche fermacarte o portafoto d'argento? Oppure si sarebbe messa a strillare, in un raptus dei suoi, che facevano la selezione prima di assegnarglieli, i

piú imbecilli, avrebbe prospettato l'omissione, tanto per farlo cacare sotto, che ogni tanto ci voleva, ma nel caso di Calogiuri il pensiero fu tutt'altro. Volenteroso, quel ragazzo.
"Hai fatto bene", rispose.
Erano da capo a dodici.
Come ultima spiaggia, non le restava che prendersela con Diana. Si avviò nel corridoio, verso la scala per il secondo piano, costeggiando le finestre che davano sull'interno.
Una serie di buchi circolari le sfilò sotto gli occhi.
Il motivo della palla era ricorrente nell'edificio della Procura. A palla erano le illuminazioni sospese sulle aste metalliche nei cortili e quelle che pendevano dai soffitti. A palla, replicati all'infinito, i fori nel cemento delle facciate. A palla, in sezione, le aiuole che decoravano i passaggi interni, dove, sulla terra riarsa, non cresceva niente.
Spalancò di colpo la porta dell'ufficio.
"Il coltello? – chiese. – Si è saputo qualcosa?"
"Hanno detto che bisogna aspettare. L'ultima volta per il Luminol ci sono voluti tre mesi".
Lo faceva apposta.
"Dottoressa, – rincarò, – l'avvocato Smaldone ha depositato una richiesta di sequestro per quegli assegni scoperti alla Banca di Pescopagano".
Ci mancava l'avvocato Smaldone. Come no. Diana era impagabile, come segretaria. Ligia e scrupolosa, afflitta da un pesante senso del dovere, portava il lavoro come una croce, organizzando l'ufficio in maniera impeccabile, facendo del suo meglio per essere informata dei dettagli ma non dell'essenziale, e fornendo a Imma, discontinua nelle sue passioni da segugio, un supporto che sfiorava l'assillo.
Ma aveva il sesto senso per dire sempre la cosa piú sbagliata nel momento piú inopportuno.
"Ci pensiamo dopo, – disse Imma, prendendo là per là la decisione. – Ora bisogna avvertire il difensore dell'ignoto".

Nominava l'avvocato per un indagato ancora sconosciuto. Era un trucco che conosceva lei, uno dei suoi preferiti, di quelli che le davano tanta soddisfazione. L'aveva imparato quando stava in Sicilia, per semplificarsi la vita pur nel pieno rispetto della procedura.

"Vado a Nova Siri", disse, voltandole le spalle.

Capitolo sesto

Quando aveva finito il liceo, il sogno di Imma sarebbe stato entrare in polizia. Proprio quell'anno infatti, nell'81, uscí il decreto che apriva al gentil sesso l'accesso alle forze dell'ordine, decreto che venne poi reso esecutivo qualche anno dopo, nell'84, quando ci fu il primo concorso per agente di pubblica sicurezza aperto anche alle signore. Lei, in ogni caso, quel concorso non poté mai sostenerlo, perché avevano fissato l'altezza minima a un metro e cinquantacinque. Troppo, per quanto la riguardava.

Dovette, inizialmente, andare a lavorare ai salottifici, che proprio in quegli anni iniziavano ad assumere personale, prima come operaia semplice, poi negli uffici, fin quando non vinse il concorso come impiegata civile di settimo livello, e si ritrovò a portare fascicoli su e giú in quello stesso edificio dove attualmente la chiamavano dottoressa e la riverivano, perlomeno davanti.

Aveva continuato a fare la commessa per tutto il tempo degli studi in legge, fin quando non conseguí la laurea con la votazione del centocinque, e poi, nell'86, non vinse il concorso in magistratura e fu trasferita in Sicilia.

Ma il pallino di fare la poliziotta le era rimasto. L'idea di andarsene in giro con una pistola in tasca, su una macchina con la sirena, a far rispettare la legge, l'aveva sempre entusiasmata molto di piú che starsene col culo su una sedia a sfogliare scartoffie. Per questo, anche adesso che era sostituto procuratore, ogni volta che poteva agiva in prima persona.

Prendeva e andava, a fare perquisizioni, indagini, appostamenti, perché l'aveva imparato fin da piccola: chi fa da sé fa per tre. D'altronde non si tirava indietro nemmeno per imprese di tutt'altra natura, come passare la pezza per terra in ufficio. L'aveva fatto non molto tempo prima, per dimostrare ai vincitori dell'appalto che con un po' di olio di gomito il tempo a disposizione bastava e avanzava per tirare a lucido i pavimenti con tutti i battiscopa. Ancora se ne parlava, anche fuori dalla Procura. Diana, che si sentiva responsabile in prima persona delle stranezze della dottoressa, avrebbe voluto sotterrarsi.

Sulla via per Nova Siri, quel pomeriggio, c'era un tempo sornione, con un cielo indecifrabile acquattato sulle colline e sui campi, zitto zitto come se stesse per combinarne una grossa. Anche Imma e Calogiuri se ne stavano in silenzio, un po' assorti, nell'abitacolo dell'Alfa Romeo. Quando arrivarono al comando dei carabinieri, invece, già da fuori si sentiva La Macchia che gridava.

Imma lanciò uno sguardo all'appuntato e gli disse di aspettarla.

La Macchia era alle prese con un venditore ambulante, un marocchino, che aveva trovato senza il permesso, e ne stava approfittando per fargli un cazziatone da far tremare i vetri.

Eiaculazione precoce, vuoi vedere? pensò Imma di punto in bianco. Sí sí sí.

L'unico uomo che aveva avuto prima di Pietro ne soffriva, e si attaccava a tutto pur di rinvigorire il suo ego.

Quando se la vide di fronte il maresciallo trasalí, ma si riprese subito e diventò mellifluo.

"Le premetto, dottoressa, è già la terza volta che lo troviamo senza permesso, e adesso non ci vuole dire da dove prende la roba, ma io gli faccio un foglio di via e lo rispedisco dritto dritto da dove è venuto".

La Macchia aveva sempre qualcosa da premettere.

Il marocchino le gettò un'occhiata implorante, protestando che abitava in Italia da piú di vent'anni e aveva la cittadinanza. Imma lo guardò e non disse niente.

Invece si appartò con La Macchia e senza preamboli gli chiese notizie di quella cartina topografica che aveva trovato Calogiuri, con certe croci segnate sopra. Le piaceva uscirsene cosí, di punto in bianco, per dare l'impressione di avere occhi dappertutto.

La Macchia restò un attimo senza parole, poi guardò giú dalla finestra. Appoggiato alla macchina, c'era Calogiuri che aspettava. Sul viso del maresciallo si disegnò un sorrisetto saccente. Aveva già iniziato i sopralluoghi, rispose, ma non era venuto fuori niente di interessante. Nei punti segnati dalle croci c'erano solo campi. Alcuni incolti, altri coltivati, tutto lí.

Imma annuí. La Macchia, ormai ringalluzzito, passò al contrattacco.

"L'appuntato Calogiuri è un bravissimo ragazzo, volenteroso, per carità, ma se posso permettermi gli manca quel tantino di esperienza, solo perché è giovane, ci mancherebbe –. La guardò comprensivo. – Date retta a me, dottoressa, è una storia di droga. Ci stiamo muovendo in quella direzione, e comunque non vi preoccupate, cerchiamo a trecentosessanta gradi".

"E perché mi dovrei preoccupare?" disse Imma.

Fosse un muratore, un parente o un subalterno, quando qualcuno le diceva di non preoccuparsi, al novantanove per cento andava a finire a schifío.

Annunciò che era venuta per una nuova perquisizione in casa dei genitori del giovane ucciso. Le servivano un paio di uomini.

"A saperlo prima, dottoressa".

"Qualche problema, La Macchia?"

"No, no, per carità".

Un'occhiata e un tono di voce, lo diceva sempre agli allievi sottufficiali, fanno piú di mille discorsi.

Stava già uscendo quando tornò indietro. "L'interrogatorio condotto in assenza di difensori non è valido ai fini processuali", gli ricordò. Il marocchino le lanciò uno sguardo riconoscente, lei salutò il maresciallo con un sorriso.
Quando poteva, inzuppava il biscottino.

Avevano rotto i sigilli ed erano entrati. Dalle persiane socchiuse la luce filtrava appena e ogni rumore veniva enfatizzato dal silenzio. In assenza dei proprietari, la casa rivelava certi piccoli segreti che altrimenti sarebbero passati in secondo piano.

Quando, nel corso di un'indagine, Imma si trovava a mettere le mani in qualche abitazione altrui, le tornavano in mente certi giovedí di tanto tempo prima. Andava ancora alle elementari, ma in quei giorni saltava la scuola per accompagnare sua madre a fare le pulizie in una villetta subito fuori Matera, nei quartieri residenziali che avevano costruito da poco. Adesso, aprendo i cassetti e gli armadi, ci ripensava. I proprietari venivano dall'altitalia e lasciavano in tutte le stanze bigliettini di istruzioni che sua madre non sapeva leggere. Per questo si faceva accompagnare da lei.

Il padrone di casa era un ingegnere, la moglie insegnava all'università di Bari. Cosa, non se lo ricordava, o non lo sapeva proprio. Non li aveva mai visti.

Mentre tiravano fuori i secchi e le scope, lei si incantava a guardare i divani, le librerie a giorno, il tostapane, i bicchieri con un dito di vino lasciati sui tavoli. I giocattoli.

"Non toccare", diceva la madre. Lei non toccava. Spolverava, guardava e basta. Cosí aveva imparato a conoscere quelle persone.

La figlia maggiore cambiava vestito ogni mattina, ma le mutande, aveva scoperto, se le teneva anche due o tre giorni. Vai a fidarti, di una cosí.

La padrona di casa doveva avere un amante, infatti

quando il marito partiva per lavoro, e lo faceva spesso, lei indossava la biancheria piú bella e piú sexy, era matematico.

Ma il preferito di Imma era il figlio, un ragazzino di otto anni. Aveva un binocolo che trovava sempre sulla scrivania dove faceva i compiti, proprio sotto la finestra. Ogni volta era spostato, voleva dire che l'aveva usato. Imma guardava di fronte, una finestra tutta piena di fiori, ma dietro i vetri non vedeva mai nessuno, forse perché non poteva toccare il binocolo, forse perché a quell'ora la persona che viveva lí non c'era.

Adesso, nella casa della bonifica, cercava di immaginarsi la vita di quella coppia un po' fuori dal comune. Lui piú anziano lei piú giovane. Chissà se anche questa faceva le corna al marito. Non aveva biancheria fantasiosa da sfoggiare, in ogni caso. Nell'armadio i vestiti erano pochi, e consumati.

In un angolo c'era la macchina da cucire, con sopra una giacca da uomo che stava rivoltando, come si faceva un tempo. Che gli facesse o no le corna, ci sapeva fare con le cose di casa, questa russa. O insomma quello che era.

Calogiuri stava frugando nel comodino. A un certo punto si sfiorarono, vicino al grande letto con la coperta all'uncinetto sopra. Si affrettarono entrambi ad allontanarsi, facendo finta di niente. Calogiuri aprí l'altro comodino. Dentro, trovò una lettera.

"Io sono ignorante, dottoressa, però mi sembra russo. L'acquisiamo?"

"E che, non l'acquisiamo?"

Fuori, il cielo finalmente si decise. Si mise a piovere. Con i tuoni, la grandine e tutto.

Dovettero aspettare che spiovesse, prima di uscire. Restarono un po' a guardare la grandine che batteva i vetri.

"Speriamo bene, dottoressa. I mandorli hanno già messo i fiori. Adesso si rovina tutto".

"Infatti. Chi ci capisce piú niente?"
Quando spiovve, andarono a fare un giro in piazza, per vedere se trovavano gli amici di Nunzio.

Nonostante fosse primavera c'era un'aria malinconica. Sotto il cielo liquefatto, le strutture della piazzetta Troisi apparivano come quelle di un'astronave in disarmo, e il paese in smobilitazione, un po' sospeso, come in attesa di qualcosa che doveva arrivare, la nuova stagione turistico-balneare.
"Come passate le giornate?"
"Scendiamo in piazza, poi saliamo a mangiare, poi torniamo in piazza".
I tre ragazzi, come le avevano detto, erano appollaiati sulla panchina e guardavano fisso davanti. Quando iniziò con le domande distolsero appena lo sguardo e risposero a monosillabi.
"No, che droga, dottoressa. Non si drogava. Qualche canna, al massimo, quando capitava. Ci poteva scappare la sniffatina, ma ogni morta di papa. E poi noi che ne sappiamo".
Li aveva raggiunti un quarto ragazzo che li teneva d'occhio da un po', combattuto fra il desiderio di ficcarci il naso e quello di evitare rogne. Alla fine aveva prevalso il primo. Forse perché – Imma se l'immaginava – le giornate, in quella piazza, non finivano mai.
Venne fuori che Nunzio si era allontanato da loro qualche mese prima, quando aveva cominciato a lavorare in quel campeggio, il Macondo.
"Quindi lavorava?"
"Sí".
"No".
"Il tipo, il proprietario diciamo, non aveva soldi per pagarlo".
"È uno un po' cosí".
"In che senso?"

Uno di quelli che si erano bevuti il cervello parecchi anni prima, con l'Ellesseddí. Erano i tempi del campeggio antinucleare del '77, loro non erano ancora nati, ma in paese se ne parlava ancora. Era venuta gente da tutt'Italia, a quell'epoca, anche da fuori. Da quando aveva conosciuto quello là, Nunzio era cambiato.
"Andava d'accordo, con la ragazza?"
"Credo di sí".
"Però quella sera, in discoteca, avevano litigato".
"E perché?"
"Boh".
"Che tipo era Nunzio?"
"Bravo".
"Stronzo".
I due ragazzi avevano parlato all'unisono.
"Stronzo?"
"Quando voleva qualcosa non guardava in faccia a nessuno".
"Per esempio?"
Il ragazzo si strinse nelle spalle. L'altro si mise a sfotterlo, che gli piaceva Milena, ma mica se l'era comprata. Il ragazzo arrossí. Infatti erano loro che arrossivano, adesso. Le ragazze manco per sogno, non si usava piú.
Il terzo, uno coi brufoli e un cappellino a visiera, non si espresse.
Su una cosa erano tutti d'accordo, invece. Quella sera della discoteca era stata eccezionale. Nunzio era tutto allegro e per festeggiare il suo compleanno aveva anche offerto da bere.
"Una cosa rara, dottore', perché di solito non aveva mai un soldo in tasca. Stava sempre a scroccare le sigarette".
Imma tentò di fare ancora qualche domanda su Nunzio. Ricavò soltanto che non si trovava tanto bene, lí, perché aveva fatto il liceo classico, ma poi il padre era fallito e l'università chi gliela pagava? A lui ogni tanto veniva qualche idea, che voleva fare l'attore, o il modello, e co-

munque alla fine non faceva niente. Poi però i ragazzi risposero sempre piú a monosillabi. Come se avessero esaurito le batterie. E Imma lasciò perdere.

Emanuele Pentasuglia, detto Manolo, era stato uno dei primi fricchettoni di Matera, di quelli che si erano sparati Amsterdam nel periodo caliente, e poi il Messico, dove aveva fatto abbondante consumo di peyote e altri funghi allucinogeni, che a quanto pare avevano continuato a risalirgli un po' alla volta, in una sorta di ruminazione, dai cui fumi si sprigionava un suo personale Olimpo popolato di hobbit, elfi, cherubini e monacelli, in compagnia dei quali passava le giornate e le notti.

Imma se lo ricordava perché c'era una ragazza del liceo, una che andava due o tre classi avanti alla loro, che lo frequentava, e anche all'epoca non era certo un tipo che passasse inosservato. Ogni tanto si presentava all'uscita di scuola, seguito da un paio di cani dal nome esotico.

I cani ce li aveva anche adesso. Un barboncino e una bastardina. Tao e Krishna. Li interpellava mentre parlava come a chiedere conferma di quanto andava dicendo. E quelli gliela davano, abbaiando o uggiolando a seconda dei casi.

Parlava con l'accento che gli era rimasto dai tempi degli studi in lettere antiche fatti all'università di Padova e mai terminati, perché nel '77 era venuto al campeggio antinucleare a Nova Siri e ci era rimasto.

Viveva in povertà e castità in una casetta di legno che teneva scrupolosamente pulita benché disadorna all'entrata del campeggio Macondo, l'ultimo dei suoi sogni, che aveva messo su con quello che gli era rimasto dei considerevoli possedimenti ereditati e poi dilapidati un po' alla volta in viaggi esotici, droghe e autentica generosità.

Si vestiva sempre e solo di bianco. Si alzava all'alba, e raggiungeva la chiesa piú vicina per suonare la campana della prima messa. La sera si coricava quando andava giú il sole.

Il Macondo aveva dentro quattro roulotte mezze arrugginite ed era invaso da erbacce. Manolo non sembrava farci caso. Continuava a fare la selezione all'entrata, accogliendo solo chi diceva lui, che non erano molti. D'altra parte, non erano molti nemmeno quelli che ci tenevano ad essere ammessi, cosí non c'erano problemi. E nemmeno clienti.
 Diceva che era in pace con se stesso e col mondo. Anche se, l'avvertí, il mondo era cattivo.
 Quando Imma gli parlò di Nunzio annuí e rimase in silenzio.
 "Spero che lassú si trovi meglio", disse dopo un po'.
 Lassú non si capiva bene dove intendesse, se nel paradiso delle valchirie, nel regno degli hobbit o dove diavolo.
 Si erano conosciuti, confermò, perché era venuto a cercare lavoro. E lui, se qualcuno gli chiedeva qualcosa, non sapeva dire di no. Purtroppo quando si era trattato di dargli lo stipendio si era reso conto che non aveva soldi per pagarlo. Poi però erano rimasti amici.
 "E che facevate insieme?"
 Non rispose subito.
 "Che facevamo? Bella domanda –. Sorrise. – Nunzio era un caro ragazzo, se poteva. Quando l'ho conosciuto, portava la maglietta di Che Guevara. Ma non voleva dire molto, anzi, non voleva dire niente. Per lui era una maglietta e basta. E le magliette bisogna cambiarle spesso, no?"
 Imma guardò Calogiuri con occhi imploranti, poi ci riprovò.
 "Stavate qui, ve ne andavate in giro, come passavate il tempo?"
 "Diciamo che ci siamo fatti dei viaggi. Dei bei viaggi..."

 Al momento di andare, mentre Manolo li accompagnava verso l'uscita, Imma si accorse che zoppicava.
 "Che è successo?" gli chiese.
 Lui scosse la testa. "Sono caduto".

Cadevano come birilli, da quelle parti. Imma guardò le mani di Manolo, ma non notò niente, a parte l'OM tatuato sul polso.
Arrivò un altro cane. Un lupo.
E questo come si chiamerà? si chiese Imma. Siddharta? O Visnú?
Il cane si mise a ringhiare.
"Buono, Tranqui", disse Manolo.
Da qualunque latitudine venisse, questa divinità le mancava. Manolo diede un affettuoso colpetto al cane, poi la guardò.
"La solitudine può essere una compagna ingombrante", disse.

"Un panino con la mortadella", fece Imma a Calogiuri. Ecco che ci voleva. Appena usciti dal campeggio erano rimasti per un attimo sul piazzale antistante, in silenzio, leggermente tramortiti. Si rendeva conto adesso che avevano saltato il pranzo, e le si era aperta una voragine.
Si avviarono alla ricerca di un alimentari, attraversando il paese. Costeggiarono i palazzi, le vetrine dei negozi, contenti senza dirselo di ritrovarsi fra quegli edifici nuovi, perché sembrava a tutti e due di essere appena emersi da un tempo polveroso, pieno di cose, di parole e di idee che il resto del mondo aveva messo in soffitta.
Non fu facile trovare l'alimentari. Via Siris, via Heraclea, via Magna Grecia, offrivano una larga scelta di crêperie e paninoteche, tutte chiuse, di wine bar, discount, gelaterie, ritrovi degli amici, angoli della moda, case della scarpa.
Dovettero arrivare dalla parte opposta del paese per trovarne uno, annidato sotto un portico, con una collezione di scope e di secchi di plastica esposti davanti.
La loro fatica fu ricompensata. Il sapore della mortadella col pane era divino.
"Ce l'hai la fidanzata?" chiese Imma a Calogiuri, a boc-

ca piena, mentre tornavano verso la macchina. Il carabiniere arrossí e chinò lo sguardo.

"Ce l'avevo al mio paese, ma adesso..."

L'aveva lasciato. "È colpa mia", precisò.

Da quando si era messo in testa di fare il concorso da sottufficiale, studiava anche la domenica e i giorni di festa. L'aveva trascurata e lei si era stufata.

"Allora la colpa è mia – disse Imma – che ti ho dato l'idea".

"Ci mancherebbe, dottoressa. Io debbo soltanto ringraziarvi. La cosa brutta è che mi sono anche dimenticato del suo compleanno, due mesi fa. Neanche una telefonata, ho fatto".

Le disse che aveva cercato di recuperare in tutti i modi, le aveva chiesto anche di sposarlo, ma niente, lei non ne aveva voluto piú sapere.

"Ha ragione", infierí su se stesso, come se ce ne fosse bisogno. A meno che non fosse sollevato e le desse la ragione come contentino.

Erano quasi arrivati, quando Imma intercettò uno sguardo dell'appuntato. Lo seguí e vide passare Milena, con una borsa da ginnastica.

Non sembrò molto contenta di vederli, e a Imma dispiacque, perché a lei quella ragazza faceva venir voglia di proteggerla. Dal fratello, dal nonno, da qualcosa di sconosciuto, o da se stessa. Le piaceva quel suo essere indisponente, quel modo di stringere le labbra e non farsi scappare nulla. Ma queste non lo capivano, che la vita non è una passeggiata, e se qualcuno si azzardava a dirglielo se la prendevano con lui.

Le sembrò provata e palliduccia, come se all'inizio non si fosse nemmeno accorta di cosa fosse successo, e cominciasse a metabolizzare solo adesso.

"Che fai, pallavolo?" le chiese tanto per dire qualcosa, indicando la borsa.

"Kickboxing", rispose Milena con finto distacco.

Era tutta orgogliosa, si vedeva da un chilometro.
Ecco perché sapeva attaccare e difendersi cosí bene, pensò Imma. Le tornò in mente il livido che aveva in faccia il giorno dopo il delitto. Vuoi vedere che questa sogna di emulare la morsicatrice di lingue? La bionda, alta almeno uno e ottanta? Per quanto le piccolette, a volte, riservano delle sorprese, e lei lo sapeva meglio di chiunque.

"A chi le vuoi dare?" le chiese, scherzando.

"A nessuno, – rispose seria lei. – Mi scarico e basta".

Si scaricava...

Mentre Calogiuri teneva gli occhi fissi per terra e ogni tanto sollevava sulla ragazza il suo sguardo azzurro, Imma chiese a Milena se Nunzio le avesse detto che voleva partire. Milena si limitò a guardarla per un attimo e a fare segno di no con la testa.

"Quella sera in discoteca avete litigato", disse Imma.

"No".

"A me cosí risulta".

"E io che ci posso fare?" ribadí Milena.

Poi Imma le chiese se volesse essere riaccompagnata a casa, ma anche a quella domanda Milena rispose di no.

Capitolo settimo

Valentina era romantica, anche se essere romantica, per lei, significava ascoltare a tutto volume la musica dei Linkin Park, che a un profano avrebbe potuto sembrare agghiacciante. Tenere la foto di Del Piero appiccicata sul diario ma sognare di andare a vivere con Bea. E i loro rispettivi, chiaramente. Amare segretamente Cosimo, il primo in matematica, che era cotto di Bea. Lasciarsi scappare qualche lacrimuccia mentre si depilava le sopracciglia e convincersi che fosse per la fame nel mondo. Mandare piú di settecento sms al mese. Desiderare segretamente, almeno una volta alla settimana, di uccidere sua madre.

E adesso c'era una novità. Non voleva piú andare a pallavolo, né a pallacanestro, e nemmeno a equitazione, proprio ora che l'anticipo al maneggio era stato già versato e le avevano comprato gli stivali e tutto il resto.

"Voglio fare kickboxing", aveva detto.

Era un'iniziativa tutta sua. Non ci andava neanche Bea.

Imma l'aveva guardata come se le avesse annunciato la decisione di darsi alle droghe pesanti. Aveva tentato di capire i motivi della sua scelta. Aveva cercato di dissuaderla.

"Ti vuoi scaricare?" aveva chiesto alla fine.

Valentina l'aveva guardata sorpresa, poi aveva detto di sí.

Imma aveva deciso di correre ai ripari, quel martedí mattina.

Da quando era iniziata la vicenda di Nova Siri, certe cose le vedeva sotto un'altra luce. Che combinavano quei ragazzi zitti zitti nelle loro camerette? Che messaggi si scambiavano con quei loro cellulari che avrebbero potuto metterli in contatto non si sa con chi?

Qualche mese prima la madre di Pietro aveva voluto a tutti i costi regalare a sua nipote il telefonino, e Valentina si era messa a chiamare degli sconosciuti, attaccando poi discorso con la scusa di aver sbagliato numero. Che voleva dire? Perché lo aveva fatto? Si sentiva sola?

Quando ne aveva parlato a Pietro, preoccupata, Imma aveva ottenuto uno di quei commenti di cui suo marito era maestro, del genere è l'età, bisogna aspettare che le passi, oppure non c'è niente di male.

Anche se avesse trovato un assassino col coltello in mano, intento ad affondarlo nella gabbia toracica di qualche malcapitato, Pietro sarebbe stato capace di ripeterlo, e il bello è che sembrava pensarlo davvero.

Per questo Imma temporeggiò fra il bagno e la cucina, aspettando che Valentina uscisse col padre per andare a scuola, e appena sentí chiudersi la porta si inoltrò nella sua cameretta, guardinga come se fosse penetrata per la prima volta nel bunker di un latitante di massima pericolosità.

Se sua figlia l'avesse sorpresa sarebbe stata subito pronta ad accusarla di alto spionaggio, violazione delle convenzioni, rispetto della privacy e patto del venerdí, quello stipulato qualche tempo prima, col quale Valentina si impegnava a non trascurare i compiti, di matematica in particolare, e lei a non immischiarsi in faccende che non la riguardavano.

Imma aveva guardato con diffidenza gli orsetti e i bei ficoni che spuntavano qua e là da mensole e poster, senza riuscire a trattenere un pensiero di cui avrebbe fatto volentieri a meno. Un dubbio inconfessabile, pronto ad assalirla ogni volta che vedeva Diana impegnata a tessere le lodi di sua figlia e a decantarne le innumerevoli qualità: poiché a differenza di cani, gatti, tartarughe d'acqua e persino mariti, dei figli è praticamente impossibile disfarsi, tutti, appena si rendevano conto dell'irreparabilità del passo compiuto, non avevano altra strada se non convincersi che non ci fosse nella vita esperienza piú grande, piú bella e piú encomiabile del diventare genitori. E siccome non bastava a consolarli, si accanivano a convincerne anche gli altri, perché non restassero in giro testimoni scomodi.

Ricacciò via quel pensiero e si diresse verso l'oggetto che le interessava. Il diario di Valentina, quello con Del Piero appiccicato sopra.

Era chiuso con una chiavetta, ma lei sapeva come aprirlo.

Lo sfogliò, stando ben attenta a non far cadere tutta la roba che c'era dentro, carte di caramelle, biglietti dell'autobus, fiori secchi e altri cimeli. Ma com'è che a quell'età, appena scese in pista nella vita, quelle ragazzine vivevano già di ricordi?

Nelle prime pagine si parlava soprattutto di un tale Simone che era bono, fico, e strafico, cosa che a quanto pare era stata comunicata anche al diretto interessato senza mezzi termini. Perché adesso erano loro, le femmine, a farsi avanti, e i maschi a fuggire, non per civetteria, ma per spavento. Paura vera e propria.

Poi, sotto l'undici febbraio, qualcosa la colpí.

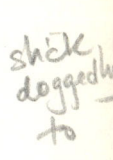

Non so ke farei senza la mia mamma, c'era scritto. Ogni volta ke mi guardo allo specchio e mi vedo brutta, inutile, senza speranze, lei sa capirmi e farmi tornare il sorriso. Non sono mai riuscita a dirglielo, certe volte la faccio arrabbiare, e lei mi fa arrabbiare ancora di piú, ma la verità è ke le voglio tanto bene. Imma chiuse il diario per un attimo, colpita da quelle parole inaspettate. Commossa, quasi. Pensò che era sempre stata troppo dura, con Valentina. E ingiusta. Ecco cosa pensava di lei, invece, e aveva dovuto confidarlo in segreto a quel quaderno. Poi, ormai gasata, lesse ancora. Un'altra pagina a caso. Giorgio mi ha fatto arrabbiare, trovò scritto. Vuole sempre le mie cose, è insopportabile. E chi era questo Giorgio adesso? Girò pagina. Uffa, Giorgio ascolta sempre le mie telefonate, non ne posso piú. Telefonate? Ma non c'erano Giorgi in casa. Perché non sono come Valentina, proseguiva il diario, che è figlia unica? Imma chiuse il quaderno. Ecco che c'era di strano, anche nella scrittura, se ne accorgeva solo in quel momento. Era il diario di Bea. Imma lo rimise esattamente al suo posto. Inutile provarci. Con sua figlia, difficilmente l'avrebbe avuta vinta.

"Pentasuglia? Emanuele?"
"Detto Manolo. Pendenze, precedenti, insomma tutto".
Erano già due volte che glielo ripeteva.
Quella mattina Diana, Imma notò solo allora, sfoggiava un completino dei suoi preferiti, vagamente ispirato alla Raffaella Carrà degli anni ruggenti. Senza l'ombelico di fuori, naturalmente.
Fu tentata di chiederle se Cleo avesse un diario, ma non lo fece, perché si sarebbe esposta a un lungo resoconto sulle qualità letterarie della piccola, se non alla lettura di qualche sua composizione particolarmente riuscita.

Diana tornò un paio d'ore dopo. Imma stava preparando la prima udienza di un processo per ingiurie e tentate lesioni, segnalato da un Vippiò, uno di quei procuratori onorari, come caso delicato, perché fra le persone coinvolte c'era una sua insegnante del liceo, la Mastrangelo. Universalmente nota per la sua petulanza.
Reprimendo la solidarietà per la persona che era stata denunciata, un vicino di casa che a quanto sembrava aveva lanciato dal balcone un vaso di fiori proprio in corrispondenza della professoressa, Imma leggeva le carte cercando di capire esattamente come stessero le cose.
"Trovato?" chiese senza alzare gli occhi.
"Ancora niente", rispose Diana.
Non era venuta per quello, ma per Valentina. Aveva chiamato da scuola, e poiché Imma ogni tanto staccava

tutti i telefoni, nell'utopistico tentativo di smaltire gli arretrati, si era rivolta a lei. Era urgente. Urgentissimo, anzi.

La voce di Valentina, nel cellulare, suonava concitata, piena di inflessioni drammatiche e oscuri presagi.
Ma guarda tu, pensò Imma.
In quei giorni aveva un ritardo. Non voleva ammetterlo, ma la cosa la inquietava, perché non sapeva, data l'età raggiunta, cosa stesse a significare, ma qualunque cosa fosse ne avrebbe fatto volentieri a meno.
E invece Valentina...
"Mi fa schifo, non voglio", aveva piagnucolato, con una voce che sul finire ricordava Greta Garbo.
Era stata la sua bambina.
Allegra, un po' mammona, bravina a scuola, senza eccellere perché piuttosto sfaticata, un po' capricciosa e viziatella, ma affettuosa e di buon cuore, nell'ultimo anno aveva fatto un voltafaccia che nemmeno certi segretari di partito. Ce l'aveva con lei, in particolare. Si era messa a rinfacciarle manchevolezze che risalivano a tempi in cui non era stata ancora concepita, paragonandola in negativo alle mamme di tutte le sue amiche. Aveva iniziato crociate per indossare indumenti improponibili, spinta da puro spirito di contraddizione, considerandosi ora una bambina molto piccola ora una donna navigata. Insomma era diventato impossibile averci a che fare.
E adesso era diventata donna. Non ha nemmeno tredici anni, pensò Imma, come se ci fosse qualcuno con cui reclamare.
"Se non vieni chiamo l'ambulanza", concluse Valentina.
Imma diede disposizioni a Diana, che aveva origliato la telefonata con la scusa di sistemare certi fascicoli, senza dirle di cosa si trattasse, perché lo sguardo confidenziale della segretaria aveva già iniziato a darle sui nervi, e le comunicò con aria spicciativa che sarebbe tornata dopo pranzo.

Prima di andar via si ricordò che bisognava far tradurre quella lettera in russo che avevano portato da Nova Siri. Diana annuí, poi aggiunse: "Ho pensato una cosa, dottoressa. A proposito del cane". Ma Imma la bloccò.

A scuola, trovò Valentina un po' pallida, con un'espressione che ricordava certe martiri effigiate sui santini, quieta e quasi rassegnata, con un impercettibile trionfo negli occhi.
Quando furono in macchina i dolori lancinanti si calmarono nel giro di pochi minuti. Benché ancora debolissima, Valentina trovò la forza di mormorare se potevano passare al Carrefour. Imma la guardò incredula. Se fosse stata una delinquente, pensò, sarebbe stata della razza di quelli che riuscivano a fregarla.

Il martedí Pietro aveva il rientro e non tornava a casa per pranzo.
Madre e figlia se ne stettero nel centro commerciale, ordinarono un menu pizza al taglio, bevvero due coche e se ne andarono in giro per i negozi.
Valentina ultimamente aveva preso l'abitudine di precederla o seguirla di qualche passo, perché fosse chiaro che era abbastanza grande per andare in giro da sola, e perché, non approvando il look di sua madre, sperava che nessuno capisse il loro grado di parentela, ma quel giorno fece una deroga. Parlarono, come non succedeva piú da parecchio tempo. A un tratto, senza preavviso, Imma le diede un bacio. Valentina la guardò strabuzzando gli occhi.
"Sei impazzita?"
"Può essere".
Quando andarono via, Imma si sentiva il cuore piú leggero. E il portafogli anche.

Tornò in Procura che era già tardi. Nell'atrio c'era La Macchia che la stava aspettando. Aveva finito i sopralluoghi nei posti indicati sulla carta. "Dottoressa, io ero sicuro", le disse appena la vide. Erano solo campi. Di kiwi, di barbabietole, di lattuga. Oppure terreni incolti. Non avevano niente di speciale.

il comportamento di Valentina – viziata!

Capitolo ottavo

Ci sono certe giornate che a cancellarle ci sarebbe solo da guadagnare. Quando tornò su, Imma trovò Diana in fibrillazione.

Era la famosa sera della cena con le compagne di classe, di cui Imma si era deliberatamente scordata fino a quel momento, e l'interno 35 della Procura della Repubblica sede di Matera era intasato da telefonate riguardanti pizze rustiche, completi coordinati e accordi su come comportarsi con quella che aveva perso il marito o quell'altra che era scappata con l'amante. Diana aveva preso appuntamento dal parrucchiere, e le lanciò un'occhiata eloquente come a suggerirle di fare altrettanto.

Quando l'assistente fu uscita, Imma si lasciò andare sulla sedia dietro la scrivania. Insomma, che aveva in mano? Un ragazzo ammazzato il giorno del compleanno, un paese dove tutto sembra normale e niente lo è, una ragazzina piú cinica di un delinquente incallito, una matrigna ucraina, dei posti segnati su una mappa che non hanno niente di speciale. O troppo o troppo poco. Era sempre cosí, da quelle parti. Chiamò il parrucchiere e gli chiese se avesse tempo per una messimpiega.

Per quella sera scelse un vestitino di quelli che le aveva fatto la madre. Un modello preso da Vestro, da lei stessa personalizzato con una ruche che le fece tornare il buonumore. Avrebbe dato punti a tutte.

In linea di massima, erano migliorate. Quelle che avevano i baffi se li erano tolti. Le basse portavano i tacchi. Quelle coi capelli grassi alla fine avevano trovato lo shampoo giusto. Chi era ingrassata, lo camuffava coi vestiti. Portavano quasi tutte le mèches o i colpi di sole, la fede al dito e la foto dei figli nel portafogli. Due erano divorziate, una vedova e tre non si erano sposate. Erano diventate piú o meno tutte quello che uno si sarebbe immaginato, tranne qualcuna che era diventata l'opposto.

E adesso stavano lí, nel salone doppio di Carmela Guarini, attualmente signora Bonanno. Mancava solo Filomena Capezzoni, la rossa, quella che le prendeva dal padre. Quando l'uomo era morto Filomena ne aveva ereditato il posto, alla Provincia. Era impiegata lí, adesso. Non si era mai sposata. Si capí da una serie di giri di parole che non usciva piú di casa se non per andare a lavorare.

Ce n'era una che era diventata attrice di teatro. Aveva vissuto parecchio tempo a Londra, o a New York, Imma non aveva capito bene.

Qualunque cosa dicesse, raccontando i suoi ultimi anni, tutte se ne uscivano con degli oh, ah e uh di sorpresa e apprezzamento. Di invidia, anche, o almeno cosí voleva sembrare. In realtà nessuna di loro, nemmeno Caforio che era rimasta vedova qualche anno prima e lavorava in un'impresa di pulizie, avrebbe scambiato la sua vita con quella della vecchia compagna di classe per piú di mezza giornata, ed era già troppo, azzardandosi in luoghi sconosciuti, senza essersi mai sposata, senza uno stipendio fisso, per quanto risicato fosse, né prospettive di pensione. Con ottime probabilità, soltanto, di saltare la cena o il riposino pomeridiano.

L'avevano subissata di domande sugli alberghi dove aveva dormito, i luoghi che aveva visto, le persone famose che aveva conosciuto, e le sue imprese amorose, dando per scontato che se la fosse spassata con un uomo diverso ogni settimana, e ne erano passate parecchie, dal giorno della maturità.

Ma Marinella, cosí si chiamava l'attrice, stava raccontando di un suo grande amore, utilizzando il linguaggio figurato a cui si era abituata in palcoscenico. Diceva che per tanti anni aveva, con lui, cercato di incastrare i pezzi del mosaico, sforzandosi in tutti i modi di mettere in ordine le tessere per ricomporre il disegno che aveva creduto di intravedere, senza mai riuscirci, perché c'era sempre un pezzo che non combaciava, finché a un certo punto si era accorta che la cosa che tanto le era piaciuta in tutti quegli anni era proprio quel tassello che non quadrava, e la obbligava a riconsiderare ogni volta tutto da capo, quella possibilità sempre aperta, che la faceva sentire viva e non l'annoiava mai. Imma concluse che lui non l'aveva voluta.

Però quell'idea del rompicapo non era male. Che il disegno, semplicemente, non c'è. Ecco il trucco. Non è che ci deve essere per forza. Ci sono solo le tessere, buttate lí come capita, casomai sta a chi le trova metterle in ordine come meglio crede.

Ma quel pensiero fu presto sovrastato dalle pizze rustiche, dai complimenti velenosi e dalle chiacchiere sui figli e sui mariti.

Carmela aveva la stessa bocca rosso fragola di quando andavano al liceo, solo che adesso il merito non era piú dei suoi vasi sanguigni, ma di una coltre uniforme di rossetto di ultima generazione, quello con microcapsule bi-aderenti a rilascio differenziato, che resiste anche al bacio. Non che di baci dovesse darne chissà quanti al notaio Bonanno, suo marito, che primo non c'era mai, secondo aveva quindici anni piú di lei e succhi gastrici in subbuglio, terzo aveva l'amante. A meno che l'amante non ce l'avesse anche lei, Carmela. Era sempre stata un'acqua cheta, e se non ricordava male in seconda liceo zitta zitta se n'era andata ad abortire in una clinica privata di Bari.

Ma di questi fatti a Imma interessava poco e niente e i suoi occhi, vagando nella stanza, si posarono su una consolle Chippendale piena di curve come una pin-up dei tempi che furono. Accarezzarono compiaciuti il legno di radica striato come un caffelatte, durissimo e capriccioso come spuma, immaginando l'effetto che avrebbe fatto nel suo salotto e ripromettendosi di spingersi insieme a Pietro, quel sabato stesso, in uno di quei grandi mobilifici sulla strada per Bari, dove sicuramente avrebbe trovato ciò che faceva al caso loro, a un prezzo che Carmela e il marito manco se l'immaginavano.

Mentre continuava a soppesare i ghirigori lignei e le volute, nel suo campo visivo fecero il loro ingresso due vasi che troneggiavano sul vezzoso mobiletto, anche quelli di ottima fattura, benché parecchio piú sobri. Due anfore. Del periodo attico, come le indicavano le sue reminiscenze di storia dell'arte. Mezze sbocconcellate. Quasi sicuramente autentiche.

Manovrando lentamente come una grande nave che inverte la rotta, Imma passò dal sollazzo estetico allo sdegno: i vasi greci, in casa, non si potevano tenere! Era reato. E certo che lo era. La gente pensava che siccome lo facevano tutti il dolo fosse cancellato. Arraffavano a sinistra e a destra, manici di anfore e lucerne, o magari statuette piú o meno integre, riducendo il glorioso passato dell'area a uno stock di soprammobili da salotto.

Poi le venne un'idea, ma di quella si sarebbe occupata dopo.

Facendo appello a tutto il suo sangue freddo da poliziotta mancata, si rivolse a Carmela con un ghigno ironico sulla faccia.

L'ex bella della terza A stava parlando in quel suo modo catatonico da sonnambula che tanto faceva impazzire gli uomini. Di qualche stupidaggine. La figlia, o forse i ragazzi della terza C, quelli che all'epoca andavano per la maggiore.

"Che sono?" la interruppe Imma, indicando i vasi.

Tutte si voltarono sorprese verso di lei. Col tempo non erano cambiate. Una schiera di Cappuccetti rossi e Alici nel paese delle meraviglie, che cadevano dalle nuvole ogni volta che incontravano un lupo o una lepre marzolina. Diana si fece mentalmente il segno della croce.

"Vasi", rispose dopo un po' Carmela, che non aveva mai avuto molta fantasia.

Imma si schiarí la voce, poi sferrò l'attacco.

Carmela rispondeva con quella sua voce monotona, che sembrava sempre sul punto di spezzarsi, come succedeva durante le interrogazioni. Ci stava facendo esattamente la stessa figura di allora. Che lei non ne sapeva niente, che di certe cose se ne occupava suo marito, che i vasi erano di famiglia, quella del marito, ricevuti dal nonno, o forse dal bisnonno, non ricordava, erano sempre stati là e lei non ci aveva mai fatto caso. La stessa reticenza che sfoggiava all'epoca alle interrogazioni, quelle dove prendeva sempre otto, mentre Imma, che passava le notti a sgobbare, non era mai andata oltre il sette e mezzo.

Come dio volle, forse grazie alle preghiere di Diana che era stata sulle spine dall'inizio alla fine, la serata finí. A un certo punto era arrivato pure il notaio Bonanno, che era venuto a salutare le belle signore, come diceva lui, e mentre si prodigava nelle sue galanterie un po' rancide aveva avuto la cattiva sorpresa di trovare quella specie di mastino piazzato sul suo divano. All'inizio aveva pensato di disfarsene con una battuta di quelle che sapeva fare lui, ma quella tracagnotta, proprio come un pitbull, gli si era attaccata e non aveva mollato la presa. Quei cani là, si ricordò con sgomento, qualcuno gli aveva detto che non mollano nemmeno se li dividi a metà.

Il notaio sarebbe potuto diventare parecchio piú pungente, se non fosse stato per la moglie che gli lanciava occhiate supplichevoli, e anche per l'istinto di evitare rogne. Questa Tataranni era nota per la sua tigna, ne aveva sentito parlare in piú di un'occasione. E uno al suo livello un tallone d'Achille su cui poter essere attaccato, non fosse che la situazione fiscale, ce l'aveva per forza di cose. A meno che non fosse un santo, o un idiota.

Cosí aveva finito per abbozzare, lasciando la stanza con una battuta sarcastica che quella probabilmente non aveva nemmeno capito.

L'avesse capita o no, Imma non fece una piega. Anzi diventò particolarmente allegra. Diede la ricetta del rotolo con la nutella come lo faceva lei, premurandosi di non saltare nemmeno un ingrediente, e spiegando meticolosamente tutti gli accorgimenti. Raccontò un aneddoto sul modo in cui aveva incastrato un ginecologo calabrese che ricattava le clienti. Fece ridere tutte imitando la Carmignano, di latino e greco: "Tataranni si applica ma non ha gli strumenti..." Poi si dedicò al buffet, mentre Diana, sollevata, parlava con Marinella. Di un film dei fratelli Conad, come li chiamava lei. Di Cleo. Di certe sue aspirazioni artistiche di cui nessuno aveva mai sospettato l'esistenza.

Prima di andarsene, Imma raccomandò a Carmela di portare i vasi alla Sovrintendenza. Li avrebbero catalogati e glieli avrebbero restituiti, cosí prevedeva il testo unico sui beni culturali e ambientali. Altrimenti facevano una cosa illegale a tenerseli in casa in quel modo. E loro, mica volevano infrangere la legge, giusto?

Capitolo nono

La mattina dopo Imma si svegliò con una sensazione strana. Qualcuno avrebbe potuto definirla inquietudine, perché quella notte aveva fatto un sogno di cui adesso non si ricordava. Oppure rimpianto, o nostalgia, quella struggente che si può provare per una cosa che non si è mai vissuta.
Lei le diede un altro nome: fame.
Passando nel corso comprò un pezzo di focaccia alla Casa del Pane e se lo mangiò in due bocconi, presentandosi in Procura con un paio di baffi al pomodoro di cui nessuno osò avvertirla.
Ma la strana sensazione restava anche a stomaco pieno e le impediva di concludere gran che, forse per via di quel sogno fatto la notte che se ne stava acquattato dietro ogni pensiero, senza mai venire allo scoperto.
Fece un giretto dalle parti della ricezione atti, ma la Moliterni non c'era, si era presa due giorni di ferie, e questo peggiorò la situazione.
Passò alla polizia giudiziaria, ma non c'era nemmeno Calogiuri.
Se ne tornò in ufficio di malavoglia, con la sensazione di qualcosa che le sfuggiva.
Nei tempi successivi al solstizio d'inverno, quando la luce iniziava a crescere, il sole giallino era tutto nuovo, e i richiami degli uccelli si facevano sentire nuovamente dopo il lungo silenzio dei mesi freddi, in poche parole mentre la vita rinasceva, la prendeva la grande malinconia del

tempo che se ne va, e allora come una furia si attaccava al telefono e chiamava tutti i commissariati della zona, riesumando vecchi fascicoli di cui nessuno si ricordava piú, spargeva il panico nelle sezioni, spronava i commessi ad allungare il passo, disperdeva i crocchi intorno alle macchinette del caffè, aggirandosi per i corridoi della Procura con la fretta di una che vuole gabbare la morte per poi ritrovarsela a Samarcanda.

I suoi piú stretti collaboratori avevano imparato a riconoscere quei momenti e ognuno aveva messo a punto la sua contromisura per neutralizzarne le nefaste conseguenze.

Quando Diana venne a portarle i tabulati telefonici, e a dirle che si era rotto il fax, capí con una sola occhiata come stavano le cose, e se ne andò senza nemmeno aspettare la risposta.

Proprio in circostanze come quelle la dottoressa rischiava di dare il meglio di sé, affibbiandole compiti che poi si ritrovava sul groppone per settimane o mesi, per sentirsi dire quasi sicuramente, a tempesta passata: i fascicoli scomparsi? Per carità, portali via, ti sembra questo il momento?

Appena Diana fu sgusciata fuori dall'ufficio, Imma si mise a guardare i tabulati. Risultava che Nunzio, la sera prima di morire, aveva fatto una telefonata a Milena, e poi ne aveva ricevuta una proveniente da una cabina. Ma che voleva dire?

Poiché non le veniva nessuna idea, decise di fare ciò che stava rimandando da almeno un paio di giorni. Prese e uscí.

Mentre scendeva le scale le venne incontro l'appuntato Frangione.

"Dottoressa, i maiali li portiamo qua?"

Avevano sequestrato una partita di maiali senza vaccinazione. Imma lo mandò a quel paese.

Gnóthi sè autón, gnóthi sè autón, gnóthi sè autón, era il rumore che producevano i suoi tacchi sull'acciottolato di via delle Beccherie. Il motto socratico, conosci te stesso, le tornava in mente scandito dal ritmo marziale del suo passo, mentre si dirigeva a velocità sostenuta verso la Provincia.

Da un po' di tempo tutta quella roba a cui non aveva piú pensato da anni, versi di poesie, brani di versioni, date di armistizi, teoremi e leggi fisiche, le riaffiorava alla memoria quando meno se l'aspettava, come il rigurgito di un lavandino, senza una virgola mancante, e soprattutto senza un perché.

Attraversò il corso, e poi via Ridola, dalla parte della chiesa del Purgatorio. Nel superarla fu colta da una sensazione che provava in maniera piú o meno intensa ogni volta che passava di là. Un misto di senso di colpa e di euforia, un trionfo di amore e morte, causato dai teschi scolpiti sul portale e da un pensiero di cui non si rendeva conto. Da quelle parti, molti anni prima, aveva avuto il suo primo turbamento erotico. Ormai non se lo ricordava quasi piú, ma il sentimento era rimasto imbrigliato nelle pietre porose della chiesa, che lo sprigionavano al suo passaggio, e poi scompariva come la scia di una cometa.

Dovette essere quello, insieme a un'ideuzza che la sera prima aveva iniziato a prendere piede, e al desiderio inconsapevole di rimandare un compito troppo gravoso, che la spinse a entrare nel museo, quel mercoledí.

L'oggetto del comunicato ufficiale alla sua coscienza, comunque, fu: i vasi del notaio Bonanno. Lí c'era la sede della Sovrintendenza. Si fece avanti col suo passo marziale, caricandosi man mano che avanzava.

Quelli credevano di poter fare come gli pareva, piú avevano e piú pensavano che tutto fosse loro, che tutti fossero a disposizione, che le regole ci stessero solo per i fessi,

o per chi non apparteneva a qualche club con la puzza sotto il naso. Quelli come lei, ecco.
Chiese di parlare col sovrintendente. Anzi il vice. Insomma, Pino Montemurro.
L'accompagnarono. "Prego, dottoressa, da questa parte. Prego, si accomodi".
Attraversarono un paio di sale deserte. Nelle bacheche, in mezzo ai soliti cocci, monete e fibbie, Imma notò compiaciuta una sfacciata Venere preistorica che esibiva allegramente due cosce, una pancia e un davanzale con svariati chili in sovrappiú.

Montemurro si stava occupando di certa roba proveniente da una necropoli dei dintorni che i carabinieri avevano sequestrato a una banda di tombaroli.
Per uno di quegli strani fenomeni che capitano nelle piccole città, non l'aveva piú visto da decenni, come se fosse stato risucchiato dal nulla. Era per lui che aveva provato quel trasporto, molti anni prima, durante una visita al museo fatta con la scuola.
Andava due classi avanti a loro, al classico, e avevano avuto modo di familiarizzare durante le assemblee di istituto. Non nell'aula magna, dove tutti si accalcavano facendo a gara a chi si faceva notare di piú col pretesto della politica, ma su, nei corridoi delle aule, dove si potevano trattenere quelli che non prendevano parte alle assemblee. Cioè praticamente lei, lui, e una testimone di Geova. Lei perché preferiva utilizzare quel tempo per studiare, lui perché era fuori dai partiti di destra e di sinistra, appassionato di natura e antichi reperti, e la testimone di Geova perché la costringevano i genitori. Quando c'era sciopero e gli altri facevano i picchetti, loro lottavano a librate e gomitate per entrare, con tutti gli studenti che gli gridavano dietro: crumiri crumiri. Oppure scemo, scemo, sceeemo.
Pino Montemurro non era cambiato, fisicamente, a parte un inizio di calvizie, ma con gli anni aveva acquistato

sicurezza. A lui, la storia sembrava aver dato ragione. Mentre i liderini dei vari partitelli di allora erano stati ridotti al silenzio, lui era diventato ecologista, e vicesovrintendente al museo, o qualcosa del genere, e adesso sentiva di avere qualcosa da dare e da dire, e non si tirava indietro.

Infatti, dopo avergli spiegato il motivo per cui era lí, Imma non riuscí piú ad aprir bocca.

Montemurro parlava in maniera strutturata, implacabile, densa di argomentazioni, con l'incedere sincopato proprio dei laconici, solo che a lui troncare le parole serviva per poterne dire di piú, infilzandole una sull'altra, e accelerando il ritmo, che andando avanti diventava scoppiettante come un fuoco d'artificio.

Dopo aver sentito la storia di Carmela e dei vasi greci, senza smettere di lavorare coi reperti, si lanciò in una filippica su medici, notai e avvocati che avevano saccheggiato buona parte dei beni artistici regionali, utilizzandoli come soprammobili insieme alle bomboniere e ai pupazzi di grès che a un certo punto andavano per la maggiore.

Martellata dalle sue frasi incalzanti, l'immagine del liceale taciturno che Imma aveva custodito in una stanzetta appartata della sua memoria per tutti quegli anni andò in frantumi e poi in polvere nel giro di pochi istanti.

L'uomo di oggi si muoveva con disinvoltura, sfoggiando una sicurezza e una tranquillità che niente poteva scalfire, e come se non bastasse era uno di quelli che fanno le cose per passione. Una categoria da cui lei aveva sempre cercato di tenersi alla larga.

Brava gente, per carità, ma incontrollabile, spudorata e incontinente, che cade dalle nuvole se non condividi il suo entusiasmo, e se non stai al gioco ti guarda come se avessi appena sterminato a colpi di mitra una classe di bambini delle elementari.

Mentre lui parlava del malcostume nazionale, e di una legge che sarebbe stato necessario varare sulla tutela dei

beni artistici, lo sguardo di Imma vagò nella stanza in cerca di qualcosa a cui appigliarsi, e atterrò su certi attrezzi posati in un angolo. Zappe, picchetti, sondini, piedi di porco, leve. Un oggetto che se ne stava un po' discosto dagli altri attirò la sua attenzione: una specie di disco di plastica, dal quale spuntava un tubo.
"E quello che è?" chiese, infilandosi come un grimaldello nel ristretto interstizio fra due parole.
"Un metal detector, – disse Pino Montemurro. – È tutta roba che usano i tombaroli". Ma non si fermò lí.
Le spiegò che dove sotto c'è una tomba, o una casa, insomma un edificio di qualunque tipo, l'erba cambia leggermente colore, è un po' piú giallina. E osservando bene questo colore diverso ci si accorge che ha una forma geometrica. E che magari sopra ci cresce un fico, mentre tutt'attorno ci sono soltanto sterpaglie, perché nella profondità scavata l'albero ha la possibilità di affondare le radici. E magari, visto che in natura non si spreca niente, qualche animale sfaticato, tipo un tasso, o un istrice, ci va a fare la tana, cosí si risparmia la fatica di scavare.
Parlava con una tecnica particolare. Quando sembrava che stesse per esaurirsi e concludere il discorso, attaccava con un paio di battute sincopate che poi invece di concludersi a singhiozzo preludevano al dispiegarsi di una sinfonia orchestrale e partivano per la tangente di un nuovo discorso.
Imma ogni tanto apriva la bocca per interromperlo, ringraziarlo, dirgli che cosí poteva bastare, ma quello aveva affinato la tecnica di parlare senza prendere fiato, come i politici, forse per recuperare tutto quello che non aveva detto alle assemblee, o alle ragazze, quando era giovane, e a meno che non si fosse messa a urlare che era scoppiato un incendio alle sue spalle, cosa che prese in seria considerazione di fare, non ci fu modo di interromperlo. Se ne restò a dondolare nervosamente le gambe sulla sedia, e a fare sí con la testa, mentre nella sua mente un'immagi-

ne prendeva corpo con contorni sempre piú netti: il tavolo di Nunzio nella tavernetta, la maglietta con Che Guevara, i bicchieri vuoti, e quel disco di plastica bianca che a questo punto, ci scommetteva, per quanto pieno di cicche, non nasceva come posacenere.

Appena riuscí a liberarsi, Imma chiamò in Procura. Mandò nuovamente Calogiuri a Nova Siri, ma questa volta aveva un'idea precisa su quello che bisognava cercare.

"Ah, dici a La Macchia che non ha capito niente. Se le cose stanno come penso io la droga non c'entra un fico secco. Diglielo, capito?" gli raccomandò prima di chiudere.

Non se ne accorse, ma passando davanti alla chiesa del Purgatorio non provò il brivido erotico che aveva provato per tutti quegli anni. In quel momento non poteva saperlo, ma non l'avrebbe provato mai piú.

Poi, con uno stato d'animo leggermente migliore, si sentí pronta ad affrontare ciò che non poteva piú essere rimandato.

Capitolo decimo

"Ssssss! – La donna la guardava con diffidenza. – Fugghm? Ma ce steddí? Mac'let? Immacolata? Ma ce chere è pccnann, ma se quella è piccola, ste junda la nech, sta nella culla. Famm scí viedej, addò sta, addò sta, ancore chede e se fesc mel'. Chera figghiaraul, quella figliarella, sta nella culla. Fammi andare a vedere, dov'è, dov'è, non è che cade e si fa male? Uam sorta may non si trova piú, non è che sta malata, gli è preso il verme e non me la volete far vedere? Dove l'avete messa, figlia mia?"

La donna parlava in quel dialetto stretto che sembrava un'antica lingua azteca, guardando Imma senza riconoscerla.

"I tu c sunt? Chi sei?"

Negli ultimi anni non riconosceva piú né lei né nessuno dei suoi figli, e continuava a dire che l'avevano tradita, che l'avevano abbandonata sola come un cane.

"Addò m s't prtet? Cass na jat chesa may. Voglio andare a casa mia. Portatemi a casa".

"Ma questa è casa tua, – diceva Imma, – e io sono tua figlia. Imma. Immacolata. Non lo vedi?"

"Sssss! Tu non sí figlia a me. Che, fugghm mi metteva qui, in prigione? È brava, fugghm. Questa non è casa mia. Voglio andare a morire a casa mia. Jus au Soss iund o lammord".

Dall'altra stanza sbucò una cavallona bionda con in mano il bicchiere con le gocce già pronto. Era Ornela, l'ultima badante, che come dio voleva stava lí già da tre mesi. Di solito era il periodo massimo di resistenza. Imma non ci voleva nemmeno pensare... La cavallona le lanciò uno sguardo di intesa e porse il bicchiere con le gocce a sua madre, che dopo un attimo di esitazione lo prese e lo bevve.

Poi si avvicinò e affondò il pugnale: doveva andar via entro massimo due settimane.

Come tutte quelle che l'avevano preceduta, abbellí la notizia con qualche aggiunta di fantasia. Aveva lasciato in Romania il figlio di cinque anni, con la nonna. Ora la nonna si era ammalata e lei doveva tornare per prendersi cura di tutti e due.

Queste avevano sempre un marito che si doveva operare, un figlio piccolo lasciato con la nonna, una laurea in ingegneria nucleare.

Prima che Imma se ne andasse, la madre ebbe uno sprazzo di lucidità. "E Brunella?" chiese. Intendeva Valentina. All'anagrafe si chiamava Valentina Bruna, in effetti, ma lei era l'unica che la chiamava con quel secondo nome.

Imma inventò la solita pietosa bugia. "È stata con l'influenza, ma appena si riprende..."

Mentre se ne stava andando la madre si commosse. "Vuoi avere tante benedizioni, tante benedizioni, – iniziò a fare, poi le mise in mano un biglietto da cinque euro e le strinse il pugno sopra. La guardò con aria furtiva. – Comprati una cosa. Non ti far vedere da nessuno".

"Grazie ma'", mormorò Imma, tenendo d'occhio Ornela che stava lavorando a un ennesimo centrino, perché la situazione la imbarazzava. Diede un bacio alla mamma e se ne andò.

Insomma, che era colpa sua? pensava mentre tornava in Procura. Chi le costringeva? Prima affliggevano i figli con i loro sacrifici, togliendosi il pane di bocca e a quelli togliendo l'aria, li pulivano, li imboccavano, li coprivano, infelicitandogli gli anni dell'infanzia e della prima gioventú, poi, in vecchiaia, infelicitavano se stesse perché i figli se ne andavano, e a quel punto loro non avevano piú nessuno scopo di vita, essendo incapaci di inventarsi qualsiasi altra cosa, come quegli insetti che muoiono subito dopo la riproduzione.

 E poi lei, che l'aveva abbandonata? Ma quando mai. L'aveva sistemata in quell'appartamentino di cui si accollava interamente l'affitto, mentre i suoi fratelli se ne fregavano, e ci faceva un salto un giorno sí e un giorno no, per sentirsi dire, perché la lingua non l'aveva persa, che andava a vedere se era viva o se era morta. Ma insomma, che doveva fare? Licenziarsi? E la famiglia? Sterminarla? Almeno lei ci andava, a trovarla, perché gli altri... Aveva assunto anche una badante per assisterla e tenerle compagnia. Ma aivoglia a dire. Certe volte si sentiva come il dottor Mengele, quando tornando a casa faceva mangiare il canarino. Di fronte al suo tribunale interiore il verdetto era unanime: colpevole.

 Si era voltato freddo. Uno di quei freddi improvvisi che arrivano a fine marzo, quando uno meno se l'aspetta. Per contrasto col venticello gelido di fuori, entrando in Procura la investí una zaffata di aria calda e polverosa, proveniente dai termosifoni sparati al massimo.

 Incrociò un gruppo di giovani finanzieri col baschetto azzurro che venivano avanti a passo di marcia, e una monaca che si aggirava con aria smarrita.
 Sulle scale, salivano due avvocati di mezza età, fermandosi in maniera coordinata ogni paio di gradini, a discutere di qualcosa come se fossero nel salotto di casa loro.
 Dietro si era formata una piccola fila.
 Sul pianerottolo, un bambino piangeva. Una scolaresca di liceali completa di professoressa se ne stava davanti all'aula per le collegiali, tutta vociante, come se fosse l'ora della ricreazione.
 Non era un caso se lo scrittore praghese Franz Kafka

aveva ambientato in un palazzo di giustizia il suo romanzo sull'assurdo, dal quale poi venne fuori l'aggettivo kafkiano. In effetti lí in Procura non si capiva niente. L'architetto che l'aveva disegnata doveva essere ubriaco o sadico e in ogni angolo c'erano indicazioni sbagliate che portavano chiunque cercasse qualcosa a vagare da un piano all'altro, creando un gruppo di anime in pena che si aggiravano su e giú, aumentando la confusione.

Diana aveva trovato le informazioni su Emanuele Pentasuglia. E qualcosa di interessante c'era. A parte vari procedimenti risalenti agli anni Settanta – una denuncia per detenzione di stupefacenti, relativa ad alcuni grammi di marijuana, per la quale era stato successivamente condannato con la condizionale, un foglio di via avuto a Firenze, perché dormiva sotto le stelle sul Ponte Vecchio, un fermo dei carabinieri perché trovato a fare l'autostop sull'Autostrada del Sole e altra roba del genere –, c'era qualcosa che si riferiva a tempi molto piú recenti. Qualche mese prima. Una denuncia, ma non a suo carico, questa volta. Era stata raccolta dai carabinieri di Policoro, presso l'ospedale dove si trovava Manolo, che aveva subito un'aggressione. Da parte di ignoti, a quanto pareva, lí al campeggio Macondo.

Il fascicolo era stato poi assegnato al sostituto Scavetta.

"Di lusso", disse Imma. In senso ironico.

Non poteva piú pensare a Valentino Scavetta – l'anziano sostituto procuratore che era andato in pensione da poco, con tanto di festa con le paste di Schiuma e fermacarte in oro e pietra lavica comprato dai colleghi con la colletta – senza associarlo a un particolare tipo di rosa, Miss Italia, le sembrava si chiamassero. Rose bianche, dotate di caratteristiche eccezionali, di cui Scavetta non mancava di rendere edotti tutti coloro che incontrava in giro per la Procura nei mesi precedenti il suo pensionamento. Le avrebbe piantate nel giardino della casa che si stava finendo di costruire dalle parti di Timmari, dove voleva ritirarsi con la moglie di lí a poco. Insomma, il suo bel da fare ce l'aveva, all'epoca, il sostituto procuratore, e a tutto pensava fuorché a fare le pulci ai casi che gli capitavano sotto mano. È a lui che era stata affidata la relazione dei carabinieri di Policoro sull'aggressione a Emanuele Pentasuglia. L'informativa doveva essere rimasta sulla scrivania per tutto il tempo che aveva preceduto il suo pensionamento, a riempirsi di polvere in mezzo alle altre carte in esame.

Ora il procuratore capo l'aveva sicuramente riassegnato, bisognava capire a chi.

Diana si affrettò a dire che avrebbe provveduto immediatamente, sempre, se dio vuole, che non ci fossero altri problemi col RE.GE. Quest'ultima cosa la aggiunse per compiacere la dottoressa. Andava a colpo sicuro. Infatti un lampo di accanimento, quello che sempre compariva quando si parlava della signora – Maria Moliterni, insomma –, si affacciò negli occhi di Imma, ma fu subito mitigato da un'ombra di sospetto verso di lei.

Come alcuni nascono privi di un rene o di qualche altro organo vitale, a Diana mancava la personalità. Con questo pezzo in meno, si dava il suo da fare al secondo piano della Procura della Repubblica, compensando la dottoressa che di personalità ne aveva fin troppa. Nonostante guardasse Imma con diffidenza per i suoi atteggiamenti non proprio ortodossi in tutti i campi, dall'abbigliamento, alla giustizia, al galateo, Diana non poteva fare a meno, nello stesso tempo, di imitarla, come d'altronde avrebbe fatto e faceva con chiunque le stesse accanto, arrivando a ripetere ragionamenti e osservazioni che la dottoressa aveva fatto solo un attimo prima, come se fossero farina del suo sacco, senza nemmeno darsi la pena di parafrasarli, e a Imma ogni volta veniva il nervoso, perché c'erano due categorie che proprio non sopportava: la gente senza personalità, e quelli che ne avevano una diversa dalla sua.

Diana vide la malaparata e si affrettò a scomparire oltre la porta del suo ufficio.

Quando Calogiuri tornò, nel tardo pomeriggio, aveva come l'ombra di un sorriso. Non fosse stato com'era, timido e riservato come una fanciulla, avrebbe fatto di piú per mostrare quanto era riconoscente e orgoglioso della fiducia che la dottoressa gli aveva accordato, e delle opportunità, e di tutto quello che gli stava insegnando, a lui, un semplice appuntato, che aveva soltanto la scuola media inferiore, quando c'erano fior di sottufficiali diplomati, e magari anche qualche laureato, che avrebbero fatto carte false per stare al posto suo, e un sacco di altre cose che non disse. Era tutto concentrato in quel sorriso.

Raccontò che i genitori del ragazzo erano tornati a casa. Che La Macchia aveva fatto storie per la perquisizione, perché bisognava avvertirlo prima, che non aveva uomini.

"Tu gli hai detto che non ha capito niente?"

Calogiuri fece con la testa un segno non ben identificato, e si affrettò a informarla che aveva trovato quello che stavano cercando, nel silos. Un pezzo di terracotta dove, a guardarci bene, si poteva ancora distinguere un disegno. Un volto, quello di una giovinetta sembrava, anche se di anni non doveva averne pochi.

"Piú di cento, dottoressa?"

"Macché cento, Calogiuri. Un paio di migliaia. Minimo. Se non qualcosina in piú".

Capitolo undicesimo

"Questo è un pezzo di pínax, al plurale pínakes!" disse Pino Montemurro con la sua voce scoppiettante.
Successe un fenomeno impressionante, si mise a vibrare come una forcella nelle mani di un rabdomante, rigirandosi il frammento fra le mani.
Quando si fu ripreso aggiunse con un sorriso di trionfo: "Lo dicevo io. Non poteva essere diversamente".
"Cosa?"
"Se ce li hanno in Calabria, ce li dovevamo avere anche qui. Da noi. Per forza. Non si scappa".
"Ma che sono?" chiese Imma.
Erano delle tavolette votive dell'epoca della Magna Grecia, che rappresentavano il mito di Persefone. La dea fanciulla, la primavera, che era stata rapita da Ade, il signore delle tenebre.
I suoi santuari erano legati al culto delle acque, e la gente dell'antichità ci andava a chiedere la grazia, piú o meno come facevano adesso con la Madonna di Pompei, o di Lourdes.

"Quindi questi sarebbero degli ex voto, praticamente".
"Praticamente sí".
Le tavolette venivano rotte dopo essere state offerte alla divinità. Le conservavano in appositi depositi affianco ai luoghi di culto.
Un importante tempio dedicato a Persefone, con relativi pínakes, era stato trovato dalle parti di Reggio Cala-

bria, a Locri Epizephiri, dove c'era un Persepheon, che conteneva anche una magnifica statua, oggi a Berlino...

Imma prese il frammento e lo passò a Diana, sussurrandole che bisognava farlo avere a quelli del nucleo tutela del patrimonio artistico, con la raccomandazione di avvertire immediatamente se avessero saputo di qualcosa del genere che circolava sul mercato.

Poi si rivolse a Pino Montemurro, tirò un respiro e riuscí a dire tutto d'un fiato che se ne doveva andare.

Scese le scale, con lui che la seguiva, continuando il discorso su Persefone, e sui pínakes, e sui beni artistici regionali, che bisognava assolutamente valorizzare. Si infilarono sotto le impalcature dei lavori in corso: e figuriamoci, manco avevano finito di costruirla, quell'ala dell'edificio, che già era piena di crepe. Furono costretti a camminare in fila indiana. Lui andò avanti, e presto la distanziò. Lo vedeva parlare gesticolando, mentre col cellulare che perdeva campo lei cercava di capire dove fosse finito Calogiuri.

Appurò che era andato a notificare un atto, ne aveva ancora per un po'. Gli gridò che l'avrebbe raggiunto al Gran Caffè, cosí nel frattempo sarebbe passata al mercato. Voleva comprare le rape, se no il tempo finiva e non le avevano ancora assaggiate.

All'uscita dal tunnel Pino Montemurro stava continuando il discorso su un tentativo di scavo che era stato fatto anni prima, verso Timmari.

Imma gli indicò il cellulare: un affare urgente. In fin dei conti Valentina non aveva tutti i torti, il telefonino certe volte ti può salvare la vita. Lo salutò con la mano e se ne andò.

Mentre si aggirava fra le bancarelle, coi venditori che cercavano di accaparrarsela, roba speciale, Imma si ricordò che su Persefone, e l'Inno a Demetra, era stata interrogata, tanti anni prima. Da quella supplente venuta a sosti-

tuire la Carmignano che aveva la bronchite. Lei aveva risposto per filo e per segno. Si ricordava benissimo anche adesso. La fanciulla che viene rapita dal signore delle tenebre. La terra che le si spalanca davanti mentre raccoglie un fiore, in un prato, e Demetra, la madre, disperata, che se ne va dappertutto, cercandola. La terra che non dà piú frutti, né messi...
"Come sono le rape?"
Dure, com'erano? Avevano fatto il fiore.
"E che è colpa mia, signo', qui non si capisce piú niente. Un giorno piove, il giorno dopo sembra maggio".
Il tempo, in effetti, sembrava impazzito, i prezzi della frutta aumentavano, le rape fiorivano quando pareva a loro. Ma ormai le era venuto il desiderio. Le prese. E come sono sono.
Era andata a finire male, quella volta. La supplente le aveva messo un voto risicato perché sosteneva che aveva imparato tutto a memoria. Anzi, a pappagallo, era stata l'espressione che aveva usato. Perché, c'è qualcosa di male, a imparare a memoria? O anche a pappagallo?
Il fruttivendolo fece il solito trucco di appoggiarsi sulla bilancia per aumentare il peso, ma Persefone o non Persefone Imma lo bloccò in tempo: "Non facciamo scherzi, eh?"
Prese le rape e si spostò in un'altra bancarella per comprare le olive.
Quello era il suo metodo, come gli antichi. Imparava formule chimiche e matematiche, regole di grammatica, fiumi, monti e date. Purché non fosse richiesta la fantasia. Ancora certe volte, di notte, sognava quel tema che aveva dato la supplente: davanti al foglio immacolato fate galoppare l'immaginazione... Lei aveva consegnato in bianco.
Passò Tonino Miulli, un usciere del tribunale ora in pensione. "Dottoressa, tante belle cose". Imma lo salutò, soprappensiero, poi liquidò Persefone, Demetra e la sup-

plente, e si diresse a piccoli passetti veloci verso il Gran Caffè.

Calogiuri non era entrato. L'aspettava davanti, impalato come un carabiniere, dritto come un fuso e biondo come Garibaldi. Quando gli disse di entrare, che gli offriva un caffè, ebbe l'impressione che arrossisse.

"Non è igienico, né per sé né per gli altri", ribadiva Pasquale Manicone, momentaneamente evaso dallo sportello dell'ufficio postale, e dalla lunga fila che c'era davanti, perché in quei giorni pagavano le pensioni. Il commendator Corazza annuiva vigorosamente. Si voltarono entrambi, quando videro Imma, e si produssero in un inchino da corte ottomana.

"Dottoressa, che possiamo offrire?"
"Non vi azzardate".
"Come sarebbe a dire?"
"Che mi offendo".   Come to blows

Potevano andare avanti anche per ore e qualche volta bisognava venire quasi alle mani, ma arrivò qualcuno a chiamare Manicone e non ce ne fu bisogno.

Imma prese un cappuccino e uno di quei cornetti che facevano lí, grossi come una bistecca, con dentro mezzo chilo di crema, mentre per far accettare qualcosa a Calogiuri dovette minacciarlo, e alla fine lo costrinse a prendere un caffè.

Uscendo, gli disse che poiché non avevano trovato soldi a casa di Nunzio, bisognava verificare se non avesse aperto un conto da qualche parte, in banca, o alla posta. E di dare un'occhiata al conto del padre, anche.

Lo guardò mentre se ne andava, con la camminata contenta di un ragazzo a cui hanno appena comprato il primo motorino.

Lo favoriva. Sí, lo favoriva. Non perché era bello, come pensavano le malelingue, ma perché quel suo silenzio e quella sua delicatezza sapeva da dove venivano. Dai campi di tabacco pieni di mosche dove suo padre e sua madre lavoravano per pochi spiccioli l'ora, a Cutrofiano salentino. Dal sole che picchiava all'ora della siesta. Dai gechi che si arrampicavano sui muri. Dai quattro fratelli minori e dalle due sorelle maggiori con cui era cresciuto. Dal mare dove quando era ragazzo andava a farsi il bagno senza saper nuotare. Dalla maestra che gli metteva un brutto voto perché faceva gli errori di ortografia. Dal palazzo normanno dove portavano i peperoni dell'orto, gratis, per ingraziarsi i signori. Dai ricci di mare. Dai fichi d'india. Da suo cugino che era morto in un incidente di lavoro, in Germania.

Quando tornò in Procura, Imma si mise a firmare una pila di documenti che si erano accumulati negli ultimi mesi. Doveva smaltirne almeno un po'. Se non altro per Diana, che l'affliggeva tutte le sante mattine rincorrendola nei corridoi per ricordarle gli arretrati.

Aveva iniziato da poco quando si accorse che ormai non ci vedeva piú bene da vicino. Le lettere si dilatavano, fino a confondersi una con l'altra. In realtà era già parecchio che succedeva, ma lei si era ostinata a far finta di niente. Quando andava al supermercato e non riusciva a leggere le indicazioni sulle scatole, le posava dicendosi che erano troppo care. Le istruzioni degli elettrodomestici, che non si capiva niente. I libri di sua figlia che non aveva tempo. Allontanò le carte. Si sentiva come una macchina che inizia a perdere i pezzi.

Andò alla finestra per prendere una boccata d'aria.

Vide sul mobiletto accanto un binocolo che aveva regalato a Valentina un paio di anni prima, e che sua figlia non doveva aver apprezzato particolarmente, perché un giorno se l'era dimenticato lí e non l'aveva piú ripreso. Pensò che forse con qualcosa del genere Nunzio aveva perlustrato la campagna in cerca del tempio di Persefone.

Puntò inizialmente il binocolo contro il cielo e non vide nulla, se non un azzurro intenso nel quale entrava di straforo il lembo di una nuvola. Lo mosse cercando di mettere a fuoco qualcosa di piú interessante. Vide il bel palazzo della biblioteca con la sua facciata barocca, il dettaglio ingrandito delle campane, la vetrata che dava sul bar da dove si godeva la vista dei Sassi. Lo mosse ancora e puntò sull'insegna della Casa del Pane e del Gran Caffè. Strinse, lo spostò verso il basso, e fu in quel momento che vide passare Maria Moliterni con due buste, non del mercato, ma di Anna Cecere, la boutique, traboccanti di roba di lusso di cui aveva fatto incetta.

Questa volta Imma annotò sulla sua agenda il giorno e l'ora, poi fece per scendere giú a chiedere qualcosa all'ufficio atti, ma il ritorno di Calogiuri la bloccò. Vedendolo, ripensò per un attimo, chissà perché, a certe pericolose signore dell'età antica, dee potentissime e capricciose, sempre pronte a infatuarsi di qualche bel giovanotto e a fare cose dell'altro mondo per ottenerlo.

L'appuntato aveva già raccolto le informazioni di cui aveva bisogno. Né a Nova Siri, né in tutti i paesi limitrofi, Policoro, Marconia, Rotondella, e nemmeno a Matera, c'era un conto aperto a nome di Nunzio Festa, né alla banca né alla posta.

Poi aggiunse qualcosa, con l'aria di scusarsi. Aveva scoperto invece un fatto che gli sembrava interessante per quanto riguardava il padre. Non c'erano stati versamenti sul suo conto, però l'uomo negli ultimi mesi non aveva pagato l'ipoteca sulla casa e sulle terre e se non l'avesse fatto sarebbe scaduta. Invece, proprio due giorni dopo la morte del figlio, aveva dato diecimila euro che avevano messo a posto la situazione.

Imma guardò Calogiuri. Se qualche volta aveva dubitato della sua intelligenza, pur senza mai condannarlo come persona, ora poteva sciogliere ogni riserva. Si dovette trattenere per non abbracciarlo.

Fu in quel momento che ricordò il sogno fatto la notte

il sogno del giovane.

prima: erano seduti uno accanto all'altra su un divano di pelle stile anni Settanta. Nella stanza c'era musica, gente che ballava, aranciata e pop corn. E loro due si stavano baciando.

Capitolo dodicesimo

Verso l'inizio degli anni Ottanta a Nova Siri era scoppiata la febbre del kiwi. Imma ancora si ricordava quando spuntarono sulle bancarelle, dove si vendevano all'unità, suscitando l'ammirazione e il sospetto. Venivano dalla piana alluvionale di Sibari, lí dove un tempo imperversava la malaria. Li coltivavano insieme alle fragole, alle arance, alle pesche, tutta roba che non reggeva il paragone. Quel frutto con la polpa verde e dolciastra, dal sapore ottimista tipicamente anni Ottanta, a quanto dicevano zeppo di vitamine, adatto a ravvivare i cocktail e modernizzare le macedonie, racchiudeva le speranze e i sogni di un popolo che fino al giorno prima aveva mancato di pane e ora doveva rifarsi, in un modo o nell'altro.

Era stato in quel periodo che il padre di Nunzio aveva messo su la sua cooperativa ortofrutticola, *Luna rossa*, cosí le aveva detto La Macchia. A quanto sembrava, in paese Rosario Festa lo conoscevano tutti, e tutti lo stimavano.

Per verificarlo di persona, Imma si spinse fino a Nova Siri paese insieme a Calogiuri, al ritorno da un dibattimento che aveva dovuto discutere a Písticci, per un caso di falso in bilancio che non si sapeva piú come trattare. L'appuntato aveva già imboccato la statale per Matera quando, alla prima piazzola, lei gli disse di invertire.

Non se lo sarebbe potuto permettere, neanche a dirlo, ma l'idea di Diana che l'avrebbe tampinata appena messo piede in Procura chiedendole risposte per gli avvocati, la spinse a godersi ancora qualche ora a piede libero e a verificare, insieme a Calogiuri, un paio di cose che le stavano a cuore.

Mentre entravano a Nova Siri Imma ripensò a quel sogno strampalato che aveva fatto qualche notte prima, di loro due sul divano, e le scappò un sorriso.

"Siete allegra oggi, dottoressa?"

"Ma che allegra, Calogiuri, se penso a tutti gli arretrati che ho mi dovrei sparare".

"No, dottoressa, non ci lasciate".

Nel paese vecchio, subito sotto il castello, si trovava il Bar Centrale, dove, a quanto le avevano detto, Rosario Festa andava ogni tanto a farsi una partitina a tressette.

Era un primo pomeriggio silenzioso e assolato. Man mano che la macchina saliva verso il paese arroccato sul cucuzzolo della collina, si apriva la vista sulla vallata, di un verde acuto e squillante, striato del rosso violento dei fiori di sulla. Imma ripensò al santino, la Madonna della Sulla, che avevano trovato accanto al ragazzo morto. Se almeno sopra ci fosse stata qualche impronta, ma niente. Erano state cancellate dalla pioggia, le avevano detto in laboratorio. E l'immagine risaliva a parecchi anni prima.

Il paese era mezzo disabitato. Negli ultimi anni la gente si era trasferita giú, nei quartieri nuovi che erano nati con lo scalo ferroviario, a ridosso della costa.

Un tempo temevano gli attacchi dal mare, ora invece non vedevano l'ora di spremere i turisti.

Al Bar Centrale c'erano quattro o cinque sessantenni ancora aitanti, con la pelle abbronzata e la panza, che stavano lí dentro come un tempo certe coppie di animali nell'arca di Noè.

Di Rosario Festa non dicevano che bene.

Era un quartista, uno di quelli che avevano beneficiato della riforma agraria. I suoi, cioè. Da lí venivano il podere e la casa, che poi era quella in cui viveva ancora.

E lui aveva messo su la cooperativa. Ci aveva creduto, nello sviluppo che veniva dal basso, nei contadini che diventavano imprenditori di se stessi. E all'inizio aveva funzionato.

Poi, quando era fallito, era stato l'unico a rimetterci, agli altri aveva pagato fino all'ultima lira, anche se per farlo si era venduto perfino il Mercedes e la pelliccia della moglie. La seconda, perché nel frattempo si era risposato.

Su quella straniera vent'anni piú giovane di lui non si pronunciavano. Quando Imma cercò di insistere, si guardarono. Alla fine uno di loro, un tipo coi baffi, disse che una volta li aveva visti che camminavano tenendosi la mano. Si guardarono ancora, ma non aggiunsero altro.

Prima di andarsene, Imma domandò una cosa che li fece ridere. Chiese se Rosario Festa fosse devoto a qualche santo.

"Impossibile". Non aveva molta simpatia per i preti, e si teneva alla larga dalle chiese.

"Però la Madonna della Sulla, che porta la pioggia?"

Scossero la testa sorridendo.

"Non ci crede a queste cose".

Ora Imma ce li aveva davanti alla scrivania del suo ufficio. Rosario Festa e signora.

La cooperativa, stava spiegando lui, aveva iniziato a perdere colpi dopo la crisi degli anni Novanta. Il mercato era cambiato, si era accentrato nelle mani di pochi, dei colossi con cui non si poteva entrare in concorrenza. Le altre cooperative della zona un po' alla volta avevano iniziato a chiudere.

Parlava piano e con difficoltà, come se dalla bocca non gli uscissero parole, ma calcoli renali.

Molti soci volevano mollare, gli venne in aiuto la moglie, ma lui li aveva incoraggiati a rilanciare, a non arrendersi. Per un po' ce l'avevano fatta, avevano creduto di andare avanti.

Imma la guardò. Guardò lui. Da quando Nunzio era morto, le avevano detto al bar, Rosario Festa si era chiuso in casa e non voleva vedere piú nessuno. Neanche i figli. Dopo il funerale i due maggiori avrebbero voluto restare a Nova Siri per qualche giorno, o che andasse lui da loro, ma niente, non c'era stato modo di convincerlo. L'unico suo rapporto col mondo era la moglie. Si domandò per un attimo come andasse a letto, fra quei due.
"Negli anni Novanta ha aperto la Fiat, a Melfi, – proseguí l'uomo. – Quello ha dato la botta finale". Sembrava parlare piú a se stesso che a lei, come se avesse bisogno di rimettere insieme i pezzi di qualcosa che si era rotto.
Qualcuno aveva avuto il posto fisso, continuò, e avevano preferito puntare sul sicuro, lasciandolo a fare la Cassandra, che tanto di fisso ormai non c'era piú niente da nessuna parte. E alla fine...
"Pensavo di trascinarli verso il benessere, invece siamo falliti".
Allora aveva fatto quell'ipoteca sulla casa e sul podere.
Imma guardò la donna e immaginò tutto. Si era sposata il buon partito, anche se avrebbe potuto essere suo padre. Per un po' di anni aveva fatto la signora, poi però... Si chiese come mai non chiedesse il divorzio. Ma forse le conveniva tenersi un tetto sulla testa, perché non era piú di primo pelo, e non le sarebbe stato facile trovare un altro che se la prendesse in carico.
Rifece all'uomo la domanda che gli aveva fatto già prima. Da dove avesse preso i soldi per pagare le rate dell'ipoteca che erano rimaste scoperte. L'uomo fece segno verso la moglie.
"Ce li avevo da parte", disse lei.
Non li voleva toccare, per ogni eventualità. Li aveva messi via nei primi tempi del matrimonio, quando le cose andavano bene. Nessuno sapeva nemmeno che esistessero, quei soldi.
"Ho resistito, poi mio marito neanche mi dice come

vanno le cose, sapete come sono uomini italiani, ma alla fine l'ho scoperto da sola. Se scadeva l'ipoteca bisognava dare via la casa e non so che fine avremmo fatto. Cosí ho tirato fuori i soldi, sicché a quel punto non potevo piú fare diversamente".

Parlava l'italiano perfettamente, con dovizia di vocaboli e proprietà di linguaggio, tranne quel sicché, forse residuo di qualche trascorso toscano, che infilava a proposito o a sproposito.

Imma annuí, poi prese un foglio da un fascicolo, e iniziò a leggere. Era una lettera, quella che Calogiuri aveva trovato nel cassetto del comodino, e che si era fatta tradurre.

Portava la data del 4 gennaio 2003, qualche mese prima.

L'aveva scritta lei a suo figlio, Alioscia. Iniziava parlando del mare. Prima di partire, diceva, pensava che il colore del mare sulle cartoline fosse finto, invece poi aveva scoperto che le onde, dal vero, avevano sfumature che uno nemmeno se le immagina. Proseguiva dicendo che avrebbe tanto voluto sapere di lui, che le mancava, eccetera eccetera. Imma lesse con particolare enfasi alcune righe, in chiusura: *Qui va tutto bene*, c'era scritto, *non ci manca niente. Abbiamo una bella macchina, una Mercedes, una televisione grande, di quelle piatte. Andiamo al ristorante almeno due o tre volte alla settimana e ogni tanto ci facciamo un bel viaggetto*. Eccetera eccetera. *Con tutto il mio amore, la tua mamma*.

"Le cose non andavano poi cosí male, quindi", fece Imma.

La donna sorrise. "Quando uno va via non ha voglia di far sapere a chi è rimasto che non se la passa bene".

In effetti. C'era uno zio, il fratello di sua madre, che in Argentina... vabbè vabbè.

"E perché non l'avete spedita, la lettera?"

"Ne ho spedite tante, sicché non mi ha mai risposto".

Le spiegò che il figlio aveva solo tre anni, quando l'aveva lasciato alla nonna, con l'idea di andare a riprenderlo appena fosse stato possibile.
"E invece?"
"Ci sono andata".
"Ma intanto erano passati quattro anni", disse il marito.
Avevano fatto il viaggio insieme, fino al paese di lei, in Ucraina. Il bambino non l'aveva riconosciuta. "Mi sono avvicinata per abbracciarlo ma lui mi ha voltato le spalle".
Oltre la porta aperta del suo ufficio, seduta alla scrivania, Diana ascoltava con una penna in mano, a mezz'aria. Assorta come se fosse una soap opera. Capace che si faceva scappare anche la lacrimuccia. Capacissima.
La donna invece, fortunatamente, proseguiva il suo racconto senza indulgere alla commozione. Aveva dato a suo figlio un regalo, – diceva, – una spada laser. Lui l'aveva guardata, ma poi era corso a giocare con gli amichetti. Quando avevano cercato di portarlo via si era messo a piangere e non c'era stato verso: era voluto restare con la nonna. La chiamava mamma. "Io, poi, ho continuato a scrivergli per tutti questi anni, ma non ho mai avuto risposta".
"E da allora non l'avete piú visto?" chiese Imma.
La donna fece segno di no con la testa. "Non ho avuto il coraggio. Un uomo che non ti vuole, passa, ma un figlio".
Imma la guardò e per la prima volta provò per lei, involontariamente, una certa simpatia.
Prima che se ne andassero, mostrò il pezzo di pínax, di tavoletta votiva, insomma, che quella mattina le era tornato indietro. Fu l'uomo che si ricordò. Roba del genere la trovava sua madre, un tempo, andando a scavare i lampascioni nelle campagne.

Appena furono usciti, Diana si fece avanti. Imma la guardò in un certo modo, per farle capire che aveva la risposta già pronta in caso di commenti lacrimevoli. Ma non ce ne fu bisogno. La cancelliera si lanciò in alcune ipotesi spericolate. "E se è stato il figlio di lei a uccidere? Per vendetta e per gelosia?"
Sembrava allegra. Imma annuí, soprappensiero.
"Chiamami La Macchia".
Diana compose il numero di telefono, poi le porse la cornetta con premura.
Imma disse al maresciallo che si sarebbe attivata per piazzare le ambientali a casa dei Festa, di prepararsi.
"E perché, dottoressa? Guardi che è una perdita di tempo. Secondo me bisogna indagare su quel tipo del campeggio, Emanuele Pentasuglia. Mi scommetto quello che vuole. C'entra la droga".
Fosse una volta che faceva quello che gli diceva e basta. E Diana, sicuro al cento per cento, ora se ne usciva con qualche altra ipotesi delle sue. Ma che volevano da lei?

Tornando a casa, quella sera, Imma avvertí un frastuono che cresceva man mano che si avvicinava alla palazzina anni Settanta intestata a Pietro dai genitori quando loro due si erano sposati. Entrando nel portone lo sentí rimbombare come una discoteca. Pensò di chiamare la polizia. Se facevano i figli e poi non sapevano educarli, mica era colpa sua. L'articolo 659 del codice penale parlava chiaro: chiunque mediante schiamazzi o rumori, ovvero abusando di strumenti sonori o di segnalazioni acustiche, ovvero suscitando o non impedendo strepiti di animali, disturba le occupazioni o il riposo delle persone eccetera eccetera, è punito con l'arresto fino a tre mesi eccetera eccetera. Era un problema di civiltà.

Il rumore aumentò quando arrivò sul pianerottolo. Aprí la porta e trovò Valentina che si contorceva davanti a Mtv urlando a squarciagola: "Tranqui Fanchi, è il nome del mio ballo. Tranqui Fanchi..." Doveva aver preso un brutto voto a scuola. Non se la sentí di dire nulla, di intentare una nuova battaglia, di perdere una guerra. Se qualcuno voleva rivolgersi alla giustizia, si accomodasse. Era suo pieno diritto. Richiuse, e se ne andò in palestra.

C'era un gruppo di micidiali casalinghe rese pericolose dall'effetto incrociato del gag, dello step e della menopausa incombente. Imma si fece largo con qualche bottarella ben assestata in quella selva di bicipiti, tricipiti e forse trigemini, andando a posizionarsi in prima fila, proprio sotto l'istruttrice, perché se no non la vedeva. Da quando si era iscritta a quel corso era riuscita ad andarci una sola volta, ed erano passati già tre mesi, ma quella sera era determinata a recuperare il tempo perso. Molte si voltarono a guardarla, perché non si era mai vista, perché il posto che aveva occupato era il piú ambito da tutte e perché non si faceva i peli sotto le ascelle.

Un'altra non avrebbe preso sotto gamba la riprovazione nemmeno tanto nascosta delle signore, né i loro bicipiti potenziati dall'esercizio e dalla frustrazione, e magari si sarebbe fatta da parte, ma Imma era abituata a ben altro, e restò sul posto senza manco accorgersene, iniziando a far oscillare braccia e gambe nel tentativo volenteroso ma non sempre riuscito di andare a ritmo con la musica trance.

Quella sera, a letto, si addormentò mentre suo marito le stava parlando di un problema che aveva in ufficio, con un collega. Pietro le tolse gli occhiali che si era decisa a comprarsi proprio quel giorno, in farmacia. Ci era abituato. Non si offese.

"Tranqui. Tranquillo", mormorò Imma, voltandosi dalla sua parte.

"Eh?" chiese Pietro, che non era sicuro di aver capito bene.

"Il cane, – disse Imma. Non si capiva se era sveglia o stesse parlando nel sonno. – È di Nunzio, il ragazzo".

"Non ci pensare, – le rispose Pietro. – Dormi". E spense la luce.

Capitolo tredicesimo

Imma disse a Diana che doveva rivedere quella ragazza, Milena. E poi Emanuele Pentasuglia. Se Nunzio aveva lasciato il cane vuol dire che aveva deciso di partire, e loro di dove voleva andare, e perché, sicuramente qualcosa ne sapevano.
Quando, il giorno dopo, Milena salí le scale della Procura, appariva piuttosto provata e pallida. Aveva vomitato durante il viaggio, le aveva fatto male la macchina, disse a Imma che le chiedeva cosa le fosse successo. E intanto la guardava negli occhi in quel suo modo calmo, pieno di accuse non dette. Imma pensò al brigadier Rizzuto, che era andato a prenderla, e al suo viziaccio di correre a sirene spiegate anche quando andava a comprare le sigarette. Sicuramente aveva voluto fare lo stupido con la ragazza e questo era il risultato. Ci avrebbe fatto due chiacchiere.
A Milena Imma chiese prima di tutto come andasse a casa, con il fratello. Si era informata. Carmine, effettivamente, era uno coi cinque minuti facili, e lei era stata vista piú di una volta con lividi e segni.
Ora non ne aveva, ma guardandola con attenzione Imma si rese conto di qualcos'altro. Quella ragazza aveva una bellezza perniciosa, di quelle che si infiltrano e ti entrano dentro come l'umidità.
Non l'aveva notata subito perché era fatta di misura e discrezione, tutta dettagli e proporzioni, come quella delle colline che circondavano il suo paese, cosí essenziale da sembrare insignificante, ma poi, quando la scoprivi, non te ne liberavi piú.

"Come deve andare? – disse Milena. – Bene".
Sembrava covare qualcosa. Era sfuggente, diceva bugie e mezze verità, come se volesse coprire qualcosa o qualcuno. Eppure il fratello, per il momento, non era piú nel mirino. Imma la scrutò con attenzione. Vai a vedere che i cazzotti e quella bellezza che ti prendeva a tradimento non erano l'unica sorpresa che riservava.
"Nunzio aveva un cane, vero?" le chiese.
Milena alzò le spalle.
"Come si chiamava?"
"Boh, Dick mi sembra".
"Dick", ripeté Imma.
Questa era una che le bugie le diceva per sport. Anche Valentina faceva cosí. Se le chiedeva che gelato aveva preso era capace di dire alla fragola invece che al cioccolato, e poi che al telefono stava parlando con Bea e invece era Alessandra, che era stata interrogata in matematica e invece era geografia. Bugie fini a se stesse, o almeno cosí sembrava, e se qualcuno le dimostrava che stava mentendo non si arrendeva nemmeno davanti all'evidenza, e a insistere erano liti.
"Con Nunzio, perché avete litigato?"
Milena la guardò. Come a dire quanto rompi.
"Cosí".
"Che vuol dire?"
"Non mi ricordo".
"Non è un po' presto per l'Alzheimer?"
"…"
"Lui ti ha detto che se ne voleva andare e tu non sei stata contenta. Anzi, lo sapevi già, e quella sera hai ripreso il discorso".
Milena, testarda, fece segno di no con la testa.
"Chi vuoi difendere? Tuo fratello?"
Milena si inalberò. Le disse che non aveva capito niente, né di lei né del fratello né di nessuno.
"E allora spiegamelo tu", disse Imma.

Milena esitò, poi rispose che la gente non si fa mai i fatti suoi. Erano tutti invidiosi, disse, perché adesso Carmine lavorava senza dover ringraziare nessuno, e a certi questo non piaceva, perché sono abituati a leccare il culo, e se uno non lo fa lo guardano storto.
"Volete sapere cos'è successo alla Fiat?" le chiese.
"Beh?"
Milena la guardò fissa, poi tutt'a un tratto due lacrimoni le scesero sulle guance, creando dei leggeri solchi nella cipria. Scoppiò a piangere, singhiozzando forte, con la faccia fra le mani. Imma le porse un fazzoletto, ma Milena fece segno di no e tirò su col naso.
Quando si fu calmata, Imma ricominciò a farle domande. Cos'era questa faccenda della Fiat? E Nunzio? Perché voleva partire, dove voleva andare, aveva coinvolto anche lei nei suoi progetti? Milena rispose che non lo sapeva, che Nunzio non le aveva parlato di niente. "E tanto, – aggiunse, – qui chi se ne vuole andare deve rimanere per forza e chi vuole restare è costretto a partire". Come se questo spiegasse tutto.
Imma le disse che sicuramente Nunzio si era messo in qualche storia poco chiara, e se lei avesse collaborato li avrebbe aiutati a risalire a chi lo aveva ucciso.
"Nunzio è morto e basta", disse Milena.
"Parlavamo di cose nostre", rispose, quando le chiese di che parlavano.
Poi sembrò sul punto di dirle qualcosa, ma cambiò idea e non ci fu piú niente da fare.
Imma la fece riaccompagnare da Calogiuri, perché era quello che guidava meglio, visto che le faceva male la macchina. Prima che andasse via le diede il biglietto da visita con su scritto *Immacolata Tataranni, Sostituto Procuratore della Repubblica.* Se le veniva in mente qualcosa, qualunque cosa, che la chiamasse. Era importante.
Mentre li guardava andar via, lui alto e biondo, con le spalle larghe, lei piccolina e bruna, stretta nei jeans e so-

spesa sui tacchi, al suo fianco, le venne una fitta allo stomaco. Pensò che doveva esserci qualcosa che non aveva digerito a mezzogiorno. Aveva saltato il pranzo, invece, ma non se lo ricordava piú.

Nelle ore che seguirono, Imma fu di umore intrattabile. Fece correre Diana su e giú per tutta la Procura alla ricerca di documenti che non si trovavano. Fece un cazziatone al brigadier Rizzuto, che continuava a giurare su Dio, su sua madre e sulla testa dei suoi futuri figli che era andato pianissimo, e la ragazza si era sentita male per conto suo. Tese un'imboscata a Forcella. Le ambientali piazzate a casa dei Festa, a suo dire, non davano che silenzio. Silenzio, silenzio e ancora silenzio. Fu quello che risultò anche quel giorno, in effetti, quando lei andò a sentire di persona, ma l'evidenza non le era mai stata di ostacolo e nessuno poteva toglierle dalla testa che Forcella fingesse di ascoltare e invece dormiva.

Fece tremare impiegati, commessi e appuntati, che qualche magagna da nascondere ce l'avevano sempre.

Mentre il ciclone si abbatteva su tutto il primo piano, contagiando di striscio anche gli altri, arrivò una telefonata che salvò la situazione. Era il nucleo tutela del patrimonio artistico. Avevano avuto una soffiata, da un informatore.

C'era un movimento in corso, un movimento importante, perché trattava roba che non si trovava facilmente in giro, non i soliti vasi, anforette e chincaglieria d'epoca varia, ma tavolette votive, che nella zona non si erano mai viste. Pínakes. Ce ne aveva tre quattro l'avvocato Ladogna.

Capitolo quattordicesimo

L'avvocato non si capacitava. Guardava Imma seduta di fronte a lui, alla scrivania, il computer acceso davanti, le gambe che dondolavano dalla sedia, sotto il tavolo, la chioma leonina, in quel momento di un infido color melanzana, frutto di una tintura venuta male, il golfino verde pistacchio – quello psichedelico di una volta, non quello color cacarella che in seguito tutti trovavano tanto chic – il brufolo sul mento, e mentre le spostava gli occhi addosso senza ritegno non faceva niente per nascondere quello che stava pensando: rispetto ai suoi parametri, la signora Tataranni Immacolata in De Ruggeri, sostituto procuratore della Repubblica Italiana nel distretto di Matera, era un cesso.

Ladogna era un noto bon vivant, abituato a sfoggiare donne di lusso e automobili decappottabili, frutto della sua disponibilità verso una clientela di piccoli e medi malfattori, che lo teneva parecchio impegnato e gli dava belle soddisfazioni monetarie.

Per questo adesso non si rassegnava a perdere tempo a causa di questi pochi centimetri di femmina, manco ben distribuiti, che l'aveva fatto convocare in Procura per una cosa dell'altro mondo, cocci greci, che ce li avevano tutti, chi non ne aveva mai trovato uno in un podere, o ricevuto in regalo da un contadino, o acquistato da qualcuno per farsi bello con gli amici o coi clienti. Insomma, non era nemmeno un peccato veniale e a nessuno sarebbe venuto in testa di scomodare uno stimato e indaffaratissimo professionista come lui per una faccenda del genere. Quindi, con la faccia tosta e il sorriso beffardo che tanto piaceva alle sue amiche, certo supportato da gite in barca e cene nei migliori ristoranti, ripeté, senza nemmeno darsi la pena di farlo sembrare vero, che quella roba l'aveva avuta da suo nonno, e guardò l'orologio per la quarta volta al fine di rendere chiaro il messaggio.

E il messaggio arrivò a destinazione.

"Scusatemi un momento", disse Imma, e se ne andò nell'altra stanza. Avvertí Diana che doveva assentarsi un attimo, di entrare dentro lei per tener d'occhio il tipo, magari con la scusa di mettere a posto i faldoni con le notizie di reato e visto che c'era di portarsi avanti davvero.

Lei scese in PG, facendo sobbalzare gli uomini che in genere, a quell'ora, interrompevano le loro occupazioni solite per sprofondare in un dolce torpore, con le palpebre abbassate a mezz'asta e la testa discretamente poggiata sul dorso della sedia o sul palmo della mano.

Sobbalzò anche Calogiuri, che stava al computer, non per una cosa di servizio, però. Dovevano essere i corsi che faceva per corrispondenza.

Fingendo di non notare né quello né tutto il resto, nemmeno gli sguardi che presto iniziarono a correre dietro le sue spalle, gli disse di informarsi alla Fiat di Melfi su Carmine Amoroso. Poi si trattenne ancora un po' domandando all'appuntato notizie sul programma degli esami da privatista per il diploma.

Quando tornò su, all'avvocato era venuto un leggero tic sotto l'occhio sinistro. Lei gli sorrise, si accomodò davanti al computer e si trattenne a battere, usando due dita, tutta la risposta che le aveva dato prima che uscisse, chiedendo continuamente conferma e mettendoci un tempo pleistocenico. Quando ebbe finito rilesse minuziosamente, ad alta voce, e dopo aver terminato si girò di nuovo verso di lui, guardandolo serafica con gli occhi giallo gatto.

"Giusto?"

L'avvocato la osservò schifiltoso, poi fece un indecifrabile movimento con la testa.

Imma gli chiese se avesse mai conosciuto un certo Emanuele Pentasuglia, detto Manolo. Ladogna fece segno di no, ma un minimo di interesse comparve dietro la sua aria blasé.

Forse sapeva dell'aggressione subita dal Pentasuglia, per qualche motivo che a lei era necessariamente oscuro, magari l'aveva conosciuto all'epoca del '77, quando, ci scommetteva, era passato anche lui dal fontanino, se non altro perché a sinistra si scopava con piú disinvoltura e la piazza di Bari per lui doveva essere già satura. Si fece l'idea che non la stesse contando giusta.

Gli disse che Emanuele Pentasuglia era stato aggredito da ignoti, probabilmente per qualcosa che aveva a che fare con la morte di quel ragazzo, a Nova Siri.

"Quello che è stato accoltellato all'uscita dalla discoteca?"

Le cose non stanno come dicono i giornali, rispose Imma, e comunque il ragazzo è morto ed era in possesso di un pezzo di pínax, insomma un frammento di tavoletta votiva della stessa partita di quelli che aveva lui in casa.

"Forse anche a lui li ha dati il nonno", disse l'avvocato.

Ma se il suo intento era far perdere la pazienza a Imma, non ci riuscí. Imma la pazienza la perdeva, e anche spesso, ma quando pareva a lei.

"Avvocato Ladogna, – gli rispose con la sua voce leggermente stridula, – forse non mi sono spiegata. Qui il problema non sono quei pezzi di mattonelle, greche, romane o ostrogote che siano, non è questo il punto, ma un ragazzo di vent'anni che è stato ammazzato e un altro tipo che per poco non ci rimetteva anche lui le penne. Sto cercando di farvi capire che vi conviene dirmi tutto quello che sapete".

L'avvocato la guardò e annuí, come se si fosse convinto.

"Quelle piastrelle me le ha date mio nonno, – disse. – E ora se non le dispiace…"
E guardò l'orologio.

Capitolo quindicesimo

Arrivò la notizia che Milena era sparita.

Imma era già di cattivo umore, quando Diana glielo disse, perché si era concessa un po' di tempo, rubato a tutte le carte che aveva da firmare, e al resto, per fare una piccola ricognizione sulla situazione Moliterni. L'aveva vista distintamente, quel giorno, con le buste di Anna Cecere, e anche se non poteva avviare qualche procedimento, perché non c'erano le prove, aveva deciso di scoprire le carte e mettere qualche puntino sulle i. E che cavolo! Piú il tempo passava, piú la situazione dell'ufficio atti andava a scatafascio, con documenti che venivano registrati in ritardo di una o anche due settimane e un viavai di signore profumate che si aggiravano nei corridoi della Procura per andare a trovare l'amica, e fare due chiacchiere nelle ore di ufficio.

Ma quando era andata a verificare, aveva scoperto che proprio quel 13 aprile, quando lei l'aveva vista, la Moliterni si era presa un permesso per motivi di famiglia, vale a dire il matrimonio di una cugina del marito, e quindi non c'era niente da eccepire. Anzi, alla fine si era trovata lei dalla parte del torto.

"Che, mi spia?" aveva fatto la signora quando le aveva comunicato di averla vista inequivocabilmente.

Adesso, per rifarsi, Imma si era messa a controllare i registri, e qualcosina iniziava a venir fuori. Intanto che il compleanno della Moliterni si avvicinava. E questo, se conosceva i suoi polli, avrebbe potuto tornarle utile.

Poi, che la signora aveva una certa tendenza ad ammalarsi in prossimità di ponti e festività varie, cosa che stava appunto verificando quando Diana le diede la notizia della scomparsa di Milena. L'aveva denunciata il fratello Carmine. Non era tornata da scuola, il pomeriggio non si era vista, e nemmeno la notte. Non se ne sapeva piú nulla. Avevano avvertito anche il padre, che stava tornando dalla Germania.

Imma non batté ciglio e disse a Diana di dare subito le disposizioni del caso. Trasmettere le foto segnaletiche, verificare le conoscenze, controllare i mezzi di trasporto. Raccomandò a La Macchia di tener d'occhio tutti quelli che avevano avuto a che fare con Nunzio Festa: con ogni probabilità la scomparsa di Milena era legata all'omicidio del suo ragazzo.

Non voleva farlo vedere, ma si sentiva in colpa. Forse erano state le sue pressioni a farla scomparire, qualcuno doveva averle notate, la teneva d'occhio. Oppure Milena era andata via volontariamente, perché aveva avuto paura. Una cosa, a questo punto, era sicura: la ragazza sapeva piú di quanto non avesse voluto dire.

Imma iniziò a stuzzicarsi un brufolo, come faceva sempre quando qualcosa la attanagliava, poi si accorse di Diana che la stava guardando e mise giú le mani.

Siccome non aveva fantasia, né un'intelligenza particolare, né quello che alcuni chiamano intuito, fece ricorso all'unica qualità di cui avesse fin lí dato prova certa, qualità che non è di quelle innate, ma si sviluppa con l'uso, come insegnavano gli antichi: la memoria.

E poiché gli antichi rappresentavano la memoria come una casa, si avviò nei suoi corridoi, fino a raggiungere la stanza dove aveva stoccato Milena e tutto quanto la riguardava.

Lí c'erano gli incontri con la ragazza.

Come faceva un tempo quando ripassava l'interrogazione, Imma li ripeteva uno per uno. Il primo, quando l'a-

veva vista che lavava i piatti, col nonno davanti alla televisione, il giorno stesso della morte di Nunzio. I suoi occhi senza lacrime, che lei aveva preso per indifferenza, invece ora le cose le erano piú chiare: aveva perso la madre quando era ancora quasi una bambina e aveva il cuore come quello di un soldato. Pensava a chi c'era, perché i morti non c'erano piú. Il secondo per strada, con la borsa da ginnastica. E poi in Procura, la faccia pallida e l'espressione preoccupata. Lí dentro, Imma lo sapeva, c'era qualcosa che poteva esserle utile. E lei l'avrebbe scoperto.
Riguardò dettaglio per dettaglio. La cucina con le piastrelle a fiorellini, la camera da letto del padre con il letto matrimoniale e la coperta di organza rosa, la stanza di Carmine con il calendario Pirelli sul muro. E poi la camera di Milena, i dvd, *Kill Bill*, il poster di Del Piero.
Del Piero... già. Perché no? Chiamò La Macchia. Gli disse di andare a dare un'occhiata. Subito. Immediatamente.

Uscendo, trovò che la stavano aspettando. I giornalisti di una Tv locale avevano saputo chissà come della scomparsa di Milena, e la inseguirono con la telecamera chiedendole quale fosse il nesso con la morte del ragazzo di Nova Siri. Imma si difese come una tigre. L'unica volta che era comparsa in televisione era stata subissata da telefonate di amici dimenticati e parenti alla lontana, che adesso, se l'avessero chiamata di nuovo, rischiavano di essere mandati a quel paese. Ed era meglio evitare.

Capitolo sedicesimo

27 agosto 2002

Ke dire... no comment... Federica me l'ha detto in tutti i modi "fallo penare" e invece... ci siamo baciati! Cioè, mi ha baciata...
Ti dico tutto... sono un po' euforica... cazzo Carmine pensa qualcosa... Cmq comincio dall'inizio... allora, ci siamo incontrati tutti in piazza, poi ci siamo separati: io e Nunzio, Federica e Paolo. Noi due siamo andati verso il lungo mare, in una zona dove c'è poca gente, non sia mai lo viene a sapere Carmine... abbiamo parlato un po', di lui e di me... poi non so ke ho detto, gli è piaciuto molto... e mi ha baciata... prima un bacio a stampo... poi ci ha messo anche la lingua... ho provato una sensazione strana... non mi era mai successo prima... non mi volevo piú staccare... poi tutto a un tratto mi sono accorta che era arrivato l'orario del ritorno... e Cenerentola siamo tornati di corsa, ma il mio principe mi ha accompagnata all'appuntamento con Federica... non potevo tornare a casa da sola, Carmine se ne sarebbe accorto... Bé, ora vado a letto, finalmente col sorriso sulle labbra... chissà come va a finire! Notte...

28 agosto 2002

Non sono mai stata tanto felice in vita mia. Anzi, per dire la verità, non avrei nemmeno immaginato ke potesse essere cosí. Ma ora devo andare. Carmine sta per tornare e se non trova pronto mi ammazza.

29 agosto 2002
Quanto dura un bacio? Non lo so, perché quando le sue labbra toccano le mie il tempo non esiste piú.

Imma era abbastanza portata per quella faccenda, e ci si era sempre dedicata volentieri, salvo a volte interrompersi sul piú bello con qualche osservazione del tipo: ma il pane l'hai comprato? Oppure: bisogna ritirare la giacca dalla lavanderia, o pagare il conguaglio del gas.

Pietro all'inizio ci restava male, qualche volta era stato lí lí per offendersi, era arrivato a farsi domande di quelle che in camera da letto è sempre meglio evitare, ma poi saggiamente, o magari solo per pigrizia, aveva lasciato perdere, tanto poi quegli intermezzi non distraevano sua moglie, che riattaccava un attimo dopo con rinnovato impegno, e lui finiva per congratularsi con se stesso per la scelta di quella partner non particolarmente romantica e decisamente lontana, nell'aspetto, da veline e letterine che la televisione proponeva in quantità, ma dotata, a conoscerla meglio, di virtú sicuramente piú utili e anche piú piacevoli, prime fra tutte lo spirito pratico e la libidine.

Solo che adesso, da un po' di tempo, arrivavano a sera cosí stanchi che nemmeno ci pensavano. Se ne stavano uno accanto all'altra, lui a guardare la televisione con le cuffie, lei a studiarsi qualche incartamento, fin quando non crollavano addormentati. Quella sera Pietro stava guardando le semifinali di coppa Uefa. Accanto a lui, Imma leggeva il diario di Milena, che La Macchia aveva trovato in fondo a un cassetto nella sua camera, a Nova Siri.

Stava andando avanti da un bel po'. All'inizio non aveva trovato niente che potesse essere utile all'indagine, però aveva continuato, un po' per speranza, un po' per caparbietà, ma soprattutto perché si era appassionata. Il diario

si interrompeva il giorno prima della morte di Nunzio. C'era una pagina staccata, poi piú niente.
Milena raccontava per filo e per segno, intercalando le frasi con faccette dal sorriso in su o in giú, la sua storia con Nunzio. Iniziava da quando lo aveva conosciuto.

20 agosto 2002

Sono in questo momento tornata a casa. Per colpa di quello stronzo di mio fratello, sono dovuta tornare alle 11. Di sabato! Ke palle. E poi stasera... ho conosciuto un ragazzo. Nunzio. E ho fatto la mia figura di merda. Sono caduta come una cretina dallo scalino del bar. Dico porca miseria, uno ce n'è!! Tutti si sono messi a ridere... e tra quelli c'era anche lui, Nunzio... Appena sono caduta, si è avvicinato per aiutarmi... ed è diventato tutto rosso. Che carino! Il cuore mi batteva a mille... mi sono alzata, avevo un dolore alla caviglia, ma come una stupida ho risposto che era tutto ok. Mi ha detto il suo nome e io il mio... Non sapevo che dire... speravo che parlasse lui. Invece niente, piú timido di me... forse per questo mi piace tanto. Troppo. Uffa!!!

24 agosto 2002

Udite udite! Nunzio ha incontrato Federica e le ha proposto un'uscita a quattro per sabato prossimo. E ora ke mi metto...

27 agosto 2002

Non ho avuto il tempo di scrivere in questi giorni. È tornato Carmine e ha trovato casa in disordine... ha detto ke oggi non posso uscire se non lavo i piatti e pulisco il bagno. Quello stronzo non può farmi questo proprio oggi ke esco con Nunzio... Ora vado a spicciarmi... non voglio fare tardi!

Milena descriveva il progredire dei loro rapporti.

28 settembre 2002

Ieri è stata una bella serata... e ora la scrivo qui. Il rompipalle non c'era, quindi ho potuto tornare quando mi pareva! Non c'era neanche quella papera di Ilaria. Sempre a sfoggiare vestiti e vestitini, sempre a farsi notare. La sua voglia di gridare al mondo quanto è ricca è infinita. E poi Nunzio aveva la macchina, ai suoi non serviva e quindi l'ha potuta prendere.
Quando sono entrata ho trovato due piccoli baci perugina e un bigliettino... *sei tutto x me*. Che bello, penso proprio che mi ama. Mi dice sempre che da quando mi ha conosciuta la sua vita è cambiata, e ha deciso che nel nostro futuro ci sarà qualcosa di speciale. Infatti, poi, ha messo quella canzone. *Noi gente che spera*.

Noi, gente che spera
cercando qualcosa di piú
in fondo alla sera
Noi, gente che passa e che va,
cercando la felicità.

Gli Articolo 31 dicono proprio quello che pensiamo! L'abbiamo ascoltata tutta, poi lui la rimette e inizia a baciarmi, accarezzarmi. Toccarmi. Io mi lascio andare, sto benissimo. Peccato che quando finisce la canzone lui mi propone di riaccompagnarmi a casa. E va bene, sarà per la prossima volta.

Ma poi le cose andavano avanti.
Un bacio nell'orecchio, un brivido.
Imma non riusciva a staccare gli occhi da quei fogli scritti con la Bic, a volte decorati con fiorellini, faccine allegre o tristi, quadretti e greche, oppure di scritte idiote

interrotte da improvvise folgorazioni come quelle dei diari delle adolescenti di tutte le epoche.

23 ottobre 2002

Mi sono accorta di essere una ke ha le idee chiare sugli altri ma non su di sé.

F
FE
FES
FESTA

Ciao!!!
Da me firmato
<u>io</u>

W me che sono io.

...Quando cadi e ti rialzi com'è? Quando piangi e ti domandi il perché, quando crollano i tuoi sogni campione, vai cercando un po' di forza nel cuore...

Mi ha fatto un succhiotto. Oddio oddio, se lo vede Carmine mi uccide.

L'effetto di tutte quelle descrizioni, di quei baci, di quelle toccatine, a un certo punto si fece sentire. Senza nemmeno muoversi, il quaderno ancora aperto davanti, gli occhi puntati sulla pagina, ma con la coda diretti al torace di suo marito, un po' bianchiccio e peloso nel pigiama aperto per il caldo, ma sempre piuttosto appetitoso, Imma allungò una mano e ce la posò sopra. Pietro restò un attimo sorpreso, finí di vedere un dribbling di Lopez, un'azione che non poteva perdersi, poi, una volta realizzato di che si trattava, diresse la coda dell'occhio verso sua moglie. Imma mosse la mano, facendola scendere impercettibilmente verso il basso, col palmo aperto.

Pietro posò il telecomando. Ancora con le cuffie in testa si voltò verso di lei e la baciò, trovandola particolarmente ben disposta.

Si baciarono per quasi un'ora, mentre Pietro ascoltava in sottofondo il finale della partita e Imma una musica che non aveva mai sentito prima, anzi l'aveva sentita molte volte, un concentrato di *Fly Robin fly, up up to the sky*, e *Giardini di marzo*, e *Pop Corn*, una musica di adolescenza, quella che lei non aveva trascorso sui divani di pelle delle amiche a sbaciucchiarsi alle feste, nella penombra, baci interminabili e lunghi brividi, fra un lento e l'altro, piena di innocenza e di malizia, un'adolescenza di cui lei non si era accorta, troppo impegnata a svolgere versioni di latino e greco, per rendersi conto anche soltanto di quello che dicevano, dammi un bacio o mia Lesbia, e poi un altro. E un altro ancora...

Baciava per rifarsi degli anni consumati sulle austere virtú di Cicerone, tornata ragazza come non era mai stata, abbandonandosi alla passione e al sentimento, fin quando all'apice del piacere Pietro non gridò: "Goal!!!" Avevano segnato al novantesimo minuto.

[annotazione manoscritta: Pietro ascolta sempre la partita.]

Capitolo diciassettesimo

Certi giorni Imma arrivava in Procura raggiante e colmava di attenzioni tutti i sottoposti, quelli che in genere la temevano e si rintanavano negli uffici quando la vedevano arrivare. Li istigava all'insubordinazione, invitandoli al bar e meravigliandosi se prima o poi pretendevano di tornare al lavoro, accusandoli ridendo di essere dei pesantoni, interpellandoli con un che fretta hai, non vuoi qualcos'altro, insistendo per un pezzo di pizza o un cappuccino e dilettandosi a raccontare barzellette sui carabinieri, mentre i poveretti si spostavano da un piede all'altro, divertendosi come un topo fra le zampe del gatto.

Quello era uno di quei giorni.

Imma si intratteneva al bar con Maria Moliterni, che quella mattina era arrivata in vistoso ritardo, e quando si era sentita chiamare dal sostituto Tataranni si era predisposta alle solite battute sarcastiche o a qualche rimostranza, cose che, a dire il vero, né le une né l'altra, la tangevano piú di tanto.

Invece, Imma le voleva offrire un caffè.

Quando Diana le vide da lontano, la Moliterni stava commentando perfidamente la *mise* della dottoressa, un completo pantaloni scozzese con la giacca di una taglia piú piccola che tirava sul suo petto giunonico, acquistato ai saldi, un vero affare, sperticandosi in complimenti esagerati e quasi scopertamente canzonatori, che Imma prendeva per buoni, non si sa se per ignoranza o per scaltrezza.

Diana si avvicinò a quella che prontamente, in cuor suo,

definí «la strana coppia». Malgrado tutto, certe volte, piú che rabbia, la dottoressa le faceva tenerezza.

Dovette tornare alla carica due o tre volte, prima di farsi prendere in considerazione. Aveva finalmente trovato il verbale relativo all'aggressione subita da Emanuele Pentasuglia, dopo una sua personale indagine durata diversi giorni per ricostruire dove potesse essere finito, perché «qualcuno», lí all'ufficio ricezione atti, aveva inserito male i dati.

Era un classico: i documenti sparivano, venivano cercati spasmodicamente per un tot di tempo, poi un giorno, di solito quando non servivano piú, riapparivano miracolosamente su una scrivania o uno scaffale, appena coperti da un'altra carta, oppure in bella vista come la lettera rubata di Allan Poe, che non si capiva se fosse proprio un caso o sotto ci fosse un disegno delittuoso, ma tanto, in ogni modo, chi avrebbe avuto il tempo per dimostrarlo?

Cosí andavano le cose, in Procura. Col migliaio di fascicoli o forse piú che si accatastavano in ogni ufficio, spesso l'esito di un'indagine non dipendeva dall'abilità degli inquirenti, né dal coraggio, dall'integrità, dall'abnegazione, come si vedeva in tivú, ma dal caso e dalla polvere, o dalla pignoleria delle segretarie. Un mucchio di nuove circolari, una delega incompleta e il meccanismo si inceppava. Una cartella messa sopra o messa sotto, e un destino si ribaltava. Roba metafisica, divina, piú apparentata alle imperscrutabili vie del signore che ai rompicapi di Sherlock Holmes.

L'informativa era depositata sulla scrivania del Pm Andreucci, disse Diana, in attesa di essere visionata. Maria Moliterni ne approfittò per salutare e imboccare le scale. Imma la guardò salire con un certo rimpianto, poi si girò verso la cancelliera. Ma come faceva a scegliere sempre il momento peggiore?

Emanuele Pentasuglia non l'aveva detta tutta.
Leggendo il verbale, Imma si rese conto che aveva a dir poco minimizzato.

C'era scritto che recatisi sul luogo dell'accaduto i carabinieri avevano potuto verificare che la suddetta roulotte era stata data alle fiamme. Insomma, dopo essere stato aggredito, Manolo aveva battuto la testa e aveva perso i sensi. I suoi aggressori, poi, avevano dato fuoco alla roulotte, probabilmente per simulare un incidente, e si erano dileguati. Manolo se l'era cavata per miracolo, grazie all'intervento del cane Krishna, che come in certe storie per bambini era corso a chiamare aiuto e aveva attirato l'attenzione. Erano arrivati appena in tempo.

Non c'erano denunce di furto. Allora perché era stato aggredito in quel modo? E soprattutto, perché gliel'aveva tenuto nascosto?

Diana non si fece sfuggire l'occasione.

Forse il ragazzo e quel Pentasuglia avevano trovato i pínakes, e qualcuno aveva aggredito prima l'uomo, per prenderseli, poi ucciso il ragazzo per lo stesso motivo. Insomma, il povero Nunzio aveva fatto il passo piú lungo della gamba.

Imma annuí, pensosa.

Guardò sulla sua scrivania. Fra i plichi, gli incartamenti, i moduli e le circolari, il diario di Milena già stava iniziando a mimetizzarsi, nonostante la copertina a teschi color di rosa. Lo prese e iniziò a sfogliarlo, senza piú preoccuparsi di Diana, finché non trovò un brano che aveva letto la sera prima:

3 dicembre 2002

Di nuovo sola. Carmine è ancora fuori, lo stereo a palla è l'unico ke mi fa compagnia. E quello stronzo di Nunzio ha riattaccato dicendo ke aveva una cosa urgente da fare. Ma cosa? Da un po' di tempo non lo capisco, è diventato sfuggente. Tutto per colpa di quel Manolo. Gliel'ho detto, è uno sfigato, ke c'entra con te? Ma guai a toccarglielo. Non so piú ke pensare.

Diana si ritirò nel suo ufficio, a quel punto. Imma alzò un attimo lo sguardo, poi continuò a leggere.

10 gennaio 2003

Sono uscita con Nunzio oggi. Volevo parlargli chiaramente, ma lui faceva il vago. Però almeno ha cercato di essere piú affettuoso, a un certo punto mi ha riempita di baci. Alla fine mi sa ke è tutto normale, sarà stata solo una mia paranoia. Non posso perderlo.

20 gennaio 2003

Ke me ne frega? Porca puttana stava piovendo fortissimo e lui non c'ha pensato due volte a fermarsi e a farmi scendere da quella cazzo di macchina. Poi se n'è andato e io ero lí ferma sotto la pioggia quasi senza respirare. Non è ke gli ho kiesto niente di tanto pesante da trattarmi cosí. Gli ho detto soltanto: ke kazzo ti prende? È un po' di tempo ke Nunzio non è piú come prima. Ke kazzo ti prende? gli ho kiesto, e a quel punto zitto zitto è rimasto a guardare i tergicristalli che si muovevano e la pioggia ke cadeva di dietro. Un silenzio del genere non l'ho mai sentito. Di solito ogni volta ke c'ho fatto caso al silenzio era perké mi dava un po' di sicurezza, ci trovavo un po' di pace. E invece questo kazzo di silenzio era diverso. Era quello di ki non sa ke kazzo dirti o sa ke dirti ma non sa come kazzo dirtelo o se dirtelo. Era il silenzio di ki ti dice che non c'è niente da capire, niente da sperare.

E io adesso sto qui a farmi le seghe mentali. Non mi ama, non mi vuole, non gliene fotte un cazzo. Mi angoscio a pensare a lui. Ma forse sto pensando solo a me stessa. Mi sento appesa a un filo come i vestiti bagnati ke ho steso stamattina sul balcone. Appesa. Sospesa. Senza sapere dove andrò a finire. Ke kazzo di fine farò. Da ke parte sto.

8 febbraio 2003

Poco fa mi sono guardata allo specchio. Prima di andare a dormire. Sono passata di corsa dalla cucina al bagno e mi sono vista lí dentro. Cosí. Qualche istante e non mi sono riconosciuta.

15 febbraio 2003

Stanotte stavo nel letto, mi stavo quasi addormentando e mi arriva un suo mex. *Niente paura. È tutto ok. Ti amo.* Spengo il cell e non rispondo. Possibile ke lui ke non sa neanche vestirsi decente deve dirmi ke è tutto ok. Ma vaffanculo.

28 febbraio 2003

La cucina mi sa di vuoto stasera, di squallido. Tutti gli odori mi sembrano puzze. Le mattonelle coi fiorellini, patetiche. Molliche sparse sulla tavola. Voglio scappare lontano. Non so dove andare. Accendo lo stereo. Lo metto a palla, con la canzone degli Articolo 31. *Noi gente che spera.* Ma io non spero proprio un kazzo. Mi sono rotta le palle.

Poi, però, ancora qualcosa di nuovo.

16 marzo 2003

È successo! Quello ke avevo sempre visto in Tv è successo anche a me! È stato bello, brutto, non lo so, forse tutt'e due. Sembrava ke le cose si stessero rimettendo. Abbiamo fatto una passeggiata, mi ha portata su una collina. Un bel posto, dove non ero mai stata. Ci siamo trovati sotto un cespuglio a ombrello, una specie di capanna. Lui mi ha abbracciata, poi ha iniziato ad alzarmi la maglietta e io l'ho lasciato fare. Anzi, sono stata io che ho mandato avanti le cose, perché lui

sul piú bello si tira sempre indietro e io ormai da un po'
di tempo mi sentivo pronta. Non so quanto siamo stati lí, avrei voluto che non finisse mai. Ci siamo baciati
e tutto il resto, finché... ebbene sí, l'abbiamo fatto!!!
Ora mi sento donna al cento per cento. Ma poi... Non
so piú ke pensare. A un certo punto passa un animale,
un istrice e lui lo segue e si mette a guardare non so ke
cosa e a stare zitto. Io comincio a sbraitargli contro.
"Ancora? Continui". Andiamo e saltiamo sopra al suo
motorino rosso e vaffanculo e un po' di vento sulla pelle e un po' di vita.

Senza alzare gli occhi dal foglio Imma diede una voce
di là. Diana si affacciò alla porta.
"Stiamo facendo una colletta per..."
Imma fece segno di no con la mano. Le disse di cercar-
le Calogiuri e far preparare una macchina.
Non capí perché, ma sul viso della segretaria, visibile solo a chi la conosceva molto bene, si dipinse un vago senso
di contentezza.

Capitolo diciottesimo

In quella mattina di aprile, Imma e l'appuntato avevano attraversato un'altra volta i campi verde tenero, con l'erba tutta nuova e le colline pacifiche. Ma presto sarebbe venuta l'estate. Quegli stessi campi dove ora l'occhio scivolava sereno sarebbero diventati gialli e riarsi, misteriosi e drammatici, perché la regione era fatta cosí, e quando meno te l'aspettavi, voltandosi, la pacifica massaia rivelava un volto furioso da Erinni.

Per questo, forse, una specie di presentimento, un seme soltanto, che sarebbe germogliato in seguito, stava spuntando nella pigra dolcezza che accompagnava di solito i loro viaggi.

La sua manifestazione si limitava per il momento a un apri e chiudi del finestrino.

"Dottoressa, avete caldo?"

"Macché, adesso sto sentendo un po' di freddo".

E chiudeva.

Nel campeggio Macondo, Manolo ormai non zoppicava quasi piú. Solo a guardarlo bene ci si accorgeva che trascinava leggermente il piede destro.

"Cos'è successo, adesso lo possiamo sapere?" chiese Imma.

Manolo la guardò, esitò un attimo, poi si strinse nelle spalle.

"C'è gente cattiva", disse.

Forse si era fatto qualche acido in piú, però non è che fosse scemo.

Era stata un'aggressione. L'avevano lasciato a terra mezzo morto, e avevano dato fuoco. Se non fosse stato per Krishna...
Imma non sapeva se si riferisse al cane o alla divinità.
Alla fine se l'era cavata con una frattura scomposta alla gamba, che aveva richiesto due operazioni. Avevano fatto il verbale contro ignoti, perché lui non sapeva chi fosse stato ad aggredirlo.
Imma gli chiese se li avesse visti in faccia. Era gente che non conosceva. Lei insistette.
"Che volevano?"
Manolo ci pensò un attimo.
"Forse ristabilire l'equilibrio?"
Imma avvertí la nota sensazione di qualcosa che iniziava a circolare rapidamente dentro di lei come l'acqua nella centrifuga di una lavatrice.
Dovendo coprire un percorso piuttosto breve, il suo sangue aveva il tempo di fare un numero di giri superiore alla media, e forse quello era uno dei motivi per cui non ci voleva molto a farglielo andare in ebollizione. Poiché lo sapeva, negli anni aveva messo a punto alcune tecniche per arginare la situazione. Tirò un lungo respiro, tenendosi dentro l'aria. Con l'unico effetto indesiderato che le guance già pienotte le si gonfiarono come quelle di una rana.
Mentre era in apnea fece rapidamente i conti.
Poteva inquisirlo per favoreggiamento, questo sí, poteva farlo. Forse anche per falso e reticenza. Spiegargli che davanti a un magistrato tacere quello che si sa equivale a mentire. E cosí un altro fascicolo di indagine si sarebbe depositato sulle pile già pericolanti che ingombravano la sua scrivania. E il Pentasuglia non sarebbe piú stato un semplice testimone. Come indagato avrebbe avuto diritto a un difensore e di lí in poi, anche solo per chiedergli l'ora, avrebbe dovuto chiamare il suo avvocato. Al novantanove per cento quello gli avrebbe consigliato, per prudenza, scelta ideologica, o magari solo per romperle le scato-

le, di avvalersi della facoltà di non rispondere, e insomma, a conti fatti, le conveniva trattenere ancora un po' il fiato e portare pazienza.

Emanuele Pentasuglia era alto un metro e ottantasette, anche se iniziava a curvarsi un po', e il suo sangue, al contrario, era piú lento della Calabrolucana – detta Calabrolumaca, il trenino che da Bari a Matera ci metteva una vita –, cosí mentre lei percorreva il codice penale in lungo e in largo ed elaborava la sua strategia, lui finalmente concluse il discorso che aveva iniziato.

"Quando la vita viene a riscuotere, nessuno si può tirare indietro".

Imma sputò fuori l'aria, e ricorse in fretta e furia, in maniera arraffazzonata, a un altro metodo dei suoi. Se no andava a finire male.

Pensò a un'estate in cui era andata a Rimini con suo marito, quando Valentina era piccola. Era stata la vacanza piú bella che avessero mai fatto, nonostante la mucillagine, forse perché quell'anno lei e Pietro si amavano piú di quanto si fossero mai amati prima e di quanto si sarebbero amati dopo, come se l'amore, come le stagioni, avesse anche lui i suoi solstizi, quei picchi dopo i quali non si può che scendere, e questa considerazione la colse impreparata, tanto che dovette immediatamente distogliere il pensiero da quell'idea, che si stava rivelando un rimedio molto peggiore del male.

Tornò a Manolo. "A riscuotere cosa, dicevamo?"

Manolo guardò nel vuoto. Passò un momento abbastanza lungo, come se il suo pensiero si fosse perso in qualche labirinto tracciato dal fumo delle troppe canne che si era fatto. Quando ormai Imma non ci contava piú, e stava per prendere l'iniziativa di rilanciare il discorso, oppure alzarsi e andarsene, improvvisamente si decise a parlare, come se tutto quel tempo non fosse passato.

"Io ho viaggiato il mondo. America Latina, Oriente, Tibet, no? – Ogni tanto la guardava e faceva una lunga pausa. – Ho attraversato la foresta amazzonica, sono stato nei monasteri buddisti, sulle montagne. Ma alla fine la mia strada l'ho trovata qui. La mattina mi alzo presto. Guardo spuntare il sole, poi vado in chiesa a suonare le campane. Le campane hanno una vibrazione particolare, che poi è la stessa che abbiamo noi dentro, in qualche modo –. La guardò significativamente, come a invitarla a riflettere su quella verità, poi guardò Calogiuri, che aveva un'aria un po' perplessa. – Praticamente l'universo è in armonia, e se oggi succede qualcosa, le cause c'erano già –. Calogiuri guardò Imma interrogativamente: non sapeva come prenderla. – È come tante bilance che comunicano una con l'altra. Basta dare un colpettino a una e tutti questi piatti fr fr fr iniziano a sbilanciarsi, e allora ci vuole un contrappeso, no? Un colpetto dall'altra parte e vedi che fr fr fr, tutti i piatti un po' alla volta si rimettono in equilibrio –. Sorrise. – Non so se rendo l'idea".

Imma iniziò a sussultare. Le tecniche facevano effetto fino a un certo punto.

"Hanno ammazzato quel ragazzo, – sbottò, mentre Manolo iniziava a parlare di una farfalla e di una tromba d'aria. – E la ragazza, Milena, è scomparsa, non sappiamo nemmeno se è ancora viva".

Manolo si interruppe e la guardò preoccupato.

Chi stava proteggendo col suo silenzio?

L'assassino di Nunzio, disse Imma, era ancora in giro. Non capiva che bisognava fare qualcosa per bloccarlo? Chi l'aveva aggredito? Lo sapeva benissimo, ci metteva la mano sul fuoco.

Oltre l'atarassia delle canne, o delle campane, lo sguardo di Manolo si colorò di tenerezza, cosí le sembrò.

Ma questo era pazzo! Cosa lo tratteneva? La paura? O qualcos'altro? Bisognava agire senza perdere un minuto, per salvare quella ragazza. Lui che sapeva, di lei?

Manolo aprí le mani come un messia. Imma si alzò, fece qualche passo avanti e indietro.

"Avrei dovuto intervenire prima. Milena era in difficoltà e io non l'ho capito subito. Forse, a modo suo, mi ha chiesto aiuto". Si bloccò. Non l'aveva mai incontrata? "È una ragazzina particolare. Non è scema..."
"Qualche volta", disse Manolo.
Arrivò il cane lupo. Si mise a ringhiare.
Imma lo guardò. Guardò Manolo. "Il cane era di Nunzio", disse.
"Già", ammise lui.
Gliel'aveva dato pochi giorni prima di morire. Gli aveva chiesto di tenerglielo, perché a Tranqui era affezionato davvero, quel ragazzo, e sapeva che lui l'avrebbe trattato bene. Imma gli chiese se Nunzio gli avesse detto quali erano le sue intenzioni. L'uomo fece segno di no. Non gli aveva detto niente, e lui non gliel'aveva chiesto. Non faceva domande. Se poteva dare una mano la dava. E basta.
Il cane, notò Imma in quel momento, faceva su e giú, abbaiava, tornava indietro.
"Cos'ha?" chiese a Manolo.
"Gli manca il suo padrone", disse lui.
Imma lo seguí per un pezzo. Il campeggio, piú ci si allontanava dall'ingresso, dove Manolo aveva la sua casetta, piú era malmesso, con due tre roulotte mezze arrugginite in un angolo, sotto alcuni alberi, erbacce e cespugli, mozziconi di sigarette, un triciclo senza una ruota abbandonato chissà quando e un filo per i panni dove sventolava una maglietta color di rosa. Manolo disse che dopo l'incidente, lui lo chiamava cosí, non aveva piú potuto starci dietro. Imma decise che avrebbe mandato La Macchia a fare una perquisizione. Nel frattempo le conveniva cercare di cavare quanto piú possibile dal vecchio fricchettone.
"Avete trovato quei reperti, giusto? I pínakes, si chiamano cosí".
Manolo sembrò sorpreso. Scosse la testa. Imma ebbe l'impressione che non stesse mentendo.
Gli disse che uno di quei pezzi di terracotta era stato

rinvenuto a casa di Nunzio, e che il ragazzo aveva un metal detector. Un pezzo, perlomeno. Nella sua stanza.
Manolo la guardava pensoso.
Se ci aveva visto bene, adesso, e davvero il Pentasuglia non aveva partecipato al ritrovamento, capace che qualcosa di sensato si decideva a dirlo.
Aspettò. Neanche troppo. Non per i tempi del tipo che aveva di fronte, in ogni caso.

Manolo fece due o tre giri di pensiero silenziosi, probabilmente l'equivalente del tempo che sarebbe stato necessario a inalare due boccate di una canna bella carica, lasciarsele depositare nei polmoni trattenendo il fiato in apnea fino a far rimontare il principio attivo nel cervello, e sputar fuori il fumo.

Un giorno, raccontò, Nunzio era venuto a trovarlo e gli aveva mostrato un coccio che sua nonna, anni prima, aveva trovato scavando lampascioni. Lui aveva capito subito di che si trattava, perché i Misteri eleusini erano la sua passione, fin dai tempi dell'università, ed era convinto che proprio lí, a Nova Siri, ce ne fossero tracce. A parte certi racconti dei contadini, aveva anche avuto una visione, una volta che... insomma...

"Vabbè, ho capito, – disse Imma. – Quindi vi siete messi a cercare questo luogo di culto".

Manolo annuí. Ma a quanto diceva, alla fine il ritrovamento doveva averlo fatto Nunzio da solo, mentre lui stava in ospedale.

Imma gli lesse il pezzo di diario di Milena dove la ragazza parlava di quella passeggiata in collina, dell'istrice, e di come Nunzio, in un momento importante come quello in cui avevano fatto l'amore per la prima volta, si fosse messo invece a guardare qualcosa, ma cosa? Il sito che stava cercando, secondo lei. Insomma, i resti del tempio di Persefone.

Manolo l'ascoltava accarezzando Krishna, o Tao che fosse. Imma gli mostrò la fascetta di plastica che c'era appiccicata sul diario di Milena, sotto il giorno in cui parlava di quella gita sulla collina. Era una fascetta di quelle che usano a volte per imballare gli ortaggi. In tre colori: giallo, blu e rosso. Gli diceva niente?

Capitolo diciannovesimo

Il capannone dove imballavano i prodotti che venivano dalle coltivazioni dei dintorni stava in mezzo a una zona di campi di kiwi, di arance, di mandarini. Alcuni camion andavano e venivano, carichi di cassette per la frutta. Posizionandosi in quel punto, e guardandosi intorno, si vedeva una collina, in lontananza. Fu lí che si diressero Imma, Calogiuri, Manolo e i cani, in quel primo pomeriggio di primavera.

Davanti a tutti andava Manolo, abbattendo i cespugli a colpi di machete, tutto serio e concentrato sulla scoperta che si prospettava.

Un po' piú dietro, Calogiuri si voltava ogni tanto per dare una mano a Imma, che arrancava coraggiosa sui suoi tacchi, in mezzo ai sassi, alla polvere e agli sterpi. Un cespuglio le aveva smagliato la calza, ma lei non sembrava farci caso e procedeva valorosamente.

Era una giornata splendida. In mezzo ai campi di kiwi il silenzio era sonorizzato dal ronzio di mille insetti, e dal rumore in sottofondo dei camion sulla rotabile. Passò uno sciame di api. Ogni volta che Calogiuri le dava una mano per impedirle di scivolare su qualche salitina scoscesa, Imma avvertiva una specie di scossa, sulla quale preferiva non soffermarsi. Poco prima, mentre erano in macchina, Calogiuri alla guida, lei seduta dietro, come faceva ogni tanto, il suo sguardo si era piú volte soffermato sulle spalle del giovane carabiniere, di cui non aveva mai fino a quel momento apprezzato appieno l'ampiezza e la buona fattura.

La natura era in piena riproduzione. Gli uccelli si inseguivano rispettando coreografie che conoscevano solo loro. Due lucertole verde smeraldo montavano una sull'altra, poi dopo un po' quella che stava sotto scappava, l'altra la raggiungeva e ricominciavano. Gli insetti si accoppiavano in volo. C'era un ritmo lento e velocissimo nello stesso tempo, leggermente inebriante, un'euforia che faceva girare la testa.

Dei brani dell'Inno a Demetra ronzavano nella mente di Imma, mentre camminavano sui sentieri appena tracciati della collinetta: *Demetra dalle belle chiome, dea veneranda, io comincio a cantare, e con lei la figlia dalle belle caviglie, che Ade rapí...*

Il profumo dei fiori e l'odore della polvere ogni tanto la faceva starnutire.

...attonita, ella protese le due mani insieme per cogliere il bel giocattolo: ma si aprí la terra dalle ampie strade...

Passarono davanti a un cespuglio molto grande, che formava una specie di ombrello, sotto il quale la terra era pianeggiante e pulita. Imma si chiese se Milena fosse stata lí col suo ragazzo, quel giorno, quando aveva perso la verginità. Dov'era adesso?

Le sembrava di vederla, in mezzo a quei cespugli, in bilico sui tacchi, avvolta nei suoi jeans stretti, composta, leggermente fuori luogo, mentre si chinava a raccogliere un fiore.

Quella ragazza le faceva venire i nervi. Testarda, ignorante e presuntuosa. Non poteva impedirsi, però, di provare nei suoi confronti una certa forma di affetto, forse perché a forza di leggere dei suoi sbaciucchiamenti e delle sue pomiciate, per un attimo le era sembrato di vivere qualcosa che a suo tempo era passata inosservata, e ora le ritornava insieme a un desiderio tardivo e irresistibile di baci, di musica e di gioventú.

Calogiuri la seguiva, silenzioso come al solito, ma partecipe, immerso in uno di quei loro dialoghi che non avevano bisogno di parole.

Io e te, le stava dicendo in quel momento, pur tenendo la bocca chiusa, sotto sotto ci assomigliamo. Le dava del tu, nei pensieri. E la prova qual è? Che ci capiamo al volo. Basta che pensi una cosa e io già l'ho fatta, no? Ti tengo d'occhio, ti tengo. Gli altri dicessero quello che gli pare, io sono dalla tua parte. Non vedo l'ora di stare in macchina con te, seduti vicino, col sole o con la pioggia. È di lusso, vero? Perché quando trovi una persona speciale come sei tu per me ti dimentichi tutte le rotture di scatole, che non sono poche, sai di che parlo. E chi se ne importa se non è tua moglie o tuo marito. Meglio, anzi, la famiglia detto fra noi certe volte è una bella palla al piede, invece cosí siamo liberi di volerci bene senza interessi, senza secondi fini. Tu su di me ci potrai contare sempre, ricordatelo, e se mai ti troverai in pericolo io ti salverò. E poi, un'ultima cosa. Mi piace la tua quinta di reggiseno.

Questo passava nella testa di Imma, e altre cose disparate suggerite dal primo caldo, e si cullava in quei pensieri di Milena, e Valentina, e Demetra, e Persefone, e la Carmignano con le gambe larghe dietro la cattedra, e la Popolizio che diceva che bisognava essere come il fiorellino dietro la siepe, se non si vuol diventare come un limone spremuto, quando sentirono abbaiare i cani e Manolo che gridava.

"Eccolo, è qui, ci siamo!"

Li aveva preceduti, con Tao e Krishna che correvano avanti e indietro.

Quando lo trovarono stava in mezzo a una buca dove, a guardare bene, ma a sforzarsi proprio, si potevano intuire dei lastroni messi uno sull'altro.
E questo sarebbe il tempio? pensò Imma, perché da quando, sul sussidiario, aveva letto di Schliemann che aveva scoperto Troia e ornato coi gioielli di Elena sua moglie Sofia, si era fatta un'idea completamente diversa dei ritrovamenti archeologici. Ma la delusione non le impedí di ricordare cosa diceva la normativa. In sostanza che in casi del genere non bisogna toccare niente.

In quello che a quanto diceva Manolo, tutto emozionato, doveva essere stato il deposito del tempio, c'erano ancora dei pezzetti di pínakes, sfuggiti al saccheggio frettoloso. Manolo trovò qualcosa che attirò la sua attenzione. Un braccialetto di cuoio intrecciato, che però non era appartenuto a qualche postulante dell'antichità, ma a Nunzio. Ne era sicuro. Imma gli ordinò di non toccare piú niente. A partire da quel momento tutto diventava di pertinenza dei Ris.
Ormai non c'erano piú dubbi. Le cose erano andate proprio come aveva teorizzato. Nunzio era stato lí, e quel tempio, o insomma quello che era, aveva a che fare con la sua morte.
"Come pensavate di muovervi una volta trovata la roba? Chi aveva i contatti?"
"Venderla?"
"E che volevate farvene, bomboniere?"
Manolo sembrava offeso.
"Se no perché dovevate perdere tanto tempo con queste ricerche?"
"Nunzio non lo so. Io..."
Manolo guardò lontano, l'orizzonte. E dopo un po' iniziò a parlare.
Dicono che i lucani siano di poche parole, ma forse tut-

te le parole che non dicono se le conservano per certe occasioni speciali tipo i comizi, le conferenze, quando uno chiede indicazioni per strada e persino gli interrogatori. Allora non riesci piú a farli star zitti. Forse perché la Basilicata è il paese del silenzio.

Un silenzio tangibile, di una consistenza simile a quella dell'acqua. Fiumi di silenzio scorrono fra i solchi delle colline aride, nelle spaccature dell'argilla, costeggiano le rotabili, immergono i paesini sui cucuzzoli nella stessa invisibile sostanza. O forse, come se col tempo si condensasse e diventasse materia, il silenzio è proprio ciò di cui sono fatti i calanchi di Craco, le colline che costeggiano il Bradano e il Basento, il tufo dei Sassi di Matera, le rocce delle Dolomiti lucane. Tutta la Basilicata è fatta di questa sostanza immateriale, ed è probabilmente il motivo per cui i suoi abitanti, quando iniziano a parlare, a volte non la smettono piú. Il silenzio può far impazzire.

Manolo le disse che lí, ai tempi di Persefone e dei Misteri eleusini, si facevano come cucuzze, di funghi allucinogeni, e poi entravano in trance, una specie di sesso droga e rock'n roll dei tempi che furono. Rise.

Ogni anno nel mese di settembre, raccontò con trasporto, manco ci fosse stato di persona, percorrevano a migliaia la Via Sacra che collegava Atene a Eleusi, al suono inebriante dei tamburi e dei cimbali, per essere iniziati ai Misteri e avere la visione procurata dal kykeón, la bevanda sacra.

Erano uomini e donne, giovani, vecchi e bambini, ricchi e poveri, padroni e schiavi, senza distinzione di classe, di origine o di sesso: tutti potevano partecipare ai Misteri di Eleusi, e celebrare l'armonia fra l'uomo e la natura, l'unità fra il mondo materiale e il mondo divino, fra la vita e la morte.

Mentre raccontava di Eleusi, Manolo toccava picchi lirici, asciugandosi ogni tanto la fronte sudata col dorso della mano dove era tatuato l'OM.

A un certo punto la guardò.
"Se non sai chi eri come fai a sapere chi sei? – disse.
– E a distinguere i nemici dagli amici?"
Si mise a parlare di capitalismo, termine che Imma aveva sentito molto raramente dopo il liceo, e della sua miopia, che era riuscita a trasformare un luogo dove un tempo la bellezza brillava in tutta la sua luce, in uno scempio edilizio e industriale, dove non c'era piú spazio per gli antichi dèi, scacciati, uccisi o violentati come la natura. Ma gli dèi, quando li cacci, a volte si vendicano. E allora te li trovi dove meno te li aspetti. Ti entrano nella testa e si annidano lí...

Imma faceva segno di sí, e intanto si sventolava e pensava ai fatti suoi. A Milena, a Nunzio, a Calogiuri che stava accanto a lei e ascoltava attento, non si sa se per educazione, o perché sperava sempre di imparare qualcosa.

Dalla collinetta si godeva la vista di tutto il territorio circostante, che degradava dolcemente fino al mare, dove all'epoca dei greci doveva passare la Via Sacra e attualmente si coltivavano i kiwi.

A Imma i kiwi avevano sempre ricordato delle palle mosce.

Manolo si lanciò in una citazione, di Euripide forse: "Quando danza anche l'etere punteggiato di stelle, danzano la luna e le cinquanta Nereidi, che nel mare aperto, nei vortici di acque perenni guizzano per la vergine incoronata d'oro..."

Imma continuava a fare considerazioni che non c'entravano niente, cullata dal tepore del sole e dalla dolcezza dell'aria. Ora, per esempio, la sua attenzione si era fissata su un appezzamento che si trovava abbastanza vicino alla collinetta. In mezzo a tutti quei campi di kiwi, era l'unico di lattuga.

Ma la lattuga renderà piú dei kiwi? si chiese. Il lavoro, sicuro, l'avevano fatto a cavolo. Le file erano tutte storte.

A Matera, trovarono la Procura assediata da un gruppetto di ragazzini assoldati dalle testate locali a un euro e venti l'articolo, tutti gasati perché volevano fare lo scoop sulla ragazza scomparsa. Di solito, erano le vittime preferite di Imma, che li stendeva con qualche battuta acida, mandandoli senza scrupoli a quel paese, cioè dalle rispettive mamme. Quella sera invece li guardò intenerita, pensando a tutti i loro sogni che ancora non si erano infranti, e tirò dritto senza rispondere alle loro domande.

Capitolo ventesimo

L'avvocato Ladogna questa volta aveva l'aria leggermente meno strafottente e leggermente piú preoccupata. Imma gli aveva fatto due piú due fa quattro, mettendo insieme il braccialetto di Nunzio che era stato trovato fra i resti del tempio, e i pínakes che lui esponeva nello studio. Se non era un imbecille gli conveniva parlare. Non era un imbecille.

Aveva tenuto duro finché aveva potuto, ma adesso rischiava di farsi coinvolgere in faccende nelle quali nessuno ha voglia di trovarsi immischiato, cosí scelse il male minore.

"Vai a fare del bene", fece dopo un attimo di silenzio. Quella roba, a quanto pareva, gliel'aveva data un cliente che non sapeva come pagargli la parcella. Ecco che si guadagna a essere disponibili con la gente. Lui l'aveva fatto per venirgli incontro e adesso guarda quante rogne, a parte il tempo perso. Lo sapeva, lei, quanto gli veniva a costare un'ora di lavoro?

Mentre Imma ripassava mentalmente il codice di procedura penale, per studiarsi tutti i possibili modi in cui poteva rompere le scatole all'avvocato Ladogna, lui fece nome e cognome del cliente per finire quella rottura di scatole quanto prima.

"È un poveraccio che si chiama Nicola Taccardi, detto Niki Cannone". Un tipo un po' alla buona, aveva avuto un'accusa per molestie, e lui era riuscito a fargli ottenere la condizionale. Uno di Gravina. "E adesso dottoressa..." disse Ladogna guardando l'orologio. Un Rolex, notò Imma in quel momento.

"I pínakes – gli disse – bisogna portarli al museo". Era tutto quello che era riuscita a trovare a suo carico. Bene che andava sarebbe riuscita a fargli un processo per ricettazione. Dove probabilmente sarebbe stato assolto.

Durante l'interrogatorio il cellulare e il telefono non avevano fatto che squillare, ma lei si era guardata bene dal rispondere. Dopo la scomparsa di Milena, i giornalisti erano diventati una persecuzione, sarebbe stata costretta a cambiare il numero un'altra volta, e se scopriva chi glielo dava se la sentivano.

Era festa grande, per loro. Avevano impiantato anche un'edizione locale di *Chi l'ha visto*, senza contare il *Chi l'ha visto* vero che aveva creato in tutta la provincia un clima di eccitazione e di fierezza.

La Basilicata in Tv restava una conquista, e sentirne parlare per un caso di corruzione, per la misteriosa uccisione di due fidanzatini o per una sparatoria, era sempre meglio che continuare a essere nominati solo per quel libro a dir poco sorpassato, *Cristo si è fermato a Eboli*.

Quando andò a vedere chi l'aveva chiamata, Imma trovò, fra le altre, tre telefonate di Pietro. Si affacciò nell'ufficio di Diana per chiedere se per caso il marito avesse chiamato anche lei, ma la cancelliera non c'era. In quel momento il cellulare squillò di nuovo.

Pietro era andato a prendere Valentina al catechismo e non l'aveva trovata.

"Arrivo", disse Imma. Non aggiunse altro, ma la prima cosa che le venne in mente fu il processo contro i Belfiore, una famiglia emergente di Montescaglioso, che aveva sostenuto solo poche settimane prima, vittoriosamente. Aveva incastrato Tommaso Belfiore, che si era preso vent'anni di galera. Ricordava ancora quello che le aveva gridato mentre lo portavano via: "Non finisce qui..." Pen-

sò anche a Giuseppe Lomonaco detto Lo Spadaccino, che aveva fatto arrestare dopo sei anni di latitanza, e che non le aveva detto niente, ma ricordava come l'aveva guardata. E ora forse era arrivata alla resa dei conti.
 Questo pensava, e intanto aveva raggiunto via Gramsci. L'imboccò, fiancheggiando le palazzine anni Sessanta con i loro delicati colori pastello e quelle anni Novanta, rifinite in granito lucido grigio, rosa o beige, chiedendosi cosa ci fosse dietro quelle facciate rassicuranti da Paperopoli in muratura.

 Mentre andava verso la chiesa di Cristo Re, dove Pietro si era trattenuto sperando di venire a capo di qualcosa, Imma pensò a tutte le volte che aveva desiderato strozzare sua figlia.
 Pensava: la strozzo. Motivi non ne mancavano, uno fra tutti l'ingratitudine. Quindici punti, le era costata la sua nascita, in quel posto da urlare al solo pensiero. Senza contare il resto. E la signorina riteneva che le spettassero, in aggiunta, vestitini di Dolce e Gabbana, reggiseni di Guess e scarpe di non so che cavolo, altrimenti batteva i piedi, come se in mancanza di quel superfluo l'essenziale fosse da buttare al cesso. Non aveva visto tanti assassini il cui gesto, per quanto non giustificabile, le era sembrato pericolosamente comprensibile? Pensava, poi, era troppo. Tutto questo era piuttosto un rumore in sottofondo, come la musica ambient dell'aeroporto, che l'accompagnava mentre faceva la salita. Certe volte, pensò Imma, fermandosi per attraversare, qualcuno si distraeva, un pensiero andava a finire nel circuito neuronale sbagliato, quello che guidava l'azione, e succedeva il patatrac.
 Giurò a se stessa che se l'avesse ritrovata, se tutto fosse andato a finire bene, non le avrebbe mai piú tolto il cellulare, non avrebbe piú dimenticato gli appuntamenti per andare a comprare le scarpe, o i saggi di danza o di judo, non sarebbe tornata tardi dal lavoro, non avrebbe lascia-

to il frigo vuoto, e meno che meno le avrebbe detto di no quando le chiedeva di comprarle qualcosa che avevano tutte le sue amiche, l'ultimo modello di Emmepitre, lo zainetto alla moda, qualche straccio dal prezzo inverosimile. Piú camminava piú i buoni propositi aumentavano. Se voleva andare a kickboxing, che ci andasse. Se voleva il cellulare come quello di Bea, che lo comprasse. Se voleva... Pietro la aspettava nel piazzale della chiesa, facendo avanti e indietro pazientemente, senza prendere iniziative. Si avvicinò e le diede un bacio. Poi si guardarono per un attimo come due che capiscono solo in quel momento di aver sbagliato tutto, ma non se lo dissero. Né quello, né cose simili.

I loro argomenti preferiti, d'altronde, erano sempre stati: i prezzi del macellaio, come si erano trovate le arance, che erano un po' piú amare di quelle dell'altra volta, il tempo, l'idraulico, la benzina che era aumentata. Raramente qualcosa di meno concreto, in quel caso si trattava di problemi di salute, mal di pancia o raffreddori, come se la vita non fosse fatta che di camicie da stirare, di cene da preparare, di supermercati, lavoro e ferie, e forse in effetti era proprio cosí.

Bea quel giorno non era andata a catechismo, la informò Pietro. Aveva il raffreddore.
Don Tommaso aveva visto Valentina uscire insieme alle altre e poi piú niente.
Al cellulare non potevano chiamarla. Gliel'aveva tolto lei quel mattino, perché aveva scoperto che a scuola se ne serviva per scambiarsi informazioni durante i compiti in classe.
Si presentarono a casa del farmacista, che aveva la figlia al catechismo nella stessa classe di Valentina, e abitava proprio lí dietro. Imma sostenne senza fiatare lo sguardo di finto compatimento della signora Capece, la quale si fece un dovere di dirle che certo Valentina era molto vi-

vace, e precoce, parola sempre densa di implicazioni pruriginose, che la sua Maria Cristina mai si sarebbe azzardata anche solo a pensare qualcosa senza chiedere il permesso, d'altra parte l'avevano educata cosí fin da piccola, forse erano stati troppo severi, ma oggi come oggi non se ne pentivano assolutamente. Imma stava per ribattere che quasi sicuramente sua figlia era stata rapita, se non uccisa, per vendicarsi di tutte le volte in cui lei aveva lavorato per la giustizia, per esempio quando aveva incastrato gli altamurani che volevano il pizzo sulla loro farmacia. Ma lasciò correre.

Dovevano allertare la polizia, i carabinieri, far scattare le ricerche senza perdere un minuto, diffondere la foto a tutti i commissariati, e a *Chi l'ha visto*, trasmissione per la quale aveva sempre nutrito un odio particolare – che credevano, di sostituirsi alle forze dell'ordine? – ma che importa, ci sarebbe andata anche lei di persona, a fare un appello, perché per colpa sua in quel preciso istante sua figlia si trovava in pericolo di vita, come quell'altra ragazza, Milena, che era scomparsa, e chissà che fine avevano fatto, e la causa di tutto questo era lei.

Pietro era del parere di aspettare un attimo, di farsi un giro, di provare a sentire ancora da qualche compagna, di catechismo o di scuola, ma lei ne era piú convinta ogni minuto che passava: Valentina era in pericolo, nelle mani di chissà chi, e la colpa era sua. Sua che lavorava troppo. Sua che l'aveva trascurata. Sua che si impicciava di fatti che avrebbe dovuto lasciar correre. Sua e basta.

Nel mezzo della discussione, che si stava facendo animata, le squillò il cellulare. Era la madre di Sara. "Sara chi?" Ci mise un attimo prima di ricordarsi. Andava a pallavolo con Valentina, l'anno prima, e da allora non l'aveva piú sentita nominare.

Alla signora era sembrato strano, tornando dal parrucchiere, trovare quell'amichetta di sua figlia che non vedeva da mesi, e per di piú le era venuto il dubbio che non avesse effettivamente avvertito a casa come sosteneva. "Insomma, controllare non costa niente, no?" Imma resse il gioco a sua figlia e disse che sí, Valentina gliel'aveva accennato quel mattino, e forse lei l'aveva dimenticato, con tutto quello che aveva da fare, e in ogni caso sarebbero andati a prenderla immediatamente.

Tutto quello che aveva pensato fino a quel momento scomparve in un attimo, la sua mente divenne una tabula rasa nella quale lampeggiò un unico pensiero: la strozzo.

Capitolo ventunesimo

Uno dei pezzi forti che la madre di Imma aveva cucito per sua figlia era un tailleurino giallo vagamente ispirato a Kim Novak in *La donna che visse due volte*. Con la gonna attillata che poi negli anni era diventata proprio stretta, a causa di qualche chilo che Imma aveva messo su con l'età. Fu la prima cosa che trovò nell'armadio frugandoci dentro al buio, mentre suo marito dormiva, e si mise addosso la mattina in cui andarono a prelevare Niki Cannone.

Quando c'era qualche pista che si stava stringendo, Imma iniziava a dormire sempre meno, si rivoltava fra le lenzuola per buona parte della notte, rispondeva a mugugni, oltrepassava cose e persone con la messa a fuoco del suo sguardo, finché un mattino non scattava a sedere sul letto matrimoniale prima che si alzasse il sole, impaziente di passare all'azione. Pietro aveva preso l'abitudine di far finta di nulla, perché sapeva che in quei casi non bisognava contrariarla. Si metteva i tappi nelle orecchie, e aspettava che passasse. Come l'inverno. O l'estate, a seconda dei gusti.

Quella mattina, col tailleurino giallo addosso, Imma fece per salire sulla camionetta dei carabinieri, ma lo scalino era alto, e lo spacco della gonna si aprí fino in cima, lasciandola col sedere di fuori. Un'altra, forse, a quel punto, avrebbe potuto rassegnarsi a tornarsene indietro, ma lei no. Si avventurò lo stesso, con Calogiuri che con discrezione le proteggeva la ritirata.

Niki Cannone era uno di quegli anelli di congiunzione fra l'uomo e la scimmia che hanno costituito oggetto di ricerca per intere generazioni di evoluzionisti. Alto e massiccio, la faccia bianca e rossa, aveva la pelle color del cuoio a causa della vita all'aria aperta e i lineamenti tagliati con l'accetta. Conosceva la Murgia e i suoi dintorni come qualunque predatore, piccolo o grande, conosce il proprio territorio. La batteva in ogni stagione alla ricerca di qualcosa da saccheggiare.

D'autunno erano funghi, che raccoglieva in abbondanza grazie a una vista e a un fiuto animaleschi. Ne riempiva grosse buste di plastica, fottendosene se le spore non cadevano per terra, e il ciclo di riproduzione veniva interrotto. Se qualche ecologista saputello gli rompeva le scatole in proposito, lo osservava con lo sguardo ottuso dei suoi occhi bovini e diceva che erano tutte puttanate, se qualcuno gli voleva fare la contravvenzione venisse avanti, erano trent'anni che raccoglieva funghi e aveva sempre fatto cosí e anche suo nonno i funghi li raccoglieva col secchio, che era tale e quale. Poi sputava e si allontanava, col suo passo pesante fra i cespugli radi.

D'inverno saccheggiava le masserie. La zona ne era piena. Antichi edifici fortificati, di struggente bellezza, frequentati fino alla metà del secolo precedente dai proprietari e poi un po' alla volta abbandonati a se stessi e lasciati cadere in rovina, perché erano troppo grandi per mantenerli, e la gente che li possedeva non aveva soldi, né capacità imprenditoriali, né il buon senso di associarsi a qualcun altro, cosí preferivano chiuderli e aspettare. Cosa, non lo sapevano neanche loro.

Con un'agilità insospettata per quel suo corpo dallo stomaco enorme, Niki Cannone entrava da una finestra o da una cantina alla caccia di qualunque oggetto potesse trovarci dentro. Mobili, quadri, documenti, lettere, statue, ex voto, che poi rivendeva la domenica nei mercatini dei dintorni, o a qualche antiquario senza scrupoli.

A primavera, quando le notti diventano piú miti, andava per tombe. Batteva la zona da solo o in compagnia di qualche complice improvvisato, con tecniche infallibili ereditate non si sa da chi, precedendo immancabilmente la Sovrintendenza, spaccando, saccheggiando e rovinando, distruggendo tesori archeologici per un guadagno a volte irrisorio, trattando vasi greci e antichi reperti con la stessa rapace disinvoltura con cui maneggiava una lepre morta.

Quando i carabinieri di Gravina erano andati a cercarlo in paese, a casa della madre ottantenne da cui viveva, non l'avevano trovato.

La donna era piccola e rinsecchita, ma ci stava ancora molto bene con la testa. Doveva essere abituata alle malefatte del figlio. Aveva giurato che non sapeva dove fosse, da diversi giorni non lo vedeva, e quando se ne andava non è che rendeva conto a lei, oppure lasciava l'indirizzo, che poteva tornare fra un giorno, o una settimana, o mai piú, che siamo tutti nelle mani di Dio. Insomma non c'era stato niente da fare.

Forse Niki Cannone aveva saputo quello che era successo, la morte del ragazzo, e il proseguire delle indagini, ed era corso ai ripari per non farsi trovare, magari era stato l'avvocato stesso ad avvertirlo. Adesso, se per esempio se n'era andato in Germania, dove aveva dei parenti, oppure in Albania, approfittando di qualche connection del contrabbando, chi lo trovava piú?

Avevano diramato la segnalazione, inizialmente senza risultati, fin quando, indagando in loco, era venuto fuori che stava nascosto in una piccola masseria abbandonata, sulla Murgia, dove aveva fatto il suo quartier generale.

Cosí quella mattina andarono a cercarlo, Imma, Calogiuri, un maresciallo e due carabinieri del nucleo tutela dei beni artistici.

In un silenzio pensoso, ancora impastato di sonno, presero la strada provinciale che da Gravina porta verso Altamura, poi di lí si inoltrarono, attraverso sentieri sempre piú piccoli e disastrati, verso la Murgia.

I campi di grano si srotolavano in un trionfo di verde, interrotto qua e là dal grigio dei sassi coperti di licheni. Piú andavano avanti, piú guardava, piú Imma si rendeva conto che quei campi non erano quello che sembravano.

Da quando l'Unione Europea aveva stanziato dei fondi per trasformare i pascoli in coltivo, malgrado la Murgia fosse territorio tutelato, e si commettesse reato cambiandone la destinazione, molti proprietari di appezzamenti che si trovavano in quella zona avevano affittato una tritasassi per frantumare il terreno pietroso, tradizionalmente destinato al pascolo, addizionarlo di fertilizzanti e ricavare un sedimento coltivabile. Il grano che cresceva lí sopra era cosí stentato che manco lo raccoglievano, ma a loro non importava: andava bene per le fotografie aeree, che servivano a intascare le sovvenzioni.

Qui appena c'è un po' di tempo ci facciamo un bel giretto e voglio vedere, pensava Imma fra una cosa e l'altra, anche se il territorio poi alla fine non era di sua pertinenza.

I falsi campi di grano somigliavano in tutto e per tutto ai veri, e solo un occhio allenato avrebbe potuto distinguere la differenza a causa della diversa altezza delle spighe in relazione al periodo dell'anno, e anche alla tipologia, che non era quella in uso nella zona.

Un vento limpido, di maestrale, le faceva chinare conferendo al paesaggio un movimento quasi cinematografico, drammatico ed energetico come un quadro futurista. Imma pensò che lí in giro, nella regione, niente era mai come sembrava.

Nemmeno il caso di quel ragazzo, che un po' alla volta si stava allargando come la smagliatura di una calza.

Avanzando, i falsi campi di grano diradavano. Si stendeva la Murgia, con le rocce che spuntavano dalla terra come ossa. Dal finestrino aperto della macchina entrava l'odore del timo. Raso terra stavano acquattati cumuli di pietre che a ben guardarli si rivelavano frutto di un qualche intervento umano, svelando un ingresso da tana, da trullo o da nuraghe, forse riparo di qualche contemporaneo dell'impronta di dinosauro scoperta al Pulo anni prima, o di un pastore bambino che in tempi piú recenti aveva prematuramente consumato in quelle terre aspre la sua dura esistenza.

Nel cielo passò un uccello, forse un falco. Uno di quei falchi grillai per i quali da un po' di anni tutti impazzivano.

Il nascondiglio dove a quanto dicevano doveva trovarsi Niki Cannone era uno di quei casotti che i contadini un tempo usavano per riporvi gli attrezzi. Un cubo di pietra in mezzo al nulla.

Quando si avvicinarono l'odore di timo lasciò spazio pian piano a una puzza di gallina che prendeva allo stomaco. Effettivamente, alcune galline spennacchiate razzolavano nell'aia, entrando e uscendo dal pollaio. La porta della casa era socchiusa.

All'interno c'era un giaciglio buttato a terra in un angolo, con sopra una rivista porno. Due tre cartoni di pizza, uno con degli ossi dentro. Una cuccuma di quelle che si usavano un tempo. Un coltello a serramanico. E un grande televisore a schermo piatto attaccato a un generatore. Imma pensò che Milena poteva essere lí, era un posto adatto a un rapimento, magari la trovavano nel pollaio, in chissà quali condizioni. La perquisizione al Macondo, che aveva ordinato a La Macchia, non aveva dato frutti, tranne qualche grammo di hashish pachistano, che era stato sequestrato, e la chiusura del campeggio per condizioni igieniche insufficienti.

Il maresciallo del nucleo tutela e i due carabinieri iniziarono a perlustrare. Avevano saputo che Niki Cannone aveva messo le mani su parecchia roba, ultimamente, e a casa della madre non era stato trovato nulla.

Calogiuri, sulla soglia, teneva d'occhio la situazione per evitare sorprese.

Gli altri entrarono nel pollaio turandosi il naso e questa volta le loro aspettative non furono deluse.

Nella stanzuccia buia resa scivolosa dal guano che ricopriva il pavimento, di Milena non c'era traccia, ma sulle mensole tutte scacazzate erano allineati oggetti di ogni tipo. Un busto di Persefone, un pezzo di inestimabile valore, la giovinetta divina dai lineamenti delicati e primaverili, a cui mancava mezza faccia e la mezza che c'era a Imma ricordava qualcuno ma non avrebbe saputo dire chi. Un cartone pieno di ex voto di ogni genere, risalenti probabilmente alla seconda metà dell'Ottocento: braccia e gambe in lamina d'argento, targhe con iscrizioni, coccarde di neonati. Un pacco di lettere scritte a mano tutte appiccicate per l'umidità: sulla prima si leggeva la data, 1799. Diversi vasi del periodo ellenistico, quasi interi. Scatole piene di cocci. Cartoline erotiche dei primi del Novecento. E un mazzo di santini piú recenti, di una ventina d'anni a occhio e croce: sant'Antonio, san Giuseppe, sant'Eustachio, i Santissimi Medici, san Rocco, l'Addolorata, la Madonna di Pompei.

La Madonna della Sulla non c'era. Forse era rimasta lí, accanto a Nunzio, quella notte?

Mentre iniziavano a portar fuori la roba, in lontananza spuntò Niki Cannone, con un coniglio morto da una parte e dall'altra un fucile a canne mozze. Quando vide che c'era qualcuno vicino alla casa, si fermò un attimo indeciso sul da farsi, poi si voltò e si mise a correre.

Calogiuri e il maresciallo della nucleo saltarono sulla camionetta per inseguirlo, lanciandosi in una specie di Camel Trophy sul terreno accidentato della Murgia. Ma dopo un po' dovettero scendere e proseguire a piedi, perché si trovarono contro un muretto a secco. Tirarono fuori le pistole, gridando a Cannone di fermarsi, ma quello correva con un'agilità prodigiosa data la stazza, e a un certo punto si voltò e lasciò andare una schioppettata dal fucile a canne mozze. Calogiuri e l'altro si buttarono a terra.

Vicino al casotto Imma sentí lo sparo, e il tarallino al finocchio che si era messa in bocca per fermarsi lo stomaco le andò di traverso. Non è che ci scappava il ferito o addirittura il morto? Tipi come quello sono imprevedibili, quindi piú pericolosi dei piú feroci latitanti. Gli altri carabinieri andarono in soccorso dei compagni, cercando di accerchiare Cannone prendendolo alle spalle.

Lei restò a osservare l'orizzonte.

Non si vedeva piú niente se non qualche cespuglio basso mosso dal vento. L'aria era cosí limpida che sembrava un vetro sottilissimo, di quelli che si rompono solo a guardarli. Sentí un brivido lungo la schiena e se ne tornò dentro: ci mancava solo che si prendesse il raffreddore, adesso.

Per cacciare via certi pensieri poco simpatici e un nervosismo crescente si mise a guardare una scatola di cartone che il carabiniere aveva posato per terra. Sopra c'era scritto *detersivo Sole*. Era piena di cocci. Anzi di pínakes, tirati fuori dal deposito che aveva visto quel giorno sulla collina.

Su alcuni c'erano pezzi di qualche scena classica, giovinette o dee, alle prese con qualche utensile dell'antichità, vasi, madie o carri con cavalli alati. Oppure raffigurazioni di animali domestici. Cercò meccanicamente di comporre i frammenti, come se fosse un puzzle di quelli che un tempo faceva con sua figlia. Si soffermò a osservare un coccio dove si vedeva distintamente una vergine con la spada e la bilancia.

Era Dike, la ragazza con la spada, a cui qualcuno si era rivolto direttamente chiedendo giustizia. Perché quelli che la amministravano per conto suo forse non sempre erano all'altezza, e oltretutto, se non ricordava male, all'epoca venivano da fuori. Che poi la situazione non era cambiata piú di tanto.

Si chiese a chi si sarebbe rivolto per avere giustizia il padre del ragazzo ucciso, ma non ebbe il tempo di approfondire, perché proprio in quel momento un gallo spennacchiato entrò nella stanza e cominciò a svolazzare da tutte le parti, mentre lei gli gridava sciò sciò, come faceva sua nonna quando era piccola, ma quello aveva perso l'orientamento, e sbattendo le ali si sollevò di una decina di centimetri, andando ad atterrare proprio sullo scatolo dei cocci. Stazionò lí sopra tutto impettito, mosse un po' la testa a sinistra e a destra finché non trovò la posa, e se ne restò immobile per qualche istante, fissandola supponente con l'occhio preistorico. Per quanto un gallinaceo possa somigliare a un carabiniere, pensò Imma, era sputato La Macchia. Dispettoso, anche. Infatti si mise a raspare con la zampa e una cacchetta cilindrica, marroncina e gialla, si posò sui cocci.

"E sto schicilento".

Una pedata finalmente lo convinse a imboccare la porta.

Fuori, in lontananza, Calogiuri stava tornando. Tutto sporco di sangue. Quel colpo... Imma sentí il suo, di sangue, pomparle contro le pareti arteriose, producendole in testa come le punture di tanti spilli.

Si buttò per andargli incontro, per quanto le permettevano la gonna strappata e i tacchi. In Aspromonte, una volta, un brigadiere era stato colpito a morte. Esposito, uno che non poteva soffrire. E lei dopo se l'era vista brutta. Con quelli che stanno antipatici non si finisce mai di sentirsi in debito. Ma Calogiuri non le era mai stato antipatico...

Poi si bloccò. Il sangue, si accorse ora che l'appuntato si stava avvicinando, non era il suo, ma quello del coniglio. Dietro di lui, infatti, arrivarono gli altri insieme a Niki Cannone, in manette, che adesso camminava zuzzurellone e un po' svogliato come un bambinone che ha combinato una marachella. Imma tirò un sospiro e sentí qualcosa che lentamente ricominciava a scorrere dentro le sue vene.

I discorsi di Niki Cannone avrebbero avuto bisogno di un interprete, e infatti dopo un po' dovettero chiamarlo, un B3 originario di Gravina che si arrangiò per tradurre approssimativamente quello che diceva, altrimenti non si sarebbe capito niente. Anzitutto ogni due parole una era una parolaccia del tipo: chitebbiv, chitemurt, chitestramurt, a loro e tutt l mort ca tenen, vaffammoc a mam't, chera bocchinara, e cosí via. E poi diceva scusate, almeno all'inizio, perché poi andando avanti non lo disse piú.

In un primo momento sostenne di non conoscere nemmeno l'avvocato, poi si incaponí a dire che quella roba, sí, l'aveva trovata, dalle parti di Policoro, stava seppellita, si sarebbe persa e lui in fondo l'aveva salvata, poi chiaramente negò di conoscere Pentasuglia. Ma alla fine capí che gli conveniva dire qualcosa che avesse un senso, perché non era una cima, ma aveva una sorta di intelligenza animale, di furbizia volpina e maligna, che in mezzo a mille commiserazioni lo portava a capire cosa gli convenisse di piú.

Imma a quel punto bluffò, e gli disse che Manolo le aveva raccontato in confidenza di aver ricevuto la sua visita la sera in cui era stato aggredito. Inizialmente non aveva sporto denuncia per paura, ma a lei l'aveva confidato. E se lui non parlava, adesso, la sua situazione si appesantiva parecchio.

Era la tattica B. Cercare di incastrare, e se non era possibile, minacciare.

Niki Cannone ci pensò un attimo, poi ammise di esserci stato al campeggio, quella notte, se ne ricordava solo adesso, ma non ci voleva mica andare, lui. Era quell'altro, un mezzo parente, uno che aveva sposato una cugina di secondo grado, originario di Nova Siri, che l'aveva portato lí. Lui gli aveva fatto il favore di accompagnarlo. Perché quel suo mezzo parente, Di Biasi si chiamava, doveva parlare con quello del campeggio. Di cosa, lui non ne sapeva niente. Fatti loro. L'aveva accompagnato e basta, per non fargli fare il viaggio da solo. Era stato lí un po', si era fumato qualche sigaretta, poi si era rotto i coglioni e se n'era andato. Aveva detto al parente che lo aspettava in piazza, non sapeva cosa fosse successo dopo.

Ogni tanto, quando Imma gli rivolgeva qualche domanda che lo metteva alle strette, iniziava ad agitarsi e la voce gli saliva diventando acuta e gutturale come quella di un carrettiere, mentre le parolacce che diceva si facevano sempre piú oscure e il traduttore affermava di non capirle.

Imma attaccò su Milena. "Siete voi che l'avete fatta sparire. Perché sa qualcosa". Gli suggerí che se le avesse dato qualche informazione utile la sua situazione avrebbe potuto alleggerirsi, perché adesso, lo capiva anche lui, con tutti i precedenti che aveva... Ma non ci fu verso.

Quando gli chiesero di firmare il verbale, Cannone rispose con orgoglio: "Non saccio leggere né scrivere". Dovette firmare con la croce.

"Io non ho fatto niente", aggiunse alla fine, come se fino a quel momento avessero parlato di sport.

Imma non lo contraddisse. Intanto l'avrebbe arrestato per detenzione e porto d'arma alterata, resistenza a pubblico ufficiale e tentato omicidio, cosí almeno era sicura che non sparisse definitivamente. E poi avrebbe visto quel tipo: Di Biasi Donato...

Capitolo ventiduesimo

Con un po' di fantasia non era difficile capire che Donato Di Biasi doveva essere stato niente male, diversi anni prima. Un moraccione dagli occhi grigi, con le labbra sensuali e lo zigomo alto alla Alain Delon. Quello stesso che adesso rendeva la sua faccia piuttosto somigliante a una testa di morto, con la pelle appiccicata alle ossa che si irraggiava intorno agli occhi in un ventaglio di rughe e si infossava nelle guance perché aveva perso tutti i molari, non potendo pagarsi le cure dentistiche che erano troppo care.

L'autunno precedente era stato messo in cassa integrazione ai salottifici, dove aveva lavorato come tagliatore per una ventina d'anni.

Ci era entrato anche lui, come Imma, negli anni Ottanta, perché all'epoca iniziavano a ingranare e se uno aveva voglia di fare, magari senza tirarsi indietro se percepiva anche la metà di quanto dichiarato in busta paga, e facendo straordinari non retribuiti, lí il posto poteva trovarlo.

Solo che Imma ai salottifici ci era rimasta un paio d'anni, il tempo di preparare cinque sei concorsi studiando la notte, e di vincere quello in magistratura, mentre Di Biasi se l'era presa in quel posto.

Nel 2001 c'era stata una crisi di assestamento. Avevano iniziato a licenziare e a spostare la produzione nei sottoscala dei paesi intorno, per sfuggire ai controlli fiscali. Lui pensava che non gli sarebbe toccato, perché dopo aver fatto per un periodo l'attivista sindacale, alla fine si era scazzato con quelli dei vertici, e non ne aveva voluto sapere piú di niente, anche perché a quel punto aveva quattro figli e in qualche modo dovevano andare avanti.

Cosí si era tappato il naso e si era ridotto a fare tutto quello che gli chiedevano: straordinari, firme senza manco guardare, favori e forse anche qualche spiata, ma alla fine l'avevano fatto fuori lo stesso, perché cominciava ad avere un'età e non rendeva piú come un tempo. Da un giorno all'altro si era trovato a spasso, con la moglie e i quattro figli da mantenere.

Questo era quanto risultava a Imma dalle informazioni che aveva preso prima di incontrarlo. E adesso stavano scambiando quattro chiacchiere per rompere il ghiaccio – la statale per Gravina, che era in condizioni pietose, e l'ingorgo che si formava in via Lucana verso quell'ora – mentre lei cercava di capire che tipo avesse davanti.

"È vergognoso", diceva lui appena possibile.

Doveva essere una di quelle persone che hanno un gran bisogno di cose che non vanno, la raccolta differenziata dei rifiuti, lo stipendio dei ministri, l'orario dei treni, basta che è, pur di poter esprimere il proprio sdegno, che poi gratta gratta si riferisce a qualcosa che non va giú, uno stipendio troppo basso, un torto subito da parte di un famigliare, roba del genere, per la quale poi si scomoda la morale, la religione, l'impegno civile, o qualche altra grande causa o sentimento con l'iniziale maiuscola.

Quando se lo fu studiato abbastanza, Imma gli disse che il suo nome gliel'aveva fatto Nicola Taccardi, detto Niki Cannone. "Un parente vostro, giusto?"

Negli occhi dell'uomo affiorò una rabbia compressa, muta e violenta, che se fosse scoppiata si sarebbe sentito da lontano.

Ora gli meno la botta, pensò Imma. E va a finire che riesco anche a fare la spesa.

Questo, le sembrava di capire, era uno di quelli che

confondono la rabbia con la lotta armata, la rivolta del proletariato con l'invidia, la rivoluzione con l'iracondia, che tendono a dare la colpa al sistema o alla famiglia per ogni cosa che gli va storta, intransigenti con tutti tranne che con se stessi, di quelli che non sai mai se ti fanno pena o ti fanno incazzare. A un tipo cosí, di solito, basta fornire un nemico.

"Cannone mi ha dato la sua versione, naturalmente. Ora volevo sentire la vostra, perché... – lo guardò e abbassò un po' la voce – ha scaricato tutto su di voi".

Il tempo che ci volle perché Di Biasi si decidesse a parlare fu quello necessario a fargli capire che con lei si poteva sfogare per la vita che non gli era andata come sarebbe dovuto. Un tempo moderatamente breve.

Iniziò il racconto da una domenica pomeriggio di qualche tempo prima.

Era andato a Nova Siri, per far visita ai genitori ormai anziani. Come succedeva circa una volta al mese, stava lí con tutta la famiglia, i tre figli piccoli che facevano chiasso, il grande che se ne voleva andare, la moglie e la madre che non si potevano vedere, il padre che ormai perdeva colpi. Una gabbia di matti. A un certo punto lui non ne poteva piú ed era uscito. Senza nemmeno accorgersene si era ritrovato nel paese vecchio, non ci metteva piú piede da anni.

Il Bar Centrale, dove si ritrovavano un tempo, c'era ancora, nella piazzetta sotto il castello.

Era entrato. Al bancone aveva visto una faccia conosciuta. Per modo di dire, poi, perché dopo venticinque anni uno ha cambiato una dozzina di volte tutte le cellule, e in lui non c'è piú niente di quello che è stato.

Infatti il tipo aveva i capelli tutti bianchi che facevano uno strano contrasto con la pelle rosa da ragazzino. Ma lo sguardo azzurro era sempre lo stesso.

"Emanuele Pentasuglia", disse Imma.

Donato la guardò diffidente. "Manolo, esatto".
Era stato il suo migliore amico, molti anni prima. Era uno di quelli venuti da fuori per il campeggio antinucleare di Rotondella, negli anni Settanta. A loro del paese sembrava che fossero arrivati da Marte. Sorrise. "Come faceva la canzone? *Extraterrestre portami via...*"
"Altri tempi, eh?" lo imboccò Imma, sforzandosi di assumere un'aria nostalgica.
Di Biasi le gettò ancora un'occhiata, poi annuí. Era stata una specie di grande festa alla quale venivano invitati anche quelli che di solito restavano fuori dalla porta. Anzi, avevano il posto d'onore.
Alla festa 'e tutti quanti, senza diavoli e senza santi, alla festa de nisciuno senza diavoli né patruni, canticchiò, guardandola negli occhi con un'allegria un po' inquietante.
In quel periodo lui e Manolo erano diventati inseparabili.
Imma se li immaginava, Manolo coi suoi modi signorili, alto e con gli occhi azzurri, lui scuro e ben fatto, e tutte le ragazze che gli andavano dietro.
"Circolavano un sacco di straniere all'epoca, – rievocò Donato, – quelle non rompono come le donne di qui. Si parlava di politica, di creatività. Abbiamo fatto i murales, uno c'è ancora, proprio nel corso. Almeno, l'ho visto fino a poco tempo fa".
A lui poi la passione per la pittura era rimasta, aveva perfino pensato di fare il pittore...
A quel punto Donato Di Biasi se ne restò zitto. L'euforia del suo racconto sembrò sfumare in pensieri meno allegri.
"E poi che è successo?" chiese Imma.
La piega amara che l'uomo aveva ai lati della bocca si accentuò. La guardò in cagnesco.
"Niente".
Restarono un attimo in silenzio. Imma capí che le conveniva prenderla alla larga.

"Che lavoro faceva vostro padre?"
Di Biasi la guardò storto. "L'operaio. All'Anic. Ma poi era stato licenziato".
"E voi ai salottifici, come ci siete arrivato?"
Aveva messo incinta la persona sbagliata e se l'era dovuta sposare.
"Fine dei giochi", tagliò corto.
Manolo in quel periodo non c'era, si trovava in America Latina, per un viaggio che era durato piú di un anno.
"Di che avete parlato quel giorno al Bar Centrale?" chiese Imma.
Donato non rispose subito. Sembrava pensare a quello che aveva appena raccontato, come se in quegli anni non avesse piú avuto il tempo o la voglia di farlo.
"Abbiamo sognato di cambiare il mondo. I rapporti, l'uomo, tutto", disse infine guardandola come se fosse colpa sua.
Ora l'unico sogno che gli restava era vincere al Superenalotto o il monte premi di un quiz televisivo.
Imma annuí, contrita. Capiva che ce ne avevano ancora per un bel po', e i negozi ormai non avrebbero tardato a chiudere. Addio spesa.

Capitolo ventitreesimo

La signora De Ruggeri quella domenica fece il capretto al forno, quello famoso di Giovanni, che a loro lasciava sempre da parte i pezzi migliori.
Dopo pranzo, ben sazi, andarono tutti a riposare. I suoceri nel loro letto, Valentina e il padre in quella che era stata la cameretta dei ragazzi, Imma sul divano del soggiorno. Ormai era primavera: cadesse il mondo, il sonnellino non si saltava piú.
Mentre la casa sprofondava pian piano in un silenzio ovattato e languido, nel dormiveglia Imma pensò per un attimo che quelle erano le ultime certezze. Il capretto, la siesta, poco altro a cui aggrapparsi.
L'interrogatorio del giorno prima le aveva lasciato uno strano senso di smarrimento, e adesso, dietro le palpebre socchiuse, le sembrava di vedere ancora, come in un film, Donato Di Biasi che parlava.
Seduto di fronte a lei nell'ufficio della Procura, guardandosi intorno come se cercasse una via di fuga, continuava a raccontare del suo incontro al Bar Centrale.
Manolo era stato felice di rivederlo, diceva. Gli aveva offerto da bere, si erano raccontati di tutti quegli anni. Cioè, ci avevano provato senza riuscirci, poi Manolo gli aveva confidato che quello per lui era un giorno speciale. Aveva capito di essere ormai molto vicino a qualcosa che cercava da tanto tempo. Dopo un altro paio di grappini gli aveva detto anche cosa: il tempio di Persefone, la dea della primavera.

Mentre il corpo le diventava pesante e la testa leggera, Imma immaginò i sentimenti che doveva aver provato Donato ascoltando il vecchio amico che parlava. Un po' il ricordo della sua gioventú, e dei suoi sogni, un po' la rabbia, perché quello che gli stava davanti continuava a giocare, mentre lui non se l'era potuto permettere. Si doveva essere sentito fregato: ecco.

Infatti, rivedendo la scena, piú di quello che diceva, la colpiva il suo tono, e la luce che ogni tanto gli si accendeva negli occhi, spesso in netto contrasto con le sue parole.

Diventando sempre piú nervoso, Donato raccontava che Manolo aveva ordinato un altro giro. Avevano bevuto tanto che al ritorno era stata sua moglie a dover guidare.

A Gravina invece di tornare a casa se n'era andato al bar, forse perché i discorsi di quel pomeriggio gli avevano smosso qualcosa, e si era fatto un altro paio di grappini.

Era ubriaco come una cucuzza quando aveva incontrato quel cugino di sua moglie, Niki Cannone. Non l'aveva mai potuto vedere, è da lui che era stato minacciato, all'epoca, quando aveva messo incinta quella ragazza che poi si era dovuto sposare, ma le chiacchiere diventano facili quando si è ubriachi, cosí Donato alla fine aveva raccontato a Niki Cannone di Manolo, e della sua scoperta.

Guardando attraverso le palpebre socchiuse il salotto di sua suocera, irreale come un sogno, con i ninnoli e le fotografie sui mobili che sembravano levitare, dilatarsi, dissolversi come bolle di sapone, Imma ripensava a Manolo, nel campeggio, al suo passo zoppicante, e alla vita che andava a riscuotere i suoi conti.

A quel punto la versione di Donato diventava diversa da quella di Cannone.

Il giorno dopo, le aveva raccontato, erano di nuovo a Nova Siri. A quanto diceva lui, era stato Niki Cannone a convincerlo, promettendogli che avrebbero guadagnato un sacco di soldi.

E a Donato i soldi servivano, pensò Imma, anche se sapeva che stava per fare l'ennesima cazzata. Cosí si era preparato la balla, a uso e consumo della sua coscienza: che andavano lí per dare un aiuto a quel suo vecchio amico. Invece, al campeggio, la conversazione aveva preso subito una brutta piega. Manolo del loro affare non voleva neanche sentirne parlare. Cannone insisteva a chiedergli dove si trovasse il tempio, lui sosteneva di non saperlo, e faceva il filosofo. Alla fine la situazione era degenerata. Cannone aveva alzato le mani e Manolo aveva battuto la testa. Aveva perso i sensi, o era morto. Non lo sapevano, perché si erano spaventati.

Lui avrebbe voluto prestargli soccorso, chiamare l'ambulanza, ma Niki Cannone l'aveva minacciato: guai se si azzardava, sarebbero stati i suoi figli a pagarla... E poi era tornato indietro, ma che avesse fatto in quel frattempo lui non lo sapeva.

O forse lo sapeva troppo bene, pensò Imma.

Su come fossero andate effettivamente le cose con Manolo non era affatto certa che Di Biasi dicesse la verità. Forse la verità stava a mezza strada fra le due versioni. Era stato Cannone a concepire il progetto criminoso, ma chi le diceva che Di Biasi non avesse covato per tutti quegli anni una rabbia che non sapeva di avere, e che non gli fosse poi venuta fuori all'improvviso di fronte a quel vecchio amico che l'aveva abbandonato quando c'era stata la necessità? E poi, insieme a Cannone avevano fatto bruciare la coperta del letto e se n'erano scappati. Ma queste erano questioni di coscienza, e lei non era né un prete né una di quelle psicologhe che ogni tanto venivano a tenere qualche corso che serviva solo a buttare soldi, perché certe cose uno ce le ha nel sangue oppure non ci sono santi.

Lei adesso doveva andare avanti e capire chi avesse ucciso quel ragazzo, cosa avessero a che fare questi due con la sua morte e che c'entrava Milena. Potevano essere loro ad averla rapita o ancora peggio ad averla messa a tacere perché conosceva qualche verità troppo scomoda?

Imma si mise a sedere sul divano. Non si sentiva volare una mosca. Tranne, in sottofondo, un ronzio sommesso, quasi impercettibile. Suo suocero che russava.

Capitolo ventiquattresimo

Li interrogò separatamente, aspettando il momento in cui si sarebbero contraddetti, ma la loro ricostruzione, fino a un certo punto, coincideva.

A quanto diceva Donato, era stato Nunzio a contattarlo, approfittando di un giorno in cui lui era venuto a Nova Siri per il matrimonio di sua sorella. Si era presentato durante il ricevimento, con una bella faccia tosta, e gli aveva proposto l'affare.

"E come ha fatto a sapere di voi?" chiese Imma.

"Manolo. Quando Nunzio è andato a trovarlo in ospedale gli ha detto dell'aggressione, e gli ha raccomandato di interrompere le ricerche, perché era pericoloso. È lí che gli ha fatto il mio nome".

Il ragazzo, invece, aveva approfittato della situazione. Non aspettava altro. Che gliene importava, delle chiacchiere di Manolo? Il tempio, Persefone, l'armonia dell'uomo con la natura. Voleva i soldi, quello. Capito?

"Perché voi?" disse Imma.

"Che c'entra", si risentí Di Biasi.

Nunzio offriva di dividere in parti uguali, in cambio di un aiuto per gli scavi, e poi per smerciare la roba che avrebbero trovato.

Di Biasi sosteneva che lui non voleva saperne e anzi aveva cercato di dirgli che non stava facendo una bella cosa, tradire un amico...

"Però poi i soldi servono", disse Imma.

Donato la guardò male.

"Ma qualcosa è andato storto", continuò lei. Non si erano messi d'accordo sulla spartizione. Loro avevano fatto i prepotenti. Il ragazzo aveva minacciato di denunciarli. Allora l'avevano aspettato e...
Tutti e due giuravano e spergiuravano ognuno a modo suo che non era cosí.
Gli interrogatori furono un massacro. Ogni tanto Imma andava di là, si faceva portare un caffè e una bottiglia d'acqua, si toglieva le scarpe, alzava il telefono per chiamare casa, spiegava a Pietro dove stava la roba per la cena e a Valentina dove aveva messo i vestiti stirati, poi, facendosi mentalmente il segno della croce, rientrava.
Di Biasi in un primo momento sostenne che erano andati sul luogo degli scavi, ma poi lui, vinto dai sensi di colpa, si era tirato indietro, e aveva lasciato su gli altri due. Non sapeva cosa fosse successo dopo.
Per Cannone era l'inverso. Era lui che se n'era andato.
Dopo che ebbero ripetuto la stessa cosa una decina di volte, ognuna con le sue varianti, Imma si fece l'idea che qualcosa di vero ci fosse, in entrambe le versioni. Che cioè avevano iniziato gli scavi e poi erano stati interrotti. Provò a indagare in quella direzione, e capí che ci aveva visto giusto. I due erano entrambi reticenti su quel punto. Sembravano impauriti.
A un certo momento cambiarono versione.
Niki Cannone disse che non si ricordava bene, che se n'erano andati prima perché si era rotta la lampada.
Donato Di Biasi raccontò che era arrivato qualcuno, un contadino, o un cacciatore, ed erano dovuti scappare.
Era evidente che stavano mentendo entrambi. Però poi tornavano a dire la stessa cosa. Che l'indomani erano tornati, e avevano svuotato il deposito. C'era anche il ragazzo. Erano d'accordo: si sarebbero occupati loro di smerciare la roba e poi avrebbero diviso tutto in parti uguali.
"Ma la divisione non è andata come doveva, e voi l'avete ucciso", disse Imma.

"No", risposero entrambi. Imma firmò la convalida dell'arresto per l'aggressione a Emanuele Pentasuglia e per ricettazione.

Capitolo venticinquesimo

Mise insieme piú cose. La reticenza dei due, il fatto che comunque, per un motivo o per l'altro, erano stati interrotti, e il campo coi filari di lattughe storti che aveva visto sotto la collina dove c'era il tempio. Doveva essere arrivato qualcuno, quella notte. Qualcuno che aveva fatto paura non solo al ragazzo, ma anche a due tipi come Di Biasi e Niki Cannone. Qualcuno che doveva essere pericoloso.

Andò lei stessa per assistere agli scavi, e i risultati non la delusero. Trovarono, seppelliti, dei fusti con sopra delle scritte in tedesco mezze cancellate. Probabilmente contenevano rifiuti tossici.

Imma chiese di Calogiuri e fece preparare la macchina per andare a Nova Siri. Erano passate già due settimane da quando erano stati lí l'ultima volta, e il paesaggio era cambiato. La sulla arrossava i campi.

Anche fra lei e Calogiuri qualcosa era cambiato, a causa di uno stupido scherzo da parte dei colleghi di cui il giovane appuntato era stato oggetto alcuni giorni prima e al quale adesso ognuno dei due tentava invano di non pensare.

Fosse stato per Calogiuri, Imma sicuramente non sarebbe nemmeno venuta a saperlo, perché mai e poi mai l'appuntato si sarebbe permesso di riferire alla dottoressa qualcosa che potesse farle dispiacere. Quanto agli altri, si sarebbero limitati a parlarle dietro come al solito. Ma ci aveva pensato la Moliterni.

Alla macchinetta del caffè, dove Imma, quando poteva, andava verso metà mattinata a fare il richiamo della colazione con un chococappuccino a doppia razione di zucchero, la signora l'aveva messa in guardia su ciò che succedeva.

In PG, come dappertutto, sul sostituto Tataranni se ne dicevano di cotte e di crude, e quando questo avveniva Calogiuri si chiudeva in un silenzio riservatissimo. Non si era mai prestato a pettegolezzi su di lei, né tanto meno aveva risposto alle domande insistenti dei suoi colleghi che volevano sapere dettagli e particolari su quella che un po' alla volta avevano cominciato a chiamare la sua ragazza, fin quando un giorno qualcuno, non si sa chi, gli aveva fatto trovare sulla scrivania, in una cornicetta di quelle dove alcuni tenevano la fidanzata e altri i figli, una foto porno di due stretti in un amplesso, con la faccia del giovane appuntato da una parte e quella della dottoressa dall'altra.

"In quale posizione?" aveva chiesto Imma senza fare una piega, quando la signora gliel'aveva riferito con aria contrita. Cosí era riuscita a non darle soddisfazione, anche se poi non aveva piú potuto togliersi dalla testa quel pensiero.

Non tanto per quello che dicevano gli altri – com'era fatta lo sapeva lei – quanto perché era stato portato allo scoperto un segreto che lei e Calogiuri si erano tenuti dentro fino a quel momento senza rivelarlo nemmeno a se stessi.

Adesso c'era una certa elettricità fra loro, e quando gli sguardi si incontravano li distoglievano entrambi con prontezza.

Nell'abitacolo dell'Alfa Imma parlava a raffica, guardando fuori dal finestrino, o accendendo la radio, affannandosi a fare ipotesi e supposizioni, per non lasciar vuoto nemmeno un istante nel quale uno avrebbe potuto pensare chissà cosa.

"Allora, Calogiuri, le cose secondo me sono andate in

questo modo, – diceva. – Quella notte, mentre Nunzio e gli altri due stavano scavando in cima alla collina, sotto è arrivato un camion con i rifiuti tossici. Li volevano seppellire lí, in quel campo dove poi hanno piantato in fretta e furia le lattughe per camuffare un po'. Ci sarà stato parecchio viavai, lampade, scavatrice, uomini che scaricavano, no? Quelli che organizzano questi traffici spesso vengono dalla Puglia, non mi sbaglio? E magari Di Biasi e Cannone li conoscevano. Non è escluso. Proprio perché li conoscevano hanno preferito starne alla larga, è gente pericolosa, loro lo sanno. Hanno interrotto tutto e hanno aspettato l'alba. A quel punto se ne sono andati, perché iniziavano ad arrivare i contadini nei campi lí sotto, e non gli conveniva farsi vedere.

Poi il giorno dopo quei due sono tornati e si sono presi la roba. Ma forse dicono la verità quando si dichiarano estranei all'omicidio del ragazzo. Forse c'è sotto altro. Nunzio ha visto qualcosa che non doveva vedere, o ha fatto un'imprudenza. E potrebbe aver coinvolto anche Milena. Questo non lo sappiamo..."

Era sempre il famoso mosaico della compagna di scuola e del tipo che non la voleva, ogni volta col suo tassello in piú, o in meno.

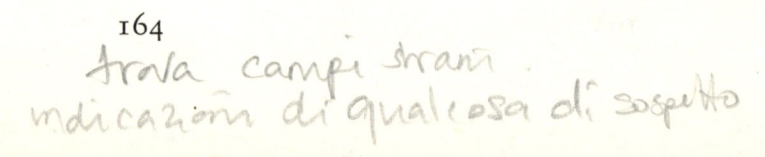

Girarono per le campagne, fra lo scalo e il paese vecchio, oltrepassando la 106 che faceva da spartiacque fra il mare e l'entroterra, finché non trovarono quello che Imma stava cercando. Una serie di poderi che presentavano delle anomalie. Uno era a pochi chilometri dal confine con la Calabria. Aveva le lattughe con le foglie prezzemolate. Un altro, verso il bivio per le fonti di Sant'Alessio, sopra un altopiano poco distante dal cimitero, mostrava uno strano sistema di irrigazione. Era quello che si usava per i kiwi, che sono degli arbusti, e non per la lattuga. In un altro campo, sotto il cavalcavia dopo l'Enea, le foglie delle barbabietole sembravano rugginose. Imma annotò tutto. Poi passarono da La Macchia e chiese di prendere informazioni sui proprietari di quegli appezzamenti. Il maresciallo riferí su Milena: le ricerche nelle campagne circostanti non avevano dato frutto, della ragazza non c'era traccia. Imma gli disse di continuarle e di tenersi in contatto coi carabinieri di Gravina. Intanto diede ordine di scavare nei campi sospetti.

Il giorno 15 giugno le ruspe si misero all'opera. Ma era troppo tardi. Con ogni probabilità in quei terreni avevano sí seppellito qualcosa, ma poi, di qualunque cosa si trattasse, l'avevano rimossa. In una delle buche trovarono anche resti di cementificazione: la roba che c'era lí sotto, con ogni probabilità, doveva essere particolarmente pericolosa.

La Macchia aveva raccolto le informazioni sui proprietari. Uno aveva costruito recentemente un piano in piú a casa sua. Un altro aveva dei debiti e poi li aveva saldati. Uno manteneva il figlio all'università... Comunque erano arrivati tardi e non potevano fare piú nulla.

Imma li fece convocare in Procura.

Li trovò un pomeriggio, tornando dalla scuola di Valentina, dove aveva avuto un colloquio con gli insegnanti che era andato meno peggio di quanto temesse: sua figlia raggiungeva la sufficienza in tutte le materie tranne che in matematica, e sette in italiano. Se solo si fosse impegnata un po' di piú, invece di vivere di rendita...

Erano accampati in sala d'aspetto. Chi dritto impalato seduto in punta di sedia, chi con la testa ciondoloni che si era appisolato, chi appoggiato alla spalla del vicino.

Che fossero in vacanza o in una sala d'attesa per sbrigare una pratica, l'antico istinto da ultimi sudditi del regno, quelli che per la loro incolumità non possono che farsi notare il meno possibile, emergeva prepotentemente sotto gli abiti Benetton o Armani, a seconda delle possibilità, e bastava lasciarli un attimo nella hall di un aeroporto o nell'anticamera di un dentista perché riassumessero spontaneamente l'antica posa, a loro geneticamente congeniale, da emigranti accalcati nelle stive delle navi, o sulle banchine di un porto, o nello scompartimento di terza classe di un treno diretto verso il Nord, miserabili ma tenaci, poveri ma dignitosi. Insopportabili, in una parola.

Non si sarebbero lamentati per nessun sopruso. Che vuoi fare, vuoi litigare? era il loro motto ostinato e rassegnato.

Ma attenzione. A fare pendant con questo tipo di atteggiamento c'era quello opposto, che scattava altrettanto arbitrariamente. Quando pensavano che qualcuno li volesse fregare o ancora peggio mancargli di rispetto. Allora improvvisamente alzavano la voce, diventavano delle belve, stufi a un tratto di secoli di angherie, tirando fuori la terribile rabbia accumulata negli ultimi millenni e sfogandola tutta in una volta col maleducato di turno.

Imma passò il pomeriggio a interrogarli, subendo una doccia scozzese di parole e di silenzi, di calcoli su come arrivare alla fine del mese, di storie di cognati e nipoti, di lamentele sulle tasse, di aneddoti su quando erano giovani, che sommati tutti insieme diedero un unico risultato: il mal di testa.

Non venne fuori nessun elemento che l'aiutasse a capire cosa potesse aver fatto Nunzio per spingere quella gente a ucciderlo. Averli visti depositare i rifiuti tossici nel campo non le sembrava sufficiente. Era stato testimone di altro, qualche fatto particolarmente grave? Aveva riconosciuto qualcuno? O forse era stato cosí ingenuo da tentare di ricattarli? E Milena, dove si trovava adesso? Era ancora viva?

Diana faceva entra ed esci dal suo ufficio per riportarle le segnalazioni.

Qualcuno diceva di averla vista a Matera, qualcun altro a Grassano, ma dopotutto era un tipo abbastanza comune e la verità è che sembrava scomparsa nel nulla come quella ragazza di Potenza, Elisa Claps, che qualche anno prima era sparita sotto gli occhi di tutti una domenica mattina, in chiesa, e nessuno l'aveva piú ritrovata, anche se si aveva l'impressione che fossero in parecchi a sapere cosa le potesse essere successo.

Imma convocò Saverio Mileo, il proprietario del campo dove avevano trovato quelli che dopo le analisi potevano a tutti gli effetti definirsi rifiuti tossici. Coloranti, per l'esattezza, provenienti probabilmente da qualche fabbrica del Norditalia o della Germania, che aveva trovato conveniente smaltirli in quel modo economico e veloce. Li affidavano a qualche trasportatore clandestino, il quale, tramite un sistema mafioso molto ben ramificato, si preoccupava di farli viaggiare con false bolle di accompagnamento e di seppellirli in qualche zona depressa del globo, con un risparmio di oltre il cinquanta per cento sui costi di smaltimento legali.

Saverio Mileo entrò nella stanza sbandando come se gli si fosse rotto il radar, e andò a sedersi a occhi bassi sulla punta della sedia di fronte alla scrivania di Imma.

"Purtroppo".

Iniziò cosí il discorso. "Coltivatori diretti, siamo. Anche mio padre, la buonanima, era contadino. E che ci volete fare? Come viene cosí bisogna prenderla, dico bene? – sorrise. – Purtroppo!" Il suo tono si colorava di un'allegria che rendeva ancora piú mesto il senso di quello che diceva.

"Abbiamo sempre lavorato. Quante ne abbiamo fatte, estate e inverno, dottoressa. Ci credete?"

E che non ci credeva? Conosceva il genere. Lavoratore, anzi, fatiataure, come diceva sua nonna, colui che fatica, ed era il complimento piú grande che potesse fare.

Fosse stato per loro, nessuno avrebbe mai inventato nemmeno la ruota, e se a qualcuno fosse venuto in testa sarebbe stato accusato di essere uno scansafatiche.

Il fatiataure si accollava qualunque sforzo senza un lamento, condendolo con un "Che ci vuole?" a denti stretti, mentre schiattava in corpo. Portava pesi, aspettava ore, lo sguardo fisso e rassegnato, le spalle scese, dominato da un unico, schiacciante imperativo: sopportare.

"Non ci siamo mai tirati indietro. È da quando ero alto cosí, che vado in campagna..."

Fece una breve pausa. Imma si aspettava che ribadisse purtroppo, ma no, invece.

"Come vi posso dire, dottoressa, io sono stato cresciuto con questa idea, che quando c'è la salute c'è tutto. Quando eravamo piccoli, e c'era qualcosa che non potevamo avere, sapete come ci diceva mia madre?"

"Pensa a quelli che stanno peggio di te. Oppure quando c'è la salute c'è tutto".

Mileo le lanciò un'occhiata, poi annuí vigorosamente, assorto in gravi e profonde considerazioni. "Mettiamo che grandinava e andava tutto a male? Ringrazia che c'è la salute. Non c'erano i soldi? Quando c'è la salute c'è tutto. Vedevamo gli altri che andavano avanti e noi restavamo sempre indietro a spezzarci da mezzo? Benedett'Iddio che c'è la salute. Ma quando non c'è stata piú neanche quella, dottoressa –. Si bloccò e restò immobile, come se avesse avuto un attacco cardiaco. Poi all'improvviso resuscitò. – Mio figlio. Ha avuto la leucemia".

Purtroppo, pensò Imma senza farlo apposta.

"Abbiamo passato i guai. Negli Stati Uniti, siamo andati. Fino a là. Io e mia moglie". Stette zitto per un po', poi aggiunse qualcosa.

"Purtroppo".

Ecco, finalmente.

"E quei bidoni che c'erano nel vostro terreno?" chiese Imma a tradimento.

"Non ne so niente, – si affrettò a rispondere l'uomo. Parlava a raffica, adesso. – Dovete credermi, davvero. Siamo stati fuori. Il ragazzo ha fatto la convalescenza a Padova, abbiamo dei parenti lassú. Mio cognato è maresciallo dei carabinieri, stanno lí da tanti anni, conosce un pezzo grosso, dottoressa, il capo infermiere dell'ospedale, ha fatto pure il compare a suo figlio. Gli abbiamo portato le carte, che volete, un occhio di riguardo serve sempre, grazie a dio adesso sta meglio, il ragazzo. Ma dobbiamo tornare ogni sei mesi per i controlli. Non vi dico quant'è bravo a scuola. Si preoccupava che poi perdeva le lezioni, quel figlio, soprattutto quelle di matematica, ha una professoressa terribile. La Paparusso, la conoscete?"

"Vi conviene parlare", gli disse Imma.

Mileo ammutolí.

Se parlava non gli sarebbe successo niente, glielo garantiva lei personalmente. Se no, andando avanti, la sua situazione sarebbe peggiorata. "Quella è gente che non perdona", buttò lí, e rimase un attimo in silenzio, con la faccia preoccupata di chi ne sa piú di quello che dice. Ne aveva un certo numero, di quelle facce.

Mileo boccheggiò, sembrava una carpa che sta per mordere. Ma non abboccò. Vuol dire che quelli gli facevano piú paura di lei.

Imma cambiò faccia. Sul viso adesso spianato e sereno le spuntò un sorriso vagamente malizioso.

"Ho visto la vostra campagna, – fece. – Un bel pezzo di terra, complimenti".

Si era informata. Quell'appezzamento, Mileo l'aveva ricevuto in eredità dal nonno, che era partito in America da ragazzo, anzi da bambino, e aveva messo da parte un po' di risparmi facendo il lustrascarpe.

"Lo sapete, vero, che se non collaborate c'è la confisca? Anche volendo non potrei fare diversamente. E vostro nonno, poveretto, che ha fatto tanti sacrifici, là in America... a me per prima piangerebbe il cuore".

Un piccolo lampo di ribellione passò negli occhi di Mileo.

"Dove avete preso i soldi per andare negli Stati Uniti?" gli chiese Imma, approfittandone per guardarlo fisso. L'uomo abbassò pudicamente lo sguardo.

"Se parlate andrà tutto bene. Diteci chi ve li ha dati e sarete in una botte di ferro. Su, che ci sbrighiamo e ce ne andiamo a casa. Allora?"

L'uomo stette in silenzio, a lungo. Poi parlò. "Purtroppo", disse.

Non ci fu niente da fare. Dopo tre ore che stavano lí Imma si sentiva quasi ubriaca per tutti quei purtroppo, e lo lasciò andare, poi uscí nel corridoio e scese al primo piano. Il passo marziale e l'umore puzzolente. Puntò dritta l'ufficio ricezione atti.

Per una strana legge che in situazioni di massima emergenza spinge la realtà a mobilitarsi per venirci incontro, Imma quel giorno conseguí un risultato mai ottenuto in mesi di pazienti appostamenti.

Maria Moliterni, proprio come lei aveva ipotizzato, stava festeggiando il compleanno.

Nell'ufficio che avrebbe dovuto essere destinato agli atti era stipata la crème della Procura, il sostituto Teresa Cardinale, gli avvocati Saponaro e Malatesta, il giudice Antonini e svariate signore che riempivano l'aria con le pesanti note floreali o muscose dei loro profumi.

La commessa Graziella si dava da fare come se fosse la cameriera personale della signora, servendo gli invitati e facendo in modo che tutto andasse come doveva.

Dal tavolo di mogano lucido erano stati rimossi carte e documenti, casellari e cancelleria, e al loro posto in quel momento facevano bella mostra file di bicchieri in plastica di qualità superiore, quelli decorati come se fossero in cristallo di Boemia, pieni di spumante di marca. E poi tartine e paste mignon, e la torta mimosa di Schiuma, quella famosa, che non può mancare in nessun compleanno, con su scritto *Tanti auguri*. Senza candeline, però.

Quando Imma irruppe nell'ufficio con una foga riservata in precedenza solo alla cattura di un superlatitante siciliano nel suo bunker sulle Madonie, le mani che si erano appena sollevate per il brindisi restarono sospese a mezz'aria e l'intera scena si immobilizzò come nel freeze di un fotogramma.

La prima a riprendersi fu la stessa Maria Moliterni. Con la disinvoltura che non le veniva mai meno, stratificatasi nella sua personalità in secoli di dominazione e buone scuole, la signora proferí un pacato: "Favorite".

Con la reattività e la presenza di spirito accumulate in millenni di oppressione e ingiustizie, Imma lanciò uno stridulo: "il fascicolo n. 37 778". Era quello inerente a un caso di tangenti che si era avuto tempo addietro.

Le due donne si fronteggiarono con gli occhi, la signora Moliterni dall'alto dei venti centimetri coi quali la sopravanzava, Imma dalla salda postazione del suo baricentro raso terra, sotto lo sguardo preoccupato o divertito di tutti i presenti che cercavano di figurarsi la rappresaglia.

Ma la vendetta, per Imma, era un piatto che andava gustato freddo.

"Appena potete portatemelo su", aggiunse dopo una pausa. Si voltò e se ne andò, sotto gli occhi sconcertati dei partecipanti al festino.

Facendo risuonare i tacchi come nacchere si attivò per far mettere sotto controllo il telefono di Mileo, e piazzargli le ambientali in casa. Revocò invece l'ordine, che aveva dato qualche giorno prima, di rimuovere quelle che c'erano a casa Festa, i genitori del ragazzo morto. Anche loro avevano un podere e anche loro avevano avuto degli strani movimenti di denaro, ultimamente. Se uno teneva le orecchie aperte, invece di dormire...

C'era qualcosa in corso, non sarebbe stato facile trovare qualcuno disposto a parlare, per questo bisognava stargli addosso aspettando che si tradissero. Poi, soddisfatta per la piega che avevano preso gli eventi, decise che quel giorno poteva anche affrontare la pila di fascicoli processuali, rinvii a giudizio e altre rogne che negli ultimi tempi si erano accumulate ancora piú velocemente del solito, o almeno cosí le sembrava.

Aveva appena attaccato un decreto di sequestro per uno stock di cd contraffatti, quando le squillò il cellulare.

In quei giorni Imma viveva sul filo del rasoio. Da quando era riuscita, con un aumento di stipendio, a trattenere Ornela almeno finché non trovava un'altra badante, stava sul chivalà, temendo a ogni telefonata che fosse lei, con l'annuncio di qualche tremenda disgrazia in Romania, seguita da una nuova richiesta di aumento, o dall'abbandono definitivo.

Quelle badanti erano nello stesso tempo una benedizione e una maledizione. Risolvevano un problema e ne aprivano dieci, e poi per metterle in regola c'era quell'assurda faccenda delle quote, che bisognava essere laureati in giurisprudenza per capirla, e spingeva la gente all'illegalità. Non che la legge l'avessero fatta loro, ma con qualcuno doveva pur prendersela.

Sul display il numero non compariva.

Diana, che stava cercando un atto, la vide cambiare espressione.

La dottoressa chiese dove. Disse che sarebbe andata subito. Si mise il cellulare in tasca, scostò con un solo gesto della mano i documenti che erano sparsi sulla scrivania, afferrò la borsetta e fece per uscire. Poi tornò indietro. Aprí un cassetto che era chiuso a chiave e ne prese la pistola che aveva comprato ai tempi in cui stava in Sicilia e mai usato.

Si conoscevano da quando erano ragazzine. Imma non aveva un carattere facile, non l'aveva mai avuto. A scuola non passava mai le versioni. Alle interrogazioni non suggeriva, neanche quando gli altri stavano schiattando. Certe volte, anche adesso, soprattutto adesso anzi, aveva degli atteggiamenti che ti sarebbe venuta voglia di incollarla al muro. Era ottusa. Intransigente. Si impuntava per cose che la mettevano in ridicolo, e tanti altri difetti che non ci voleva niente a trovare, però, Diana lo realizzò in quel momento, a forza di starci insieme le si era affezionata. Anzi, per quanto strano potesse sembrare, le voleva bene. Proprio cosí. Doveva ammetterlo.

Le chiese dove stesse andando, perché non si poteva dimenticare di quando le avevano teso un'imboscata, mentre stava indagando sulle famiglie mafiose che per un periodo avevano insanguinato Matera, e solo grazie al fatto di essere stata seguita a distanza era riuscita a salvarsi la pelle, ma Imma fece un movimento della mano come a dire fatti i fatti tuoi, e uscí. Diana pensò che avevano ragione le malelingue: la dottoressa era davvero insopportabile.

Sul passaggio scoperto che immetteva nell'ala dove si trovava l'ufficio di Imma svolazzava un mucchietto di penne bianche e nere, quello che restava di una gazza cui qualche gatto doveva aver fatto la festa.

Capitolo ventiseiesimo

La luce del tardo pomeriggio rendeva dorate le pietre grigie e bianche dei Sassi. Imma stava scendendo dalla parte del Conservatorio. Lí giú, in fondo, nel quartiere detto dei lammord, i lombardi, in un vicinato che era stato fra i piú bui e insalubri, c'erano i due vani scavati nel tufo dove aveva abitato sua madre fin quando non si era sposata. Insieme a una decina di fratelli piú grandi o piú piccoli, ai genitori, ai nonni, a una zia zitella, un mulo, un maiale e un numero imprecisato di galline. Era parecchio che la dottoressa non scendeva nei Sassi.

Da adolescente li evitava, perché era un luogo per gente che faceva uso di droghe leggere e pesanti e aveva rapporti sessuali prematuri. Da adulta non ci era piú andata e basta. Tranne una volta, quando li avevano appena restaurati.

Verso la fine degli anni Ottanta in poco tempo i Sassi avevano smesso di essere un'ignominia per diventare un vanto, e qualcuno si era adoperato per farli riconoscere Patrimonio dell'umanità. Fu in quel periodo che lanciarono un concorso al quale parteciparono architetti provenienti da tutto il mondo.

Si erano sbizzarriti. Raccontavano di uno che avrebbe voluto metterli sotto vetro e un altro che immaginava di riempirli d'acqua e magari farli visitare con la gondola. Il progetto che era stato realizzato alla fine non era cosí suggestivo, ma aveva finito per renderli simili a San Marino, o a Trastevere, o ad Alberobello, insomma a qualunque posto di quelli per i quali si impiega l'aggettivo «caratteristico».

Una mattina in cui sua madre faceva il diavolo a quattro che voleva tornare a casa sua, 'bbasc au Soss, giú nei Sassi, Imma aveva deciso di accontentarla. Nunziata, che non riconosceva piú niente e nessuno, ricordava benissimo la strada, e l'aveva preceduta con un'agilità ritrovata attraverso scalette ripide e stradine dove le signore si torcevano i tacchi. La casa era stata trasformata in un pub. L'Alma Loca. Ce n'erano parecchi di pub. E localini. Fatti bene. Imma si era guardata intorno compiaciuta e si era detta che un giorno ci dovevano venire, con Pietro e Valentina, ma quel giorno non era mai arrivato. La madre era rimasta un attimo senza parole, poi aveva riattaccato: "Portami a casa mia. 'Bbasc au Soss. Au lammord..."

Imma slittò su una pietra liscia, col tacchetto delle scarpe nuove, verdi, che si era comprate, e si fece scivoloni scivoloni tre quattro scalini, reggendosi con una mano al muretto di pietra, scorticandosela tutta, e vorticando l'altro braccio come un mulino a vento, riuscendo però a mantenersi miracolosamente in piedi e riprendendosi appena in tempo per non precipitare a terra.
Cominciamo bene, pensò.
La fermò un gruppetto di turisti: "Ma i Sassi, dove sono?"
"Qui".
"Dove?"
"Sono questi".
La guardarono sospettosi, come se li stesse fregando.

All'ingresso del rione Malve, su una bancarella, vendevano souvenir. Posacenere a forma di casetta, e fischietti a cucú. Il vicinato era tutto un fiorire di bed and breakfast e gerani di tutti i colori. Negli anni Settanta quelle case erano state occupate da un gruppo di giovani che volevano una vita alternativa. Ora quel sogno realizzato si offriva in affitto, a prezzi tutto sommato contenuti.

Dietro le case, affacciato sulla Gravina, c'era un antico cimitero fatto di tombe scavate nel tufo, che poi erano state riempite di cemento, forse per impedire ai turisti di cascarci dentro.

Mentre, con precauzione, appoggiava i piedi sul suolo accidentato, Imma notò le dimensioni ridotte delle buche: quelli che riposavano lí sotto dovevano essere suoi parenti alla vicina o alla lontana, e forse da qualche parte ce n'era una già pronta per lei. Le venne a tradimento un'immagine a cui in genere cercava di non dar corda: sua figlia orfana e suo marito vedovo.

Calogiuri, l'unico che aveva messo al corrente delle sue mosse, si aggirava in quel momento in via Casalnuovo, pronto a intervenire in caso di necessità, ma non si poteva mai prevedere fino in fondo come sarebbero andate le cose. Non avendo vocazioni eroiche, Imma, finché era possibile, evitava di correre rischi. Per maggior sicurezza, comunque, aveva stipulato una polizza sulla vita a favore del marito e della figlia se le fosse successo qualcosa. E adesso si consolò pensando alla discreta sommetta che avrebbero intascato, all'occorrenza.

Poi girò lo sguardo e la vide.
Seduta su una di quelle tombe, con una valigetta accanto, rivolta verso il tramonto sulla Gravina, c'era Milena.
Stava lí, con un paio di jeans e una maglietta blu, i capelli lunghi e lisci ben pettinati. Le sembrò un po' piú rotonda di com'era l'ultima volta che l'aveva vista.
Le due donne si guardarono in silenzio. Dopo un po' Imma sparò: "Sei incinta?"
Milena esitò un attimo, dovette chiedersi se dire una delle sue bugie, ma alla fine annuí.

Era il motivo per cui era scappata di casa. Aveva paura che il fratello l'ammazzasse di botte se l'avesse saputo.
"Insomma, non mi ero sbagliata", disse Imma. Milena guardò per aria. Raccontò che all'inizio, quando aveva visto il risultato del test, dopo il primo ritardo, era andata in paranoia, e la prima idea che le era venuta era stata di scappare.
Ma dove? Non conosceva nessuno fuori da Nova Siri, e poi chi avrebbe nascosto una ragazza minorenne e incinta?
Le era venuto in mente quell'amico di Nunzio, Manolo. Aveva un campeggio, lí il posto non mancava. Forse se c'era qualcuno che poteva non dirle di no era lui. Infatti cosí era stato.
"Che tipo è?" chiese Imma.
Milena si strinse nelle spalle.
"Uno sfigato, no?"
Un sorrisetto illuminò suo malgrado il viso di Milena.
"Quanto parlava, dottoressa. Non la finiva piú".
La ragazza raccontò dei giorni che aveva passato nascosta lí al Macondo, insieme a Manolo che le raccontava i suoi viaggi. "Ma quanti ne ha fatti, dottoressa?" Certo non avevano calcolato tutto il casino che sarebbe seguito, i telegiornali, la polizia, la stampa. La situazione era scappata di mano.
"E quando siete venuta con quel carabiniere, ci è preso un colpo. Ma come si chiama?"
"Chi?"
"Il carabiniere".
"Ippazio Calogiuri. Perché?"
"Che razza di nome –. A Milena scappò una risatina. – Comunque io stavo dentro una di quelle roulotte e sentivo tutto quello che dicevate, – le venne un'aria furbetta. – Quindi non sono tanto scema".
Imma alzò gli occhi al cielo. Milena proseguí.
"A un certo punto vi siete avvicinata, ho pensato ora

apre la porta e addio. Poi per fortuna ve ne siete andata. Però non ci siamo sentiti tranquilli, allora Manolo ha avuto l'idea di portarmi qui a Matera, da un'amica sua. Non mi chiedete come si chiama, perché non voglio farla trovare in mezzo.

È una che ha piú di cinquant'anni ma si veste come se ne avesse quindici. Quanto parla, anche lei, però è simpatica. Si è fissata con me, dottoressa. Si preoccupava, perché dice che ai suoi tempi era... come si dice?, femminista, e hanno fatto tanto per riuscire ad avere l'aborto, però poi c'era chi ne approfittava troppo e si trovava male".

"E tu che farai?" chiese Imma.

"Me lo tengo".

Senza volere, Imma si sentí sollevata. Ricordava quel momento degli anni Settanta, poco prima che la legge sull'aborto fosse effettivamente approvata, e la liberazione sessuale sulla pelle delle ragazzine, che restavano incinte e poi venivano accompagnate dai loro compagni «compagni» ad abortire clandestinamente, a Bari, con il metodo Karman se facevano in tempo, se no con quelli soliti.

Imma guardò giú.

Il letto della Gravina iniziava a non essere piú verde e rigoglioso com'era solo fino a pochi giorni prima, e il torrente, che era stato in piena a causa delle piogge smoderate fuori stagione, adesso stava iniziando a seccare.

Imma disse a Milena che se voleva avrebbe potuto andare in un centro per ragazze madri, dove avrebbero accolto lei e il bambino e in seguito si sarebbero preoccupati di aiutarla a trovare un lavoro. Intanto avrebbe denunciato il fratello per percosse e maltrattamenti. Milena la guardò incredula.

"Non ci penso proprio".

Voleva tornare a casa.

"A casa?"

Milena annuí. Imma riuscí a convincerla ad andare per-

lomeno con lei in Procura, dove avrebbe convocato il fratello. Ci avrebbe parlato, prima di riaffidargliela.
"Voi non sapete niente di Carmine", disse Milena.
"E chi te l'ha detto?"
Imma le raccontò quello che le aveva riferito Calogiuri, quando lei gli aveva chiesto di informarsi su cos'era successo alla Fiat. Di quella giovane operaia, Angela Staffieri, che si era spezzata la schiena in un incidente d'auto mentre alle quattro di mattina viaggiava insieme ad altri tre per il turno.
"Sí, dottoressa, – si accalorò Milena, – quando è tornata in servizio l'hanno messa alla verniciatura, un lavoro massacrante. Lei ha chiesto il trasferimento ma quei bastardi non gliel'hanno dato".
Speravano che si licenziasse, perché non volevano pezzi difettati, nemmeno fra gli operai. Invece lei, che aveva bisogno del posto perché era madre di due bambini piccoli, sopportava. Finché un giorno era svenuta per il dolore.
"A mio fratello è salito il sangue agli occhi, dottoressa. È forte, Carmine. Ha preso il caporeparto e gli ha spaccato le corna. Non ha fatto bene?"
"Benissimo. Tant'è vero che li hanno licenziati tutti e due".
Milena si strinse nelle spalle.
Si avviarono per tornare sopra. Imma prese dalla parte di Sant'Agostino. Voleva fare il giro largo, per avere il tempo di parlare.
"Ti manca tua madre?" fece di punto in bianco.
"Perché?"
"Cosí".
"Era una rompiscatole, – disse Milena. – Quasi come voi".
Imma sorrise. Camminarono in silenzio per un po'.
Mentre camminavano, Imma ne approfittò per chiedere ancora una volta a Milena perché avesse litigato con Nunzio, in discoteca. Milena fece la solita faccia di chi ca-

de dalle nuvole, ma Imma ormai iniziava a conoscerla. Tornò alla carica. Forse qualche storia un po' losca, per esempio riguardante dei rifiuti tossici che nascondevano nei campi? In paese, è certo, di quelle cose si mormorava, ma sotto sotto, e tutti ne avevano paura, perché non sapevano come sarebbe finita se si facevano sfuggire qualcosa.

"È per questo che tuo fratello non voleva che lo frequentassi?"

Milena la guardò sorpresa. "Non so nemmeno di cosa state parlando", disse.

Imma le assicurò che se avesse voluto testimoniare, loro avrebbero fatto di tutto per proteggerla, lei, i suoi famigliari, e chiunque fosse implicato nella faccenda.

Si fermarono su uno slargo della strada, dove di solito parcheggiavano le macchine con le coppiette. Di fronte c'erano i buchi neri delle grotte preistoriche.

Un grande pannello diceva: *Prima o dopo aver visitato i Sassi, gustate un caffè, o un gelato artigianale, o un aperitivo.*

Dovevano essere alla canna del gas, se supplicavano i turisti per i settanta centesimi di un caffè. Evidentemente, il business non aveva funzionato, e l'unica cosa che lasciava, quella gente, erano i resti della colazione al sacco che si portavano da casa o dagli alberghi pugliesi dove erano alloggiati.

Imma guardò Milena. "Di me ti puoi fidare", le disse.

Un sorriso leggero, giocondesco, passò sul viso della ragazza.

"Le voci erano che Nunzio se la faceva con la matrigna", buttò lì alla fine, studiando l'effetto che facevano le sue parole.

"Che dicevo io?" L'esclamazione uscí dalla bocca di Imma come un tappo di champagne.

Ma poi si riprese.

"Che voci? Chi l'ha detto?" domandò.

"Una che conosce mio fratello, Ida Tortorelli. Ha quel

negozio che si chiama Young Fashion, con certi prezzi che non li puoi guardare manco dalla vetrina. L'ha raccontato a Carmine e poi lui l'ha detto a me".

Imma non sapeva se Milena stesse dicendo la verità. Le aveva già mentito su piú punti. Il coltello del fratello, che probabilmente lei stessa aveva nascosto in quel vaso di gerani per non farlo trovare. Il fatto che il Carmine fosse rimasto a dormire quella notte, mentre invece era uscito. La stessa faccenda della gravidanza. E adesso chi le garantiva che stesse dicendo la verità?

"Nessuno, – rispose Milena. – A me che me ne importa se mi credete o no?"

Capitolo ventisettesimo

Quando Ida Tortorelli entrò nella stanza la riempí in un attimo di un profumo dolciastro dalle note di violetta e di sandalo che colpí violentemente le narici di Imma rimontandole fino al cervello e facendola starnutire. A forza di stare in mezzo alla polvere della Procura, lo capí in quel momento, doveva essere diventata allergica, ormai bastava un niente a irritarle le mucose. E il resto non ne parliamo.

Dopo averle detto accomodatevi, per non essere cafona e non dare segni di insofferenza contrari all'educazione, si avvicinò alla finestra, la aprí con nonchalance e annusò l'aria fresca di fuori.

Giacché c'era gettò un occhio in basso. Passava un gruppetto di ragazzine che dovevano aver fatto filone a scuola, e addentavano a turno un bel pezzo di focaccia della Casa del Pane. In quello, perlomeno, i gusti non erano cambiati. Imma inalò una boccata d'aria, poi si voltò verso la persona informata sui fatti.

La Tortorelli indossava, con ogni probabilità, uno di quegli abiti che vendeva in negozio. Rosso, a pois, con un fiocco annodato sul seno ahimè scarso e un po' cadente, che né il vestito, né il push-up, né l'occhiello ammiccante che si formava sotto il fiocco riuscivano a valorizzare.

Dimostrava piú dei suoi trentasette anni, forse perché tutti gli sforzi che faceva per nascondere l'età, tinture, imbottiture, acconciature e fondotinta, sortivano in realtà l'effetto opposto.

"Non ho niente contro di lei", esordí, quando Imma le chiese notizie di Elena, la matrigna di Nunzio. Né contro nessuno. "Siamo in repubblica, giusto? Ognuno è libero di fare quello che vuole, a seconda di come si sente". E a lei la coscienza in quel momento dettava di mettersi al servizio della giustizia, quindi per quanto non le piacesse impicciarsi nelle faccende altrui...

"Come mai non ne avete parlato prima?" la interruppe Imma.

"Ci ho provato, ma il maresciallo La Macchia, appena gli ho detto che avevo visto Carmine, quella notte, non ha voluto sapere piú niente".

"Cioè, voi avete iniziato a parlare di Nunzio e della matrigna, e lui..."

"Mi ha interrotta. È proprio come dicevo io, faceva. E poi se n'è andato. Sono rimasta un po'... a metà".

"Ho capito", disse Imma.

"Però la verità prima o poi viene sempre a galla. Chi mi conosce lo sa che tipo sono. Sempre discreta, disponibile con tutti, non mi piace sparlare. Ma quando ci vuole, per il bene comune..."

Per abbreviare la permanenza della signora nel suo ufficio, perché il profumo le raschiava la gola, e non sopportava tanto neanche lei, Imma cercò di andare al dunque.

"Quindi insomma la matrigna del ragazzo che è stato ucciso se la faceva con lui? E voi l'avete visto?"

"Infatti. Subito fuori Nova Siri. Stavo passando di là al ritorno dal cimitero, ho perso mio padre l'anno scorso. Una disgrazia improvvisa, un uomo pieno di salute. Ci ha lasciati da un giorno all'altro, non si è capito cosa è stato".

Imma annuí con comprensione, ma non troppa, se no quella non la finiva piú.

"A un certo punto ho visto la centoventisette bianca al lato della strada. Io come dicevo non ho l'abitudine di impicciarmi in fatti che non mi riguardano, ma erano lí, davanti ai miei occhi, anche volendo, non avrei potuto fare a meno di vedere. Subito ho riconosciuto Nunzio Festa, poveretto, perché aveva un giubbotto che gli ho venduto io, di jeans, con un'aquila disegnata sulle spalle. E affianco a lui c'era la matrigna, la russa. Si stavano abbracciando. In un modo... Io non sono una maliziosa, però... evidentemente la nostra mentalità è ancora un po' arretrata".

"In che senso?"

"Pare che nei paesi da dove vengono queste persone cose del genere siano assolutamente normali. C'è una polacca, fa la badante al suocero di mia sorella..."

"L'avete vista bene in faccia? Siete sicura che era lei?"

"Sicurissima, certo. E lui pure, ve l'ho detto, l'ho riconosciuto immediatamente. Dal giubbotto".

"Dal giubbotto".

"E sí. Come quello ne ho venduto uno solo. Sono capi particolari, in tutta la regione è una marca che ho solo io. La faccio venire da Milano".

"E il ragazzo non si è mai voltato, non hanno cambiato posizione?"

"Non lo so, è passato l'autobus, e allora non l'ho piú visto".

"L'autobus?"

"Si fermano lí vicino. Vanno su. A Roma, a Milano, in Germania. Non so qual era".

"Va bene, potete andare", disse Imma, portandosi il fazzoletto al naso e trattenendolo lí sopra.

Macché, fu facile convincerla? Insisteva per fornire altri dettagli, particolari, qualunque cosa potesse essere utile, mettendosi a disposizione della giustizia tutte le volte che fosse necessario, e non fa niente se doveva chiudere il negozio per venire, perché non possiamo mica pensare solo ai nostri interessi, dico bene?

Quando fu uscita, Imma posizionò le imposte della finestra in modo da far corrente con la porta e dopo un po' la vide uscire dalla Procura e attraversare piazza dei Ca-

duti, guardandosi con la coda dell'occhio nelle vetrine dei negozi.
Imma diffidava degli altruisti. Di quelli finti, che sono la maggior parte, e di quelli veri, che sono ancora peggio. Rannicchiati dietro la loro bontà, quasi sempre prepotenti nell'importela, se non stai attento qualche guaio te lo combinano, prima o poi.
E comunque vuoi vedere che Milena una volta tanto aveva detto la verità? Se davvero quei due se la facevano, cambiava tutto. Ma allora i rifiuti tossici che c'entravano? C'è da dire che la Tortorelli, il ragazzo, non l'aveva visto in faccia. E poi lí vicino, a quanto sembrava, c'era la stazione degli autobus.
Di tasselli, questa volta, ce n'erano anche troppi, e qualcuno, come la giri e come la volti, restava fuori per forza.

Tanto per far svaporare la stanza, si affacciò nell'ufficio di Diana, per dirle di convocare la matrigna di Nunzio, ma alla scrivania, a parte Cleo, in gigantografia, in foto, disegnata, a tutte le età e in tutte le salse, col vestito della comunione e col costume da maschera, non c'era nessuno.
"Sarà in archivio", disse la collega che aveva l'ufficio di fronte al suo.
Di nuovo? Ma che, aveva fatto l'abbonamento? Per puntiglio, e perché in linea di massima non le piacevano le novità, Imma andò a cercarla.
Salí al terzo piano, poi imboccò il corridoio in fondo al quale, separato da una porta a vetri, c'era l'ultimo braccio sul quale si affacciava l'archivio. Sulla porta un grande cartello portava scritto, in lettere disegnate col pennarello a spirito verde e rosso: *Chiudere la porta*. Sotto, su un cartello piú piccolo, una scritta al computer diceva: *Chiudere sempre la porta*, e piú sotto ancora, in lettere cubitali, un cartello ammoniva: *Chiudere grazie*. Lo stesso cartello *Chiu-*

dere grazie stava anche dietro, dall'altra parte della vetrata. Che era aperta a metà.

La porta dell'archivio, invece, era di quelle pesanti, che dovette spingere appoggiandoci sopra tutto il corpo e le venne addosso come se opponesse resistenza.

Quando fu riuscita a infilarsi dentro, una zaffata di odore caldo e polveroso la investí, stimolandole uno starnuto che non venne e le fece lacrimare gli occhi. Era parecchio che non saliva lí sopra.

Sugli scaffali erano impilati i faldoni che contenevano tutte le pratiche giudiziarie presenti e passate, citazioni, circolari, atti, decreti, rinvii a giudizio, sentenze e appelli, tutte le magagne del circondario, i peggiori sentimenti, le passioni piú basse, le azioni inammissibili, la melma della melma, tutto scrupolosamente catalogato nel tentativo patetico di dargli un ordine, un senso e una parvenza di razionalità, con l'unico risultato certo di produrre un volume di scartoffie che non finiva mai, sopra il quale si accumulava la polvere.

Imma ci passò sopra gli occhi, con una sensazione strana, una vertigine metafisica, o i peperoni cruschi che aveva mangiato la sera prima che le tornavano su.

Si accorse solo dopo un attimo, dalla sensazione, di non essere sola.

Qualcosa la spinse a sbirciare nella luce di due scaffali.

Addossata al muro, in un angolo, vide Diana, la sua vecchia compagna di banco, quella che un tempo prendeva sei e mezzo, o anche sette piú, l'irreprensibile cancelliera, la moglie devota, la mamma di Cleo, che pomiciava accanitamente con un tipo alto, biondo, le spalle larghe, in uniforme da carabiniere. Imma restò un momento immobile, quasi pietrificata, e fu proprio allora che lo sguardo di Diana si posò su di lei. La vide, non la vide? Non lo seppe mai. Si voltò, aprí con entrambe le mani la porta, e uscí fuori.

Scese velocemente le scale che portavano al piano di

sotto, come spinta da un bisogno urgente, quando, a metà del corridoio, si sentí chiamare: "Dottoressa".
Trasalí. Era Calogiuri.
Lo guardò arretrando leggermente come se fosse un'apparizione. Anzi di piú. Un angelo, un arcangelo, un messaggero degli dèi.
"Dottoressa, scusate, vi ho fatta spaventare".
Non era lui, nell'archivio, e questo fu sufficiente a farle scoppiare il buon umore.
La cercava perché stava succedendo qualcosa alle intercettazioni.
Imma si ricompose, e dissimulando la contentezza lo interpellò con piglio militaresco: "E che aspettiamo? Su, muoviamoci".

A casa di Mileo, il proprietario del campo dove avevano trovato i rifiuti tossici, il marito e la moglie si stavano dando addosso.
"Babbeo, – diceva lei. – Ma cose dell'altro mondo. Invece di farti furbo... e chi ci rimette? Tua moglie e tuo figlio. Intanto tuo fratello..."
"Di nuovo con mio fratello adesso, che c'entra?"
"Che c'entra? Se li sa fare i conti, quello, tu ancora non l'hai capito. Sei un fesso. Continua a farti mettere i piedi in testa. Adesso va a finire che ci troviamo tutti in galera. Che vergogna, gesummio, solo a pensarci non so piú dove mettere la faccia".
"Quelli dicevano che non c'erano rischi, e poi se ti ricordi bene sei stata tu a insistere, lo sai come la penso, è brutta gente, non mi piace".
"E tuo figlio come lo facevamo operare? Ma se quando era tempo ti impuntavi col terreno, i soldi sarebbero usciti di là".
"Come ragioni? Dovevo lasciare mio fratello senza niente?"
"Lo vedi? Continua a pensare a lui, e fregatene di noi".

"Potevamo fare il mutuo, l'avevo detto".
"E sí, ci dovevamo anche indebitare. Da padroni di bastimento a barca in affitto..."

Fra una recriminazione e l'altra scandagliavano il passato fino a risalire a un paio di generazioni addietro, ma un pezzo di qua un pezzo di là, ascoltando quello che dicevano, alla fine grossomodo si riuscí a capire cos'era successo.

Quando il figlio di Mileo si era ammalato di leucemia e l'unica speranza era un professore che operava negli Stati Uniti, il padre si era rivolto a una finanziaria. Per loro, era come stringere un patto col diavolo. Facevano parte di quei contadini che avevano raggiunto il benessere a furia di sacrifici e di risparmi, il cui primo principio si poteva sintetizzare cosí: niente politica e niente debiti.

Quelli, per capirsi, che per comprarsi un'automobile andavano a piedi tutta la vita e quando finalmente se la potevano permettere era troppo tardi per guidarla. Cosí risparmiavano due volte.

Di queste finanziarie ce n'erano un po' dappertutto ormai, perché con gli stipendi e le entrate oneste erano pochi quelli che prima o poi non ne avevano bisogno. Insomma, seppur con la morte nel cuore, Mileo era andato a chiedere un prestito. E quelli gli avevano fatto una proposta indecente. Che lui non doveva far nulla. Solo chiudere un occhio e intascare i soldi, che gli sarebbero stati versati direttamente sul conto. E poi continuare a coltivare il suo podere e non preoccuparsi se vedeva qualcosa di strano. Tutto qui.

Di lusso, pensò Imma. Era seria, questa volta. Disse subito che bisognava di nuovo convocare Mileo e nel frattempo si informò sul risultato delle ambientali che avevano piazzato in casa Festa.

Calogiuri scosse la testa e le fece sentire le registrazioni.

Silenzio. Poi un rumore di passi, una porta che si apriva, acqua che scorreva, oggetti posati. Televisione. Un gioco a quiz. Silenzio. Rumore di posate. Una sedia spostata. Rumore di piatti lavati. Silenzio. Televisione. Una soap opera. Silenzio. Televisione. Il telegiornale. E poi il rumore di qualcosa di rotto. Un piatto, una zuppiera. Una porta che sbatte. Dei passi. E poi qualcuno che torna. Silenzio. Silenzio. E poi sospiri. Imma guardò interrogativamente Calogiuri. Il carabiniere abbassò pudicamente lo sguardo. Infatti poco dopo si sentí un gemito. In quella casa, qualcuno stava facendo l'amore.

Capitolo ventottesimo

"Come si va?"
"Tiriamo".
Mileo si era ristretto, Imma ne era praticamente sicura. Se ne stava tutto rattrappito nella sedia di fronte alla scrivania, detergendosi il sudore anche se da un po' di giorni si era voltato un piacevolissimo frescolino un po' fuori stagione. E piú parlavano, piú si restringeva, e gli tremava il gargarozzo. Imma temette che scoppiasse a piangere. Per scongiurare l'eventualità si alzò e si affacciò alla finestra. In fondo al corso la vicina di pianerottolo di sua madre, la signora Cippone, avanzava facendosi largo fra i passanti ancora mezzi inebetiti al risveglio dalla siesta, puntando il carrozzino con l'ultimo arrivato come una schiacciasassi.

Imma avrebbe voluto voltarsi, prendere Mileo per le spalle e dargli un bello scossone. Sveglia, gli avrebbe detto. Ho capito che non hai mai fatto male a una mosca. Ho capito che se per strada trovi un portafogli pieno lo restituisci. Sei una brava persona, timorato di Dio e gran lavoratore, non ci piove. E con questo? Che ti aspetti, la medaglia? Ma insomma, la vogliamo finire di piagnucolare, che se ti trovi in questa situazione qualcosa c'entrerai anche tu, oppure dov'eri, in gita? A prendere un caffè? E poi tua moglie. Possibile che ti devi far trattare a pezza da piedi? La prossima volta diamole una bella addrizzata e poi vediamo se non si comincia a ragionare!

Ma non gli disse niente di tutto questo. Lo rassicurò,

invece. La sua situazione era delicata, però se parlava, se forniva elementi utili alle indagini, non gli sarebbe successo niente.

Due tipi diversi di paura si scontrarono negli occhi di Mileo. Il naturale timore che ogni agricoltore del Sud prova di fronte alla legge e il terrore che dovevano suscitargli quegli altri.

Imma capí che doveva infilarsi là dentro. Alla svelta. Si introdusse come un coltello in una cozza, girò un po' di qua un po' di là, fece una pressione silenziosa, tentennò, forzò ancora un po', e alla fine riuscí a entrare. Mileo le disse quello che sapeva.

Che lui, cioè, non sapeva niente. Tranne quello che lei aveva già sentito nelle intercettazioni. Una sola cosa, in piú. Per mettersi d'accordo sul giorno in cui sarebbero venuti a seppellire la roba nel suo campo doveva far capo al macellaio, quello che stava sulla piazza.

La macelleria era di quelle supermoderne, tutta piastrellata di bianco, col bancone come quello di una gioielleria, e le carni lavorate, gnumirelli, polpette, salsicce, fegato nella retina con la foglia di alloro, quarti di coniglio, costolette di agnello e petti di pollo. Dietro il bancone, dove si muoveva un uomo corpulento e un ragazzo identico a lui, solo piú giovane, c'era un grande quadro con la Madonna della Sulla.

Imma chiese un chilo di braciole. La carne, le avevano assicurato, era eccezionale.

La Macchia fu insolitamente disponibile e collaborativo. Prima ascoltò con attenzione, poi senza fare questioni, storie e obiezioni, disse che se ne sarebbe occupato direttamente Cagnazzo, di tener d'occhio il macellaio. Sí, certo, tutti quelli che entravano e uscivano dal negozio, e i movimenti che faceva lui. Tutto corredato di foto.

Imma e Calogiuri tornarono alla casa di Nunzio. Non c'erano piú stati dal giorno della perquisizione.

Ora sul cancello sbrecciato c'era un cartello con su scritto *Vendesi*.

"Dove pensate di andare? – chiese Imma alla donna. – Nel caso, dovreste metterci al corrente..."

La donna annuí. Comunque non lo sapevano. A quanto disse non era facile vendere quel tipo di immobile, la gente preferiva le abitazioni nuove che avevano costruito in paese, nei condomini di villette a schiera.

"Dopo quello che è successo, non riusciamo piú a starci, qui".

Propose di andare a chiamare il marito. Stava curando gli alberi nel podere, ma Imma si affrettò a risponderle di non disturbarsi, l'avrebbero raggiunto dopo.

Voleva vedere la sua faccia, di fronte all'accusa di farsela col figliastro.

Nessuna faccia.

Ma infatti. Era gente che ne aveva passate di tutti i colori. Capace di lasciarsi dietro genitori, mariti e figli. Che si aspettava?

La donna iniziò a raccontarle una storia che le era successa un po' di tempo addietro, il 19 marzo, o il 18, non ricordava bene. Qualche giorno prima della morte di Nunzio, in ogni caso. La chiamava cosí, senza ricorrere a uno dei tanti sinonimi che la gente preferisce usare al posto di quella parola troppo secca.

Era una giornata fredda, come poteva essere ancora freddo marzo da quelle parti. Uno di quei giorni col cielo limpido e il vento tagliente che viene dai Balcani.

Stava strappando le erbacce intorno a casa, quando si era avvicinato un ragazzo. Un bel ragazzo. Alto, coi capelli castani. Veniva da Chyriv, un paesino a pochi chilometri da quello in cui era nata lei. Cosí aveva scoperto quando do si erano messi a parlare.

Era arrivato in Italia da poco, come tanti altri, a cercare chissà cosa, e aveva la testa piena di idee confuse. Le aveva chiesto di farlo lavorare. A lei era venuto quasi da ridere. Lui aveva insistito.
"E voi che avete fatto?"
"Gli ho preparato un panino".
Non sapeva come le fosse venuta in testa quell'idea del panino, ma c'entrava Alioscia, sicuramente.
"Vostro figlio?"
Avevano piú o meno la stessa età. Ventiquattro anni. Di lui non sapeva quasi piú niente. Gliel'aveva detto, non la voleva piú vedere.
"Mi dispiace", disse Imma.
"E perché? Fa bene. A che serve portarsi dietro il pensiero di una che non c'è?"
Tempo sprecato, è anche vero, pensò Imma.
Però, quando vedeva un ragazzo della sua età...
Quello lí, il panino l'aveva mangiato in due bocconi, mentre continuavano a parlare. Era in giro nella zona da tre giorni, con pochi spiccioli in tasca e la roba che aveva addosso. Dormiva in una casa abbandonata, poco lontano.
Lavoro non ne aveva trovato. Per forza. Con la crisi le aziende chiudevano, non ce n'era neanche per quelli del posto. Lei gli aveva consigliato di andarsene, un autobus partiva di lí a poco, per Milano. Se voleva lo poteva accompagnare alla fermata.
Lui si era deciso là per là. Tanto, nessuno lo aspettava, non aveva nemmeno un bagaglio. Tutto quello che possedeva lo portava addosso. Un paio di pantaloni consumati, una maglietta, un coltello multiuso e qualche soldo in tasca. Troppo pochi anche per fare il biglietto.
Il resto dei soldi glieli aveva dati lei. E anche un giubbotto di Nunzio, perché faceva freddo e lui rabbriviva.
Poi erano andati alla fermata dell'autobus.
La donna restò un attimo in silenzio, sembrava un po' imbarazzata.

"E quindi?" disse Imma.

"Era presto", proseguí lei. Cioè, non è che fosse presto, è che l'autobus era sempre in ritardo, arrivava quando gli pareva. Bisognava mettersi ad aspettarlo, poi spuntava dalla curva e si faceva giusto in tempo a correre e salirci sopra in fretta e furia, perché la sosta non durava piú di qualche minuto. Insomma nell'attesa avevano iniziato a fare quattro chiacchiere.

A un certo punto il ragazzo l'aveva abbracciata. Per salutarla, aveva pensato lei, e aveva ricambiato, ma quello aveva in testa tutt'altro.

Lei gli aveva detto di mettere le mani a posto, ma quello la stringeva, non la mollava, lei non sapeva che fare, poi per fortuna l'autobus era arrivato.

Imma annuí. Quella storia, chissà perché, già da quando Milena aveva iniziato a parlargliene, le ricordava qualcosa. Qualcosa che aveva a che fare coi tempi del liceo.

La guardò e le chiese se amava suo marito, quando l'aveva sposato.

Elena ci pensò un attimo, sorrise: "No, l'ho sposato per i soldi".

Si erano conosciuti alla cooperativa, lei era andata a finire lí perché aveva seguito un suo connazionale, una storia turbolenta finita male. Poi si era messa a lavorare come bracciante. All'epoca non ce n'erano tante di donne dell'Est, in giro da quelle parti. Rosario l'aveva notata subito, forse perché era almeno una ventina di centimetri piú alta delle donne del posto, o per via della rivoluzione di ottobre.

"Che c'entra?"

Era fissato. Le faceva un sacco di domande sul comunismo. Voleva sapere delle scuole, dei teatri, delle cooperative. Lei gli aveva raccontato la fame, il freddo, la paura.

"Una volta, mentre parlavo, ho visto che gli occhi gli diventavano lucidi. Il suo sogno si stava trasformando nel mio incubo. Mi ha fatto tenerezza".

Poi un giorno, inaspettatamente, le aveva chiesto di

sposarlo. Lei aveva accettato. Un po' per interesse, un po' per simpatia.

"Ma è quando è fallito, che mi sono innamorata. Lí ho capito che uomo avevo davanti".

Che uomo aveva davanti...

Imma se lo chiedeva mentre guardava Rosario Festa intento a occuparsi di un pesco nel podere di fronte alla casa. Guardava le sue mani forti che toccavano delicatamente le foglie per liberarle dai parassiti. Da qualche parte c'era, sotterranea, quella sensazione di prima, di una situazione che gliene ricordava un'altra.

Sparò le sue domande, andando avanti e indietro nel tempo, cercando di prenderlo in contraddizione. Ma l'uomo sembrava sicuro di quello che diceva.

"Vedete dottoressa, di aver sposato Elena non me l'hanno mai perdonato, in paese. Sapete come sono. Moglie e buoi dei paesi tuoi, no? Poi la situazione è anche peggiorata".

"E perché?"

"Qui fino a poco tempo fa l'ospite era sacro. All'inizio questa gente che veniva da fuori, dalla fame, dalla guerra, l'abbiamo accolta bene. Ma poi, un po' alla volta, la televisione li chiamava extracomunitari, e anche noi abbiamo iniziato a chiamarli cosí. Erano diventate persone di serie B.

Di voci in giro su Elena ne correvano in continuazione, ma io non ci ho mai fatto troppo caso".

"Che voci?"

"Dicevano che mi aveva sposato per i soldi, e volete sapere una cosa? Penso che è vero. Però io ero contento di tornare a casa e trovare una donna che mi aspettava, una che nella vita aveva perso tanto, come me. Ma poi tutto è cambiato. A un certo punto ha iniziato ad amarmi, lo so, e mi sembra un regalo. Ancora mi domando che ho fatto per meritarmelo".

Imma annuí e restò silenziosa. Accanto a lei, Calogiuri si guardava intorno. Gli alberi di pesco, quelli di limone, il quadrato dell'orto.
"Ma quella voce... insomma, quella voce pesante vi è arrivata, no?"
"Figuriamoci se si facevano scappare l'occasione".
"E voi?"
"Ero sicuro che non poteva essere, però... è brutto anche sentirlo".
E quella sera ha aspettato il figlio... Imma lo pensò, e non ne fu contenta. Guardò ancora le mani di quell'uomo, cosí delicate coi ramoscelli dell'albero. Voleva vedere dove andava a parare.
"A quello che me l'ha detto non ho nemmeno risposto. Invece sono andato a casa e ho chiesto spiegazioni a mia moglie. Elena mi ha raccontato di un ragazzo ucraino, che aveva accompagnato alla fermata dell'autobus. Lí c'era stato un problema, una situazione antipatica..."
"E voi ci avete creduto?" chiese Imma.
"Sí".
Rosario Festa restò in silenzio per alcuni istanti, guardandola, come se avesse troppe idee che gli si affollavano in testa e dovesse metterle in ordine.
"Qui un tempo c'era la miseria", disse.
Bella scoperta.
"Non è che adesso si nuota nell'oro", gli fece notare.
"Sí, ma c'è una differenza. Prima eravamo fieri di essere poveri. E sapete perché? Noi quel poco che avevamo lo dividevamo con gli altri, e di questo andavamo orgogliosi. Ora le cose sono cambiate. Tutti vorrebbero essere ricchi. Chi non lo è, fa finta di esserlo, e si tiene stretto quel poco che ha. Siamo diventati tante brutte copie. Anche mio figlio era cosí. L'ho scoperto quel giorno".
Imma ripensò a Nunzio, nell'erba, col suo abito da finto ricco. E poi alla maglietta con Che Guevara nella sua camera, a quella canzone, *Noi gente che spera*, a Milena,

agli amici, a Manolo Pentasuglia. Che tipo era, quel ragazzo? Piú andava avanti, piú sarebbe stata incapace di dirlo. Ma forse la verità, capiva adesso, è che non lo sapeva neanche lui.

"Insomma, Nunzio cercava il suo giubbotto – proseguí l'uomo – ed Elena gli disse di averlo dato a quel ragazzo. Mio figlio si mise a gridare che non doveva toccare la sua roba. Mi ha fatto tristezza. Per questo ho creduto a Elena. Me lo ricordavo troppo bene, quel litigio".

Imma lo guardò. Diceva la verità, ne era sicura.

Nel viaggio di ritorno, in macchina, se ne restò silenziosa, con Calogiuri che ogni tanto le lanciava una rapida occhiata. Non è che tutte le idee che le venivano in testa le piacessero. Fu allora che capí a cosa l'avevano fatta pensare quei due. *Fedra*. La tragedia di Euripide, ripresa poi dal Racine. Lui piú anziano, lei piú giovane e forestiera. Il figlio, Ippolito, di cui lei si invaghisce. Il tempo che passa troppo lento in quella campagna dove non c'è niente da fare, ormai, dove non è piú possibile andare in giro col Mercedes e spendere soldi al centro commerciale. Lei che circuisce il giovane. E il ragazzo che ci sta, o non ci sta. Il marito che lo viene a scoprire, non ci vede piú, e colpisce quanto ha di piú caro. Suo figlio. Le rimase in bocca un sapore amaro, come di una nota falsa che fosse stata appena suonata. Ma c'era ancora quel tassello che non coincideva. Il giubbotto. Avrebbe chiesto a La Macchia di verificare. E poi, si chiese Imma a un tratto, se le cose fossero andate come diceva la Tortorelli, quei due avrebbero fatto l'amore?

Quella notte, a letto, quando Pietro, dopo due settimane che non succedeva, si avvicinò a lei in un certo modo, Imma gli chiese, sul piú bello:

"Tu faresti... insomma, quello che stiamo facendo, se sapessi che ti ho tradito?"

Pietro si interruppe bruscamente.

"Perché?"
"Ho un dubbio", disse Imma.
Lui si mise a sedere sul letto.
"C'è un altro?"
"Ma no, che hai capito?"
"Chi è?"
"Ma quando mai! Volevo solo sapere, se in una coppia..."
Macché. Piú lei cercava di spiegargli come stavano le cose, dei genitori del ragazzo, dell'equivoco, della donna che era stata vista in macchina, piú Pietro si convinceva: da un po' di tempo non era piú la stessa.
Non ci fu niente da fare. Lei e suo marito avevano una cosa in comune, Imma lo realizzò in quel momento. Forse era quello che li aveva fatti incontrare e poi li aveva uniti, malgrado tutte le apparenti differenze e gli ostacoli che avrebbero potuto in tanti momenti distruggere la loro intesa: la mancanza di fantasia.

Capitolo ventinovesimo

Mentre sgusciava i piselli che aveva comprato in una baracca sulla strada, tornando da Nova Siri, Imma ragionava. Quell'attività ripetitiva le conciliava i pensieri. Apriva un baccello, tirava fuori con l'indice i quattro piselli che ci stavano annidati, che cadevano saltellando nel contenitore di plastica arancione, buttava il baccello vuoto sulla carta di giornale, ne prendeva un altro, lo apriva, ogni tanto se ne metteva uno in bocca, e via cosí.

E intanto pensava.

La Macchia l'aveva chiamata quel mattino per dirle che aveva parlato col conducente dell'autobus per Milano, il quale si ricordava benissimo di quel giovane extracomunitario che aveva addosso un giubbotto con un'aquila dietro, corto di maniche, e nemmeno una valigia. Quindi quello che le avevano raccontato i Festa era vero.

Allora, bisognava tornare a quanto era successo prima. Nunzio, mentre Manolo era in ospedale a causa dell'aggressione subita, aveva finalmente trovato quello che cercavano da tanti mesi. Il tempio di Persefone. E si era rivolto a Donato Di Biasi e Niki Cannone chiedendo un supporto logistico per gli scavi e la ricettazione. Mentre gli scavi erano in corso i tre avevano dovuto interrompersi perché sotto di loro stava succedendo qualcosa. Quel genere di cose da cui era meglio tenersi alla larga. Stavano seppellendo i rifiuti tossici nel campo di Mileo. Cosí avevano preferito andarsene, non rischiare. Il giorno dopo, come Cannone e l'altro avevano raccontato, c'era stato il secondo round. Anche Nunzio era tornato sulla collina per completare il lavoro che avevano dovuto interrompere la sera prima. Ma probabilmente i due non mentivano quando dicevano che non erano stati loro a ucciderlo. Che bisogno avrebbero avuto di farlo? Invece, forse, il ragazzo aveva visto qualcosa che non doveva vedere. Ma cosa? Il mero seppellimento dei rifiuti non avrebbe giustificato la sua uccisione. Qualcosa di piú grosso. Di piú pericoloso...

Mentre pensava e sgusciava i piselli, lo sguardo di Imma percorreva la carta di giornale tutta spiegazzata dove erano avvolti, e che adesso stava usando per buttarci i baccelli. Era un giornale locale. «La Gazzetta di Nova Siri». E sopra c'era un'inserzione. Adele Cammarota. Parrucchiera, estetista e cartomante.

In un primo momento, Imma fu attratta dalla bizzarria dell'annuncio, poi fu il nome a colpirla. Cammarota. Adele... Fece uno sforzo di memoria. C'era qualcuno che si chiamava cosí. Ma chi era?

Ci pensò un attimo. Cammarota Cammarota... non le venne in mente nulla.

Non era la prima volta che le succedeva, realizzò in quel momento. Per i fatti antichi non c'era problema, si ricordava tutto, anche dettagli ormai inutili, ma per i nomi sentiti da poco le succedeva ogni tanto che la sua mente inciampasse, facendosi all'improvviso tabula rasa. Non è che anche la memoria, adesso, cominciava a difettarle? L'unica cosa sulla quale avesse mai potuto contare, quell'attributo elefantiaco di cui andava fiera, usurata, impallidita. Non le restava ormai, come ai vecchi, che vivere nel passato, fra gli ingombri di nomi appartenenti a persone e cose ormai lontane o che forse non esistevano piú? Fu in quel momento che le tornò in mente. Ma certo, l'amante di Carmine Amoroso, il fratello di Milena. La parrucchiera, insomma. O la zoccola, come diceva La Macchia.

Una volta preso l'avvio non si fermò piú. Pensò al maresciallo, quando era andato a trovarla, e a quello che poi le aveva detto, che la signora era di facili costumi, e se l'era fatta col farmacista e col macellaio. Sí, aveva detto proprio cosí. Il farmacista e il macellaio, ora se lo ricordava perfettamente...
   Un po' alla volta un disegno di altro genere le si formò nella mente, e i tasselli questa volta combaciavano che era una meraviglia.
   Se ci avessero visto giusto all'inizio, o quasi, e avesse indovinato il colpevole ma non il movente? Carmine Amoroso, il fratello di Milena. Era uno che non si accontentava. Il posto alla Fiat non se l'era tenuto stretto come facevano tutti. E perché? Forse aveva altro sottomano. E aveva ucciso Nunzio non per via della sorella, ma per una faccenda legata a quei rifiuti tossici.
   A quel punto intervenivano gli altri. La Cammarota, che doveva fornirgli l'alibi, l'aveva fatto nel modo piú efficace, prima negando, poi, d'accordo con la dirimpettaia, quella Tortorelli, facendosi incastrare. Cosí, chi la sospettava piú? La Tortorelli, d'altra parte, tornava in ballo proprio quando era sbucata fuori la faccenda dei rifiuti tossici, per depistare di nuovo, dirigendo i sospetti su una storia famigliare. E anche Milena doveva essere coinvolta...
   La Cammarota faceva da tramite andando a trovare il macellaio, ma non perché ne era l'amante, o non solo. C'era un disegno criminoso che si articolava coinvolgendo tutti quelli che erano comparsi fino a quel momento, e ognuno sembrava trovare la sua giusta collocazione. Il puzzle, finalmente, era completo. E questa volta non c'era nemmeno un tassello che restava fuori.

   A Valentina i piselli non piacevano, cosí scoprí Imma quando si misero a tavola. Come disse, le avevano sempre fatto schifo. Ribattere che fino a pochi giorni prima ne riprendeva anche due o tre volte, voleva dire inoltrarsi in uno di quei contenziosi dai quali Imma, con tutta l'oratoria conquistata durante i processi, non veniva a capo facilmente.

Da un po' di tempo sua figlia passava buona parte del pomeriggio davanti al televisore acceso su Mtv, a fare addominali, sbuffando e gemendo, e consolandosi alla fine con puntate nel frigo talmente segrete che finiva col dimenticarsene lei stessa, ma che lo lasciavano immancabilmente mezzo vuoto.

Pietro, a cui Imma aveva cercato di parlarne, aveva pronunciato la sua parolina magica: "Passerà". D'altronde in quei giorni sembrava preoccupato da tutt'altro.

Dopo l'equivoco sul tradimento, aveva avuto una reazione inaspettata. La seguiva, la osservava, sembrava covare qualcosa. Quel giorno stesso, mentre si cambiavano in camera da letto, lei di ritorno dalla Procura, lui dall'ufficio, Imma l'aveva sorpreso a sbirciarla in un modo indecifrabile, e solo il ritorno da scuola di Valentina aveva riportato la situazione alla normalità.

Ora, approfittando dell'assenza della figlia, che aveva iniziato le ripetizioni di matematica, mentre si rivestiva per uscire, Imma si era decisa a parlargli un'altra volta. Di Valentina, appunto. Dei voti a scuola, di Mtv. La loro figlioletta dodicenne aveva annunciato di voler andare a vivere da sola, gli stava dicendo. Pietro annuiva distratto e continuava a guardarla in quello strano modo. E poi si fece avanti. Fosse con l'intento di dimostrarle che in certe cose non era secondo a nessuno, fosse soltanto sollecitato dalla stagione, la guidò verso il letto, malgrado lei protestasse che doveva tornare al lavoro, e riprese quel discorso interrotto qualche notte prima, con tanto slancio, vigore, irruenza, e perfino qualche accenno di acrobazia, che la lasciò a bocca aperta, con uno strappo muscolare e in definitivo ritardo sulla sua tabella di marcia.

Mentre si rimetteva in ordine, col cellulare e il telefo-

Cosa fa Cagnazzo?

no che squillavano a ripetizione, una sola parola gironzolava nella testa di Imma: passerà.

In Procura La Macchia la stava aspettando, facendo avanti e dietro di fronte al suo ufficio, tutto eccitato. Doveva darle delle informazioni riservate. Riservatissime. La sorveglianza di Cagnazzo aveva prodotto i suoi frutti.

A quanto pareva, il sabato mattina, verso l'ora di pranzo, il macellaio saliva sul suo furgoncino, da solo, lo caricava dei pezzi migliori e faceva il giro del paese consegnando personalmente la carne, nonostante in bottega, oltre al figlio, ci fosse anche un garzone a lavorare.

Ma la cosa interessante erano le persone a cui la consegnava. Una decina in tutto, fra cui un medico, il preside della scuola media, due preti. C'era il dottor Filippo Galessieri, ovverossia il sindaco. Lisanti Antonio, ingegnere dell'Enea. *c.e* Donati Tommaso, consigliere regionale, domiciliato a Potenza, ma che tornava ogni sabato per render visita a sua madre. Da questi, il macellaio si era trattenuto un po' di piú che dagli altri.

Imma pensò che era sulla buona strada, ma per non dare troppa soddisfazione a La Macchia cercò di mantenersi calma, anche se un tono stridulo nella voce ne tradiva l'emozione. Chiese che fossero fatte delle foto. Il maresciallo assicurò che avrebbe eseguito non appena se ne presentava l'occasione.

Che stava succedendo? Niente «ma», niente «però». Miracolo.

Appena fu uscito, Imma poté lasciarsi andare all'entusiasmo, e si produsse in un saltello, come a volte faceva nei momenti di massima esultanza. Si spezzò un tacco.

Diana stava seduta alla scrivania, oltre la porta, affaccendata fra un mucchio di fascicoli e il telefono.

Viveva in uno stato di continua ansia, sempre intenta a risolvere problemi che non si erano ancora verificati e che in genere non si verificavano, e puntualmente sovra-

stata da quelli che si proponevano là per là, che affrontava in extremis, in condizioni di allerta.
"Ci siamo, – disse Imma. – Fra poco li possiamo incastrare".

Diana si affrettò a raccogliere alcuni fogli sparsi sulla sua scrivania, impilandoli accuratamente in modo da far coincidere i bordi. Non rispose. Aveva capito che si trattava di una faccenda grossa, una di quelle che coinvolgono le alte sfere, e lei in quei casi aveva una sua precisa tattica, messa a punto e poi perfezionata nel corso di tutti quegli anni di servizio: ignorare. Riservava le supposizioni alle faccende spicciole, omicidi passionali, truffe, corruzione di minore e furti in villa. Ma quando si alzava la posta in gioco agiva con tempestività, adoperandosi per dileguarsi, e facendo in modo che tutti sapessero che lei era all'oscuro di tutto, perché non ci fosse mai qualcuno che un giorno si presentasse per chiederle spiegazioni.

Si alzò, prese i fogli e uscí dall'ufficio, scivolando silenziosa come se stesse pattinando sul ghiaccio. Imma restò un attimo, perplessa, a guardare la porta oltre la quale era scomparsa.

Da quando era successo quel fatto dell'archivio, praticamente non le parlava piú. Né di Cleo, né delle supposizioni, né di tutto il resto. Si limitava a fare il suo lavoro in maniera ancora piú impeccabile e basta.

Ma in quel momento Imma era troppo presa dall'indagine per farci caso. La rete si stava stringendo, e questa, lo sentiva, poteva essere la volta buona.

Capitolo trentesimo

All'epoca del liceo classico, Maria Moliterni era diventata famosa perché insieme all'amica, Giovanna De Bellis, era stata la prima a rifarsi il naso. Per amicizia, o emulazione, o perché all'epoca non c'era tanta scelta, se l'erano fatto fare uguale. All'insú, tiratissimo, vagamente porcino, cosí sollevato da portarsi dietro anche il labbro superiore, sostituendo per la prima il fiero naso aquilino ereditato dagli avi, per l'altra un naso greco afflitto da una timida gobbetta.

Quel naso, leggermente arrossato, in mezzo a un viso dall'abbronzatura ambrata, era adesso oggetto dell'attenzione di Imma, mentre l'impiegata, operatore B2, le porgeva certi documenti, lamentandosi della terribile influenza che l'aveva costretta a letto per tutta la settimana e del male alle ossa che ancora non era passato. Imma avrebbe scommesso che aveva approfittato delle offerte speciali di giugno per regalarsi una settimana di mare in qualche posto esotico, allo scopo di fare bella figura sotto l'ombrellone di Lido delle Sirene, quando la stagione balneare di Metaponto fosse iniziata ufficialmente. Ma se avesse detto qualcosa quella avrebbe potuto ribattere che si era fatta una lampada per tirar via il pallore cadaverico, e lei non avrebbe saputo cosa rispondere.

Però da qualche tempo un'idea, quasi un'agnizione, andava prendendo forma. Prima o poi, grazie a quella, sarebbe riuscita a incastrarla.

Le fece una domanda trabocchetto, che la lasciò pensosa, poi, quando fu uscita, verificò l'orario in cui era stato timbrato il cartellino. Qualche giorno dopo le sue fatiche furono ricompensate.

Chiamò Calogiuri e gli disse di appostarsi sotto casa della Moliterni, all'ora in cui doveva uscire per arrivare al lavoro. Gli fece capire che la cosa doveva restare fra di loro, altrimenti, date le ottime conoscenze di cui godeva la signora, avrebbero fatto a gara per romperle le uova nel paniere. Lo valutò per un attimo. Era l'unico con cui si sarebbe esposta in quel modo, perché non si faceva illusioni: in Procura, e anche fuori, erano in parecchi ad aspettare di veder passare il suo cadavere, e piú d'uno avrebbe anche dato una spintarella per accelerare i tempi.

Le prime due mattine l'appostamento non diede esiti. Imma si chiese se insistere: non poteva bloccare Calogiuri, di cui aveva bisogno come il pane in Procura, tanto piú con quello che c'era in ballo in quel momento. Ma prima di mollare l'osso, era abituata a fare sempre almeno un ultimo tentativo.

Quella volta, ne fece cinque.

Qualche giorno dopo, arrivò finalmente la telefonata che stava aspettando. La signora era uscita di casa piuttosto presto, ma invece di dirigersi verso la Procura aveva preso per Altamura, e lui l'aveva seguita. Adesso erano dalle parti del Carrefour.

Imma irruppe nell'ufficio di PG, provocando un momento di gelo fra gli uomini intenti nelle occupazioni che di solito li tenevano impegnati a quell'ora: parole crociate, solitari, sms alle fidanzate.

Li stanò e li dislocò, per quel giorno, in prossimità delle macchinette gialle che avevano installato qualche anno prima sui diversi piani della Procura, cosa che rendeva complicato scoprire dove avrebbe agito la persona incaricata di timbrare il cartellino della signora.

Fu al terzo piano, in una delle macchinette piú defilate. La sorprese in flagrante un sottotenente dei carabinieri, Masciandaro, noto per la sua capacità di stazionare ore e ore nei corridoi, in prossimità dell'ufficio del procuratore, solo per fare un saluto e qualche ruffianata.

Graziella Carbone, la commessa, non fece caso a lui, che ormai considerava un elemento dell'arredo. Venne sorpresa col cartellino della Moliterni in mano, appena timbrato.

La contentezza di Imma non fu inferiore a quella che altri magistrati e lei stessa avevano provato smantellando organizzazioni mafiose, reti di pedofili o traffici di droga. Non valsero a nulla le pressioni che ricevette da tutte le parti: fece rapporto e ottenne l'avvio di un procedimento disciplinare. Non sarebbe stato facile, ma lei ce l'avrebbe messa tutta: il suo obiettivo era arrivare alla procedura penale, e magari, un giorno, portarla sul banco degli imputati.

Capitolo trentunesimo

"Prima di inoltrarmi in un'esplicita analisi della norma, vostro onore, ribadirò il concetto già piú volte evidenziato nel corso di questo dibattimento: l'imputata è colpevole".
Presa nella foga del discorso, Imma fece un passetto avanti e inciampò nella toga che le aveva fatto sua madre, sbagliando le misure, ma si riprese in tempo per non cadere e continuò il discorso come se niente fosse.
"Per questo chiedo per lei il massimo della pena".
Nell'aula si diffuse un brusío che il giudice Immacolata Tataranni mise a tacere con la minaccia di continuare il processo a porte chiuse.
Al banco degli imputati, Imma Tataranni iniziava a dare chiari segni di insofferenza, che il suo avvocato difensore, la Tataranni, cercava invano di contenere.
Il Pm Tataranni, dopo una breve pausa, continuò la sua requisitoria.
"Indulgenza. Ecco cosa le manca. Quello sguardo che arrotonda gli angoli, quell'olietto che attutisce gli attriti e fa scivolare gli ingranaggi. Benevolenza, clemenza, chiamatela come vi pare. Non solo, infatti, si è accanita contro persone che se non erano innocenti, non erano nemmeno piú colpevoli di lei. Magari, signori della giuria! No, lei non si è fatta scrupolo neanche di vessare la propria stessa figlia con norme di comportamento antiquate e ottusamente applicate, che hanno sortito il risultato contrario, tanto che adesso Valentina praticamente non le rivol-

ge piú la parola e fa tutto di testa sua. Lo fa apposta. E ha ragione".
"Mi oppongo, vostro onore, – saltò su l'avvocato della difesa. – Questa è un'inferenza del tutto arbitraria. Propongo di attenerci ai fatti".
"Obiezione accolta. Prosegua".
"La storia di quella bambola, come si chiama, la Bratz, se la ricorda?"
"Ebbè?" saltò su l'imputata.
"Non si è resa conto che proprio da quel momento sua figlia si è allontanata da lei, e ora, priva di una guida e di un punto di riferimento, potrebbe diventare qualunque cosa? Una ladra, una drogata, una spogliarellista. Una kamikaze?"
L'imputata la guardò, dubbiosa.
"E questo, vostro onore, è inammissibile. Questa donna è un'Erinni, una di quelle stregacce vendicative dell'antica Grecia, e non si è mai decisa a diventare un'Eumenide. A giudicare con compassione, insomma. Fece bene la sua professoressa a darle quel sei meno, quando la interrogò".
Imma, sul banco degli imputati, ribolliva. Fu un'ingiustizia. Ma l'altra andava avanti.
"Indi ribadisco il concetto di cui sopra, all'articolo 77776 bis: che sia applicato il massimo della pena. Senza sconti. Senza dilazioni. Senza pietà".
L'avvocato della difesa, la Tataranni, prima di farsi sotto valutò la sua avversaria, il Pm Tataranni, che quel giorno vedeva particolarmente incarognita, con la testa bassa e la toga svolazzante come il mantello di Zorro.
"Benché non sprovvisto della sua legittimità, vostro onore, – attaccò, – il ragionamento del pubblico ministero fa acqua da tutte le parti. Non regge proprio. Ci vuole tanto a capirlo? Parla degli altri e non vede se stessa. Nota la pagliuzza e ignora la trave. Era cosí, no? Ma si può essere piú disgraziati? Io certa gente altro che multa, al-

tro che prigione, che poi bisogna mantenerli coi soldi dei contribuenti, le mani addosso metterei loro, anzi al collo. Io certa gente..."

Non poté finire la frase, perché il giudice Tataranni stava friggendo, e un altro po' si alzava per mettergliele lei le mani al collo, o perlomeno sulla bocca, quando l'imputata, Imma Tataranni, con una gomitata scansò l'avvocato e prese il suo posto.

"E basta, – interloquí. – Vi dico io come stanno le cose. Volete l'indulgenza, giusto?"

Tutti si guardarono, interdetti, chiedendosi dove stava il trabocchetto. Fra il pubblico, la signora Tataranni diede di gomito all'amica, Immacolata, con l'aria di dire: aspetta e guarda il cappottino che ti fa.

"Indulgenza, benevolenza, – proseguiva l'imputata, – quello che sia. La volete? Eccola. Mi assolvo, signor giudice, ho deciso di essere clemente con me stessa. E che, sono peggio degli altri? Perché alla fine, diciamo la verità, Valentina è una grandissima rompiscatole, mio marito un pappamolle, la Moliterni una stronza, Diana un'ipocrita, e anche Calogiuri scava scava qualche magagna gliela trovi. Solo io devo essere perfetta? Signori della giuria, finché non inventeranno il trapianto del carattere, mettetevi l'anima in pace. E adesso, se posso darvi un consiglio, tornatevene alle vostre case, che sicuramente avete da fare".

Ci fu un attimo di silenzio. Poi una schiera di Imme e Tataranni, chi pubblico chi giudice, chi avvocato chi giuria, si misero finalmente in riga, e annuirono risolutamente, come una sola persona.

Nel suo letto Imma si stiracchiò e aprí gli occhi, con un leggero sorriso sulla faccia. Ci mise un po' a realizzare chi avesse di fronte.

"Non mi sentivi? È un'ora che ti chiamo".

Imma sbadigliò e si tirò un po' su.

"Dove mi hai messo la maglietta azzurra?"
In canottiera e mutandine, di fronte al letto, c'era Valentina.

Capitolo trentaduesimo

Era il 27 giugno, quando una mattina, scendendo di casa, Imma trovò la Twingo gialla, che aveva comprato da poco e ancora non aveva finito di pagare le rate, con uno sfregio fatto a punta di chiave e ricalcato tre volte che deturpava la fiancata destra. Sotto c'era scritto, con la stessa tecnica: *la prossima volta in faccia*.
Le sue indagini erano sulla buona strada, decisamente.

Se avesse avuto dei dubbi, sarebbero stati dissipati dalla telefonata che ricevette il giorno dopo, sul cellulare, mentre stava tornando, da sola perché Calogiuri era malato e lei non voleva nessun altro, da un'udienza che si era tenuta a Pisticci.

Era pomeriggio. La campagna calancosa se ne stava acquattata sotto il sole, punteggiata di alberelli bruciacchiati dagli incendi che puntualmente, di quei tempi, devastavano la zona, un po' perché gli agricoltori mettevano ancora fuoco alle stoppie, ignorando i divieti, un po' perché la gente buttava le cicche accese dai finestrini, e il piú delle volte perché faceva comodo a qualcuno. Ogni tanto, sotto quegli scheletri carbonizzati, era accampata qualche capra alla vana ricerca di un po' d'ombra.

Nella luce abbagliante spuntavano a flash contadini sui trattori, oppure immobili in mezzo ai campi, che uno non sapeva se se li era immaginati o li avesse visti davvero.

Al telefono era Lucio Malatesta, il procuratore capo.
Aveva iniziato chiedendole come andava la famiglia, cosa che l'aveva subito insospettita, e quando dopo una serie di convenevoli aveva aggiunto che voleva affidarle

un incarico di prestigio, si era predisposta ad accogliere l'inculata. L'incarico di prestigio era un maxiprocesso su una famiglia mafiosa emergente dove c'erano settanta faldoni da studiarsi.

L'inculata fu quello che aggiunse in fine di conversazione, dopo averla già salutata, buttandola lí come se si ricordasse solo in quel momento. Disse che aveva saputo del suo filone di indagini sui rifiuti tossici a Nova Siri. Certo, non direttamente legato all'omicidio di quel ragazzo su cui stava indagando. E allora a quel punto, visto che doveva anche studiarsi quei faldoni, la voleva alleggerire. Se ne sarebbe occupato lui direttamente, di quella faccenda. Lei, che si concentrasse sul maxiprocesso, avrebbe avuto il suo da fare. Per quanto riguardava l'altra storia, l'avrebbe tenuta informata. Imma aprí la bocca per ribattere, ma si accorse che era perfettamente inutile.

Due anni dopo, nel 2005, la Basilicata si sarebbe trovata al centro di un affare che coinvolgeva personaggi delle piú alte sfere, a proposito di certi rifiuti radioattivi sepolti, secondo la testimonianza di un pentito, lungo l'argine del fiume Vella. Non fu mai trovato niente, ma si aprí tutto un caso con ricorsi e controricorsi, colpi di scena e accuse che rimbalzavano da un funzionario a un politico, tirando in ballo delitti rimasti fin allora senza un movente, con implicazioni che ora sembravano irradiarsi ai quattro punti del pianeta, ora essere soltanto, come quei contadini nei campi, un abbaglio prodotto dal troppo sole.

Imma in quel momento tutto questo non lo sapeva. Né, probabilmente, la vicenda era direttamente connessa con ciò che aveva scoperto lei. Era solo uno dei tanti disegni possibili di quel puzzle impossibile che stava cercando di comporre. Ma lei non aveva fantasia, non l'aveva mai avuta. Per questo quando le veniva un pensiero qualcosa di vero, alla fine, c'era sempre.

Per fare la prova del nove, chiamò La Macchia e gli

chiese come stesse andando con le foto al macellaio. Il maresciallo tergiversò, poi disse che non era autorizzato a parlargliene perché a partire da quel giorno doveva riferirne direttamente al procuratore. Non riuscí a trattenere una nota di soddisfazione nella voce: aveva aspettato tanto tempo, ma alla fine con due o tre paroline dette al momento opportuno – ci avrebbe scommesso – la sua rivincita se l'era presa alla grande.

Imma provò qualcosa di vagamente simile a ciò che provava ai tempi della scuola quando subiva qualche ingiustizia troppo grossa. Per un attimo pensò di non ubbidire agli ordini. In fondo avrebbe potuto anche farcela da sola, magari con Calogiuri a darle una mano. Avrebbe potuto lei stessa tampinare quella gente, ne era capace eccome, e vedere dove la portava quella pista. C'erano dei rifiuti tossici. C'erano persone che morivano di cancro o di altre strane malattie. C'era qualcuno che si arricchiva. C'erano ragazzi che avevano voglia di vivere, e tutto veniva sacrificato per qualche piscina di cemento con intorno una villa col cancello telecomandato. Oppure per armare un esercito in qualche paese che cambiava sempre nome.

Non era giusto. Avrebbe potuto rivolgersi alla stampa, come aveva fatto qualche suo collega prima di lei, rendere noto all'opinione pubblica quello che stava succedendo, e come le stessero togliendo l'inchiesta dalle mani. Anche se nessuno di quei colleghi, poi, in un modo o nell'altro, aveva fatto una bella fine.

A un tratto il disegno che si stava componendo sembrò sfaldarsi sotto gli occhi di Imma, come se avesse messo insieme con tanta pazienza quelle tessere di mosaico e all'improvviso fosse venuto qualcuno a scombinargliele tutte. Si sentí stanca. Aveva tante cose da fare. Il maxiprocesso, il cambio del guardaroba, trovare una nuova badante per sua madre e un miliardo di altre cose. E poi era l'inizio dell'estate, faceva un caldo allucinante e Valentina voleva andare al mare.

Seconda parte

Quant'è bella giovinezza, che si fugge tuttavia...

Capitolo primo

L'autunno era iniziato con una luce dorata e morbida che si sfarinava sulle colline circostanti, dipingendo chiaroscuri e avvolgendole in una dolcezza che finalmente rinfrancava, dopo gli abbagli dell'estate e le estenuanti promesse della primavera.

Imma aveva trascorso le ferie a Metaponto, nella villetta dei suoceri, ed era tornata al lavoro con sollievo. Il maxiprocesso si era risolto in un maxirinvio per consentire ai periti di trascrivere le settemila conversazioni telefoniche intercettate durante le indagini. Calogiuri si era rimesso con la sua fidanzata di Cutrofiano, e avevano deciso di sposarsi, infatti era appena tornato da un congedo a fini prematrimoniali. Anche Diana si era ricongiunta al marito, che aveva finalmente ottenuto il sospirato trasferimento, e andava in giro a dire a tutti quant'era contenta. Un po' troppo perché ci si potesse credere.

A casa della madre di Imma c'era una nuova badante: Ica, una bruna con l'aria da cavallerizza, che si scolava gli amari del mobile bar. Valentina andava in terza media, e si comportava come una donna navigata, cinica e disincantata, con improvvisi, preoccupanti attacchi di romanticismo.

Maria Moliterni aveva ripreso a fare come prima. Il procedimento disciplinare a suo carico si era risolto con una censura alla commessa Graziella e lei adesso doveva aver trovato qualcun altro che le timbrava il cartellino. Imma la teneva d'occhio per cercare di scoprire chi fosse.

Il 13 novembre 2003, un giovedí, un'Ansa diffusa poco prima di mezzogiorno informò gli organi di stampa sul decreto legge del governo che aveva individuato in Scanzano Jonico, a tredici chilometri da Nova Siri, un territorio *morfologicamente idoneo e strategico* per la costruzione, entro e non oltre il 2008, di un cimitero di scorie nucleari o, piú esattamente, *un'opera di difesa militare, di proprietà dello Stato*, che avrebbe dovuto ospitare circa 80 000 metri cubi di rifiuti radioattivi di seconda e terza categoria.
Per smaltirsi, i rifiuti di seconda e terza categoria ci mettono rispettivamente 20 e 150 mila anni.
Il giorno prima c'era stato l'attentato contro i militari italiani a Nassiriya. La radio e la televisione bombardavano col resoconto del martirio, che focalizzava in quel momento tutta l'attenzione dei media. La notizia che riguardava Scanzano e le scorie sarebbe potuta passare facilmente inosservata. Invece rimbalzò velocemente a livello locale e la sera c'era già una mobilitazione.

Il giorno dopo, un venerdí, Imma si trovava in giro con l'auto di ordinanza, insieme a Calogiuri, per indagare su un abuso edilizio.
Avevano percorso la vasta pianura alluvionale che da Scanzano porta a Nova Siri e stavano attraversando un paradiso terrestre di collinette verdeggianti, fiori di campo e masserie scalancate, che presto si riconvertí in un purgatorio di villette abusive e multiproprietà.
La costa, un tempo colonizzata dai greci, era tutto un fiorire di villaggi turistici e villette che la fantasia dei geometri aveva pian piano trasformato in una Hollywood minore. Fra gli oleandri del fiume Cavone, in una zona destinata a parco naturale, era spuntato un villaggio turistico. I costruttori, come avevano potuto verificare quel giorno, erano riusciti a ottenere autorizzazioni che sbeffeggiavano qualunque normativa, e Imma aveva un pen-

siero che le si era ficcato in testa come un sasso nella scarpa: un giudice del tribunale doveva aver chiuso un occhio in cambio di un appartamentino, magari con posto barca, chissà. Ma non sarebbe stato facile dimostrarlo.

Stavano percorrendo la 106 al ritorno dal sopralluogo quando, verso l'uscita per Terzo Cavone, si trovarono davanti una fila di macchine di cui non si vedeva la fine.

Doveva essersi formata mentre loro si aggiravano nelle divagazioni di cemento della Sirenetta, da un tempo sufficiente a far saltare i nervi a quelli che ci stavano imbottigliati: autotrasportatori incazzati perché trasportavano merce deperibile; pendolari che tornavano dalle città del Centro e del Nord, dove lavoravano, per trascorrere il fine settimana con le famiglie; gente del posto che si muoveva da un paese all'altro per la scuola, o i campi, o quello che era. A quell'ora tutti avevano un unico desiderio: tornarsene a casa.

Le macchine clacsonavano come se fossero in città nell'ora di punta.

C'erano gli strombazzatori solitari, quelli che si esibivano in un assolo da grandi del jazz, per poi smettere all'improvviso, come esausti, e avventarsi nuovamente sullo strumento qualche attimo dopo. C'erano quelli di gruppo, piú ordinati e metodici, che tendevano a unirsi, e a scandire ritmi che piú o meno volevano dire: fa-teci-pa-ssa-re-per-ché-senò-per-dia-mo-la-pa-zienza-e-non-sisa-co-me-vaafiniiiiiiiiiiiiiiiiiiiiiiiire.

C'erano camion che davano fiato ai loro clacson, il cui suono profondo e cavernoso si stagliava sul frastuono circostante come la sirena di una nave.

Molti erano scesi e facevano avanti e dietro da una macchina all'altra, o si assemblavano in capannelli in cerca di notizie.

C'era chi parlava di un megaincidente, che da quelle parti non era un fatto inusuale, chi di uno sciopero.

Imma spalancò la portiera e si lanciò nella mischia. Percorse decisa la fila di macchine e camion, forando la gente assiepata.

Man mano che andava avanti l'atmosfera cambiava, le facce si distendevano e le informazioni si facevano piú precise. Si trattava di un blocco. Dopo che era stata comunicata la notizia del decreto, la sera prima, si era formato un gruppo di persone che avevano cominciato a muoversi raccogliendo adesioni. Si era deciso di agire immediatamente, di presidiare la statale 106: le scorie non sarebbero passate.

Finalmente Imma riuscí a raggiungere la testa dello sbarramento: trattori, furgoni e macchine messi di traverso sbarravano la strada. Davanti c'era gente di tutte le età, festosamente indaffarata.

In un angolo alcune donne stavano arrostendo la carne, e già il fumo saporito iniziava a solleticare l'olfatto, contrastato da quello denso e puzzolente emesso da un generatore che alcuni ragazzi avevano piazzato piú in là.

Un uomo arrivò con un televisore, e subito tutti gli furono intorno: volevano sapere se il telegiornale parlava di loro.

Un altro andava in giro con la radiolina appiccicata all'orecchio, fornendo in diretta gli ultimi aggiornamenti come se fosse la partita: "Hanno dato la notizia al Tg3, ma è stato un attimo, non dicono come stanno le cose, quello che stiamo combinando qui. Ebbè, vedranno..."

In una radura un giovane con gli occhiali parlava a un gruppo di ragazzi e ragazze seduti per terra e di uomini anziani in piedi con le mani dietro la schiena, che lo ascoltavano come se fossero al comizio.

"Il combustibile utilizzato nelle reazioni nucleari è l'uranio, – diceva il giovane. – Il suo nucleo, spezzandosi, emette neutroni che possono colpire altri nuclei di uranio e disintegrarli, in una reazione a catena che produce in un istante un'enorme quantità di energia: la bomba atomica.

Se controllata tramite i reattori nucleari, la reazione

produce energia termica che può essere utilizzata in vari modi. Ciò che resta, il combustibile esaurito, costituisce le scorie nucleari, che emettono radiazioni di vario tipo. Perché perdano la loro pericolosità possono essere necessarie migliaia di anni".

Calogiuri si era fermato ad ascoltare, attento e concentrato. Qualunque cosa spiegassero, dalla matematica alle abitudini delle foche monache, a lui interessava, perché sapeva di avere tanto da imparare e cercava di recuperare ogni volta che si presentava l'occasione.

Imma non si capacitava. Con tutto quello che aveva da fare. Era andata dai tipi del blocco e aveva sfoderato il tesserino da magistrato, ma era stato peggio.

"E m? – le avevano risposto. – Du mu commanamo neu. Qui adesso comandiamo noi". Non c'era stato niente da fare. Poiché lei non si dava per vinta, e continuava a fare le sue considerazioni a raffica, l'avevano anche perquisita. Doveva aspettare insieme agli altri.

Mentre si guardava intorno in cerca di una via d'uscita, era arrivata una coppia di giovani sposi. Lei aveva le doglie, erano al primo figlio. Alla guida della Punto il marito, tesissimo, non riusciva a mandar giú quello che stava succedendo. Si era tolto la giacca, per l'agitazione, o per venire alle mani.

"Fatelo nascere qui, questo bambino, – insisteva una ragazza con un tatuaggio sulla pancia, – sarà il primo cittadino di questa terra liberata". Ma un po' alla volta a tutti quanti era tornata la ragione, e li avevano lasciati andare.

Imbufalita, Imma pensava che a casa il frigo piangeva. E prima di uscire non aveva fatto in tempo a svuotare la lavatrice. Poi un po' alla volta dovette darsi pace.

Era novembre, ma sembrava primavera. C'era un'aria dolce e tiepida, resa struggente dal colore bruno dei campi e dall'abbreviarsi delle giornate. Si alzò un venticello fresco che la fece rabbrividire sotto la giacca di cotone. Mentre faceva su e giú nell'encomiabile tentativo di

non dare in escandescenze, fu pian piano conquistata dall'allegria della situazione.
Delle donne arrivavano con grandi pentole che lasciavano sfuggire un fumo denso, odoroso di pasta e ceci, e forme di pane avvolte negli strofinacci, focacce, capi di salsiccia e bottiglioni di vino rosso. Alcuni ragazzini portavano fascine come il giorno dei falò di san Giovanni. E poi arrivava gente, giovani e vecchi soprattutto, con le chitarre e le fisarmoniche. Si dirigevano tutti verso il presidio, mentre il sole iniziava ad abbassarsi.

Quella pausa forzata nell'affanno delle sue giornate le sgombrò suo malgrado la testa dalle idee che la affollavano, lavatrici da svuotare, moduli, regali per feste di compleanno, udienze, rinvii, verbali, saldi e minestroni da scongelare.

Ripensò senza un motivo a certi giorni ormai lontani, quando, dopo l'estate, si tornava a scuola, e tutto era ancora da fare, i libri intonsi, i quaderni immacolati. Tutto era ancora possibile.

Sgommando, arrivò un furgone rosso, che si avvicinò allo sbarramento. Ne scese un giovane tutto vestito di nero, jeans e maglietta imitazione Armani, cappello di cuoio stile cowboy. Imma gli appizzò gli occhi addosso, stringendoli un po'. Come se li avesse materialmente sentiti, Carmine Amoroso si voltò. Ebbe un attimo di tentennamento, poi si produsse in un inchino beffardo, ma neanche tanto, mentre si portava la mano al cappello: "Dottoressa..."

Imma si avvicinò. Dopo che si furono salutati Carmine batté il palmo sul furgone come se fosse un cavallo e le disse fiero che una cosa buona almeno c'era stata, dopo tutta quella storia: era in regola, adesso. Aveva chiesto un prestito a fondo perduto per l'imprenditoria giovanile. Non doveva piú scappare quando vedeva la guardia di finanza.

Imma annuí, soprappensiero. Stava avviando un ragionamento. Sulla sua scrivania i fascicoli del caso Festa si coprivano di polvere, ma lei non aveva smesso di pensare a quel ragazzo che era andato a sbattere di qua e di là come una pallina di biliardo, schivando di poco questo buco o l'altro, fino all'inevitabile caduta.

Carmine le indicò i campi tutt'intorno. "Qui cinquant'anni fa c'erano solo boschi, paludi e malaria, dottoressa. Adesso è la California, ma se questi vincono..."

"Un cimitero, diventa", completò uno che era arrivato.

"Ci vendiamo il futuro per due soldi", disse un ragazzo coi bermuda.

Si erano svegliati, alla fine. Si erano alzati dalle panchine. Si erano scollati dalla playstation e si erano tolti le cuffie dalle orecchie.

Imma chiese di Milena.

"È all'ottavo mese", disse Carmine con un'aria lievemente imbarazzata. Intanto aveva finito la scuola e stava mettendo su una cooperativa turistica insieme a certe amiche sue.

Calogiuri si allertò, o almeno cosí sembrò a Imma, anche se presto avrebbe dovuto sposarsi.

Finalmente Imma fece a Carmine la domanda che le stava a cuore. Perché era cosí contrario al fatto che la sorella stesse con Nunzio? Per via di quella storia della matrigna? Lui alzò le spalle e non disse nulla.

"Che poi era falsa", aggiunse Imma.

Carmine la squadrò un paio di volte dall'alto in basso.

"Chi se ne importa della matrigna, – disse. – Mia sorella è l'unica cosa che ho, e a lei ci tengo".

Per questo ogni tanto, un'allisciatina... Imma non lo disse, ma forse le si lesse in faccia, perché Carmine si irrigidí e diventò di colpo molto meno disponibile. Lei provò a insistere, su Nunzio, e su cosa potesse essere successo quella sera, ma l'altro si chiuse a riccio.

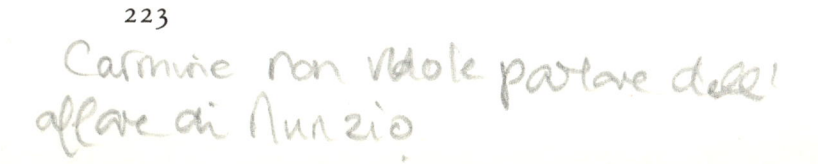

"Quanto basta", rispose, quando lei gli chiese cosa sapesse di quel ragazzo, e si allontanò verso un falò dove stavano iniziando a cantare. Imma diede un ultimo sguardo al furgone. Attaccato al vetro posteriore c'era un santino con la Madonna della Sulla. Poi, insieme a Calogiuri, ritornò verso la macchina.

Mentre, ormai col buio, tornavano a Matera, Imma pensava a Carmine. Qualche giorno prima, battendo tutti i record di ritardi, disguidi e malintesi, quando nessuno si ricordava piú di averli chiesti, erano arrivati i risultati del Luminol sul suo coltello: negativi. Sarebbe stata fresca, se avesse dovuto basarsi su quelli per stabilire un'innocenza o una colpevolezza!

E comunque, che strana reazione aveva avuto Carmine, quando gli aveva parlato di Nunzio e della sorella. Si era irrigidito perché temeva che venisse fuori quel suo viziaccio di alzare le mani? O c'era qualcosa che preferiva non dire, invece?

Capitolo secondo

La madre di Imma morí il 16 novembre 2003. Lei non c'era, quando successe. Un pomeriggio verso le due e mezza. La badante, Ica, si era addormentata sul divano, forse per via di una bottiglia di amaro del Carabiniere, insperatamente trovata nello scomparto girevole di un mobile, forse perché da diverse notti non riusciva a chiudere occhio. La madre di Imma viveva ormai in compagnia di un'intera famiglia di fantasmi, parenti alla vicina e alla lontana, in un affollamento di neonati morti in fasce, di donne che avevano perso la vita durante il parto, di bambini caduti nel pozzo, di uomini consunti dalla fatica e dalla malaria, ognuno depositario di un innominabile segreto di cui lei si faceva portavoce.

"Mi avete lasciata sola", piangeva con Imma ogni volta che la vedeva. Si riferiva ai figli, o forse al padre e alla madre: in certi momenti pensava di avere pochi anni, e di essere stata abbandonata perché non c'era niente da mangiare.

Imma non era potuta andarla a trovare per tutta la settimana, perché al maxiprocesso erano iniziate le audizioni dei pentiti.

Nel silenzio della siesta, Nunziata si era alzata per andare in bagno.

Da qualche tempo, il pomeriggio non voleva piú saperne di dormire. Dopo anni che se ne stava con le mani in mano, aveva iniziato una sciarpa per Valentina. Per Brunella, anzi, come la chiamava lei, e sferruzzava con accanimento, arronzando come se qualcuno le corresse dietro, perché temeva che arrivasse l'inverno e sua nipote morisse di freddo. Una fissazione. Impossibile convincerla a riposarsi.

Ma adesso grazie a dio la sciarpa era quasi finita. Era tutta contenta. Le mancavano solo un paio di giri, quando le era venuto un bisogno improvviso. Aveva poggiato il lavoro sulla sedia e si era avviata verso il bagno col suo passo strascicato, attraversando lemme lemme la stanza senza accorgersi che si stava portando dietro il filo.

Forse, voltandosi, vide la sciarpa tutta disfatta. Vall'a sapere. Ica la trovò accasciata dietro la porta, un paio d'ore dopo, quando si svegliò. Un ictus. Ormai non c'era piú niente da fare.

Il funerale fu rapido. Un trasbordo al cimitero. Una messa. Finito. Valentina non ci andò perché aveva l'influenza. Qualcuno pianse, ma poco. Imma non riuscí a provare dolore. Sapeva che se lo sarebbe conservato per assaporarselo un po' alla volta, come faceva un tempo con la merenda che si portava a scuola.

Capitolo terzo

La statale 106 quella domenica era davvero intasata. Ma non di macchine che portavano in spiaggia le famigliole e le coppiette, perché era novembre, il 23 per l'esattezza, e il tempo del mare era finito anche per gli ultimi smaniosi.
Sotto un sole carezzevole, che col passare delle ore diventava caldo come quello di maggio, avevano iniziato ad arrivare fin dal mattino presto. Chi in autobus, chi in macchina, chi col trattore. Venivano dalla Puglia, dalla Calabria, dalla Campania. Molti anche dal Nord. Giovani che studiavano o lavoravano fuori. Emigranti di lunga data, o i loro figli. E poi gente di ogni età, da ogni paese della Basilicata. Dalla valle del Bradano e da quella del Basento, dal Vulture, dal Pollino, dal Melandro Platano, dal Sinni e dalla Val d'Agri, dalle cittadine indolenti sugli altipiani e dai paesi in collina dove non abitava quasi piú nessuno.
Uomini anziani col cappello di feltro, o con la coppola, oppure coi Ray-Ban e i jeans. Quarantenni in giacca e cravatta. Qualche magrebino. Contadini sdentati. Donne con la borsetta, signore con la messimpiega, ragazze con l'ombelico di fuori. Bambini e bambine coi vestiti della domenica. Mamme coi neonati al seno. Preti. Suore. Maestre. Sindaci e assessori coi gonfaloni dei comuni. Ragazzi dei centri sociali coi capelli rasta che ballavano il dub dietro il furgone dei Brigante Sound System. Mucche, cavalli e asini. Pattini a rotelle e biciclette. Imprenditori con la ban-

diera della Confindustria. Due bambini coi vestiti della cresima che portavano uno striscione con su scritto: *Ci vogliono rubare la primavera.*

Tutti insieme, a formare un nastro umano che si snodava fra i campi autunnali di Terzo Cavone, lí dove cinquant'anni prima i contadini si erano riuniti per andare a occupare le terre dei baroni, e avanzava lento e inesorabile, ostinato e pacifico come un bue da traino. Dall'uscita di Policoro all'ingresso di Scanzano. Erano in centomila. La piú grande processione laica che mai si fosse vista su quelle terre.

Qualcuno sparava miccette e mortaretti, partivano tric trac e abbaiati di cani, slogan e grida come quelle degli indiani, scanditi ogni tanto da una sirena che dava il via a un coro di fischi, a canzoni, a rullare di tamburi e sbattere di ferraglie, e tutto si fondeva diventando un rumore di mare o di terremoto, che scuoteva la terra come la ridarella di un gigante.

Era il giorno della grande manifestazione.

In testa al corteo, dietro gli striscioni dei sindacati, la banda di Montescaglioso suonava l'inno di Mameli. Piú dietro, i Tarantolati di Tricarico ci davano dentro coi tamburelli, saltellando come grilli malgrado l'età non piú verde. Ancora piú dietro, stretta fra un panzone coi Ray-Ban che le spingeva lo stomaco sulla schiena e un giovane palestrato sui cui dorsali muscolosi ogni tanto andava a schiacciarsi il suo naso, Imma avanzava cercando di spostare la soletta interna della scarpa destra.

Le scarpe, imitazione All Star, se le era comprate apposta per la manifestazione, perché ne possedeva solo dal tacco dodici in su, ma non camminavano neanche da dieci minuti che già la soletta si era scollata e le si era arricciata sotto la pianta del piede. Aveva dovuto fermarsi, slacciarsi la scarpa, lisciarla e rimetterla a posto. Ma dopo pochi passi la soletta era tornata a piegarsi, producendo un bordo alto che le si conficcava direttamente nella carne.

Qualche passo piú in là, Calogiuri cercava di farsi largo nella folla per raggiungerla. Poco prima, Imma gli aveva risposto con un sorriso tirato, quando si era informato se ci fosse qualcosa che non andava, perché non le sembrava il caso di metterlo al corrente anche di questo.

Lei aveva continuato eroicamente a camminare, cercando di far finta di nulla, muovendo il piede all'interno della scarpa con un movimento scivolato da twist, oppure saltabeccando da un piede all'altro come per una tarantella, e spostando con la mano la scarpa avanti e indietro senza successi, se non del tutto temporanei. Sotto la pianta le si era già formata una bolla grossa e infernale, di quelle che avrebbe poi dovuto tagliare con le forbicine.

Pietro era ormai parecchio piú dietro, con Valentina, che aveva voluto stare insieme a Bea e ai suoi genitori. Imma si era allontanata quatta quatta perché c'erano anche i suoceri, e quel concentrato, unito al mal di piedi, e alla possibilità di incontrare Maria Moliterni, che la suocera si sarebbe sdilinquita a salutare con mille salamelecchi, era piú di quanto potesse sopportare.

Si era infilata fra la gente di tutte le età, rimontando verso la testa del corteo.

Maria Moliterni aveva finito con l'incontrarla lei, che marciava insieme alle sue amiche, Anna Cecere, Giovanna De Bellis, e altre signore del Rotary. Si erano guardate un attimo, poi si erano salutate, come due nemici che si ritrovano improvvisamente a combattere sotto la stessa bandiera.

Qualche giorno prima il marito della Moliterni, il prefetto, aveva gridato ai manifestanti che se continuavano di quel passo gli avrebbero fatto perdere il posto. Stava lí, infatti, fra l'incudine e il martello, facendosi sotto all'idea che arrivasse l'ordine del ministro di caricare la folla, ma alla fine sua moglie la manifestazione non se l'era voluta perdere.

Al presidio di Metaponto c'era stato un comunicato della polizia.

Di fronte ai giovani e ai vecchi, alle donne e ai bambini che serravano le linee per impedire alle macchine di superare il blocco erano pronte le file della Celere in tenuta antisommossa, giubbotto antiproiettile, casco e scudo sul quale scintillava il sole. Si era fatto avanti uno di loro, un giovane ufficiale di Manduria, che aveva impugnato il megafono. Aveva parlato a nome del sindacato di polizia e dei lavoratori dello Stato.

"Se arriverà da Roma l'ordine di caricare la folla, – aveva detto, – noi disobbediremo".

Piú avanti, Imma aveva incontrato Maria Rosaria Paternoster e Nicoletta Mannarella, due compagne di classe che non vedeva da anni e che dovevano essere rimaste inseparabili da allora. C'era anche Pino Montemurro con tutta la famiglia, la commessa Graziella, Carmela Guarini col notaio Bonanno, Pasquale Manicone, Tonino Miulli, il fruttivendolo del mercato. Quel giorno si salutavano con calore, anche quelli che in genere quando si incontravano voltavano la faccia.

Camminavano tutti insieme sotto il sole che diventava sempre piú caldo. Imma vide sfilare qua e là, seri e composti dietro i loro occhiali scuri, i proprietari dei campi sospetti, quelli che aveva fatto convocare senza cavarci nulla.

A un certo punto avvistò il proprietario del bar di Nova Siri paese, e poi, poco piú in là, Emanuele Pentasuglia. Vestito di bianco smagliante, con le spalle piú dritte e l'occhio piú limpido, come se si fosse scrollato di dosso un po' di disillusione e avesse tirato fuori dall'armadio, insieme alla camicia nuova, anche qualche sogno che per tutti quegli anni se n'era rimasto sotto naftalina.

Sgusciando e sgomitando, Imma gli si avvicinò. Era lei che zoppicava, adesso, mentre lui avanzava dritto e sicuro.

Imma attaccò discorso. Partendo dalla manifestazione, e da tutta quella gente che nessuno si sarebbe aspettato, si mise a parlare di un murales che qualche tempo prima

riferenza al mito di Persefone

aveva visto nel corso di Nova Siri. L'avevano fatto l'altra volta, giusto? Quando c'era stato il campeggio antinucleare negli anni Settanta.
Uno di quelli che l'avevano dipinto era il suo amico. Donato Di Biasi. O doveva dire nemico, visto che l'aveva aggredito? Manolo senza nemmeno accorgersene si fermò. Si fermò anche lei. I manifestanti continuavano ad andare, superandoli come un rivolo d'acqua intorno a una pietra.
Per un attimo, Imma pensò alle processioni dei Misteri eleusini, e a quella gente che qualche secolo prima, piú o meno lí dove si trovavano loro adesso, aveva camminato al suono dei cimbali e dei tamburi, diretta verso il tempio di Persefone per far tornare la primavera sulla terra.
"Pensavamo di cambiare tutto, quella volta, – disse Manolo. – Invece poi il mondo è andato da un'altra parte".
"Era bravo a dipingere, Di Biasi?" chiese Imma.
"Abbastanza".
"Ed è stato incoraggiato a seguire quella strada, vero?"
Manolo annuí. "Il padre voleva che si trovasse un mestiere. L'operaio, o l'impiegato. Io gli dicevo di lasciar perdere, che erano menate. Poi gli arrivò la notizia di quel concorso…"
"Ah, un concorso".
"L'aveva fatto qualche anno prima, ma i risultati si seppero in quel periodo. Aveva vinto un posto alla Provincia. Gli consigliai di non accettare. Di non lasciarsi fregare… Gli dissi anche che nel caso poteva contare su di me, poi però capitò quel viaggio in Sud America. Era cosí, all'epoca, incontravi uno in un bar, partivi dall'altra parte del mondo e non si sa se tornavi. Donato alla fine si è trovato lí, ai salottifici".
"Per questo la denuncia era contro ignoti. Una specie di debito saldato…"
Manolo scosse la testa, la guardò un attimo. "Io non credo nella vostra giustizia, né in questo Stato. Non l'ho

voluto io. Sono un clandestino sulla nave sbagliata. Tanti auguri, dottoressa".

Accelerò il passo e scomparve fra la folla. Imma tentò di seguirlo ma una fitta lancinante al piede la fermò. Calogiuri riuscí finalmente a raggiungerla. Le si affiancò senza dire una parola.

Un gruppo di donne, vicino a lei, aveva attaccato a cantare la canzone del brigante, che era diventata l'inno di quei giorni.

Tutte e paise d'a Basilicata se so' scetati e vonno luttà, pure 'a Calabria mo s'è arrevotata; e stu nemico 'o facimmo tremmà.

Imma vide un uomo robusto, pesante, con una camicia a quadri.

Non era il padre di Nunzio, il signor Festa. Non c'era, lui.

Attaccò a suonare la banda. Firi firi zum zum. Come alla Madonna della Bruna. Come alla Madonna della Sulla. Come alla festa di san Rocco.

La banda suonava e la gente gridava i suoi slogan. Imma pensava.

Nunzio, la notte in cui fu ucciso, era stato minacciato da Carmine, il quale non voleva che frequentasse sua sorella. Il padre di Nunzio era in difficoltà finanziarie, aveva un'ipoteca... Ma anche un pezzo di terra... e aveva pagato l'ipoteca dopo la morte del figlio. E se l'uccisione di Nunzio fosse stata un avvertimento? Se l'uomo avesse rifiutato di prestare il suo podere e l'avessero convinto cosí? L'altro proprietario del campo dove erano stati ritrovati i rifiuti tossici, Mileo, non era terrorizzato? Magari Carmine sapeva, e aveva cercato di proteggere la sorella.

Oppure il padre di Nunzio aveva dato il podere alla mafia, ma poi qualcosa era andato storto, non se l'era sentita, e quelli per vendetta gli avevano ucciso il figlio...

Ondeggiò sulla folla uno striscione con su scritto *Vaffanculo a mamita*. Imma ebbe l'idea, perché a lei le idee venivano in seconda istanza, quando le aveva debitamente digerite. Ecco cosa mancava: la rabbia... Di solito, uno a cui uccidono il figlio prova rabbia, vuole giustizia. A maggior ragione uno come Rosario Festa, un uomo che aveva sempre combattuto. E anche la sua famiglia. Era fra quelle che avevano occupato le terre, negli anni Cinquanta. Lui non si era arreso nemmeno di fronte alla morte della moglie, si era risposato, aveva voluto andare avanti. Adesso invece era muto, non chiedeva giustizia, era come se si sentisse in colpa. Di cosa? Di aver fatto qualche passo falso, o azzardato, che aveva portato alla morte di suo figlio...

Se riuscirò a convincerlo a parlare, pensò Imma, potrò debellare tutto il sistema del riciclaggio clandestino e le connivenze.

Una mano si posò sulla sua spalla. Trasalí. Era Pietro che era riuscito a raggiungerla.

"Com'è che te ne sei andata avanti? Tutto a posto?" le chiese.

"Tutto a posto".

Dalle file dei manifestanti si alzarono di nuovo le note della canzone del brigante. Imma e il marito si guardarono, poi si misero a cantare anche loro. Dopo un attimo si uní anche Calogiuri, che se n'era rimasto con discrezione un paio di file dietro.

Capitolo quarto

Passarono alcuni giorni, perché Calogiuri era andato a Cutrofiano per sistemare le pratiche del matrimonio, e Imma non poteva muoversi da sola, ma quando lui tornò, si decise. Diana era venuta proprio quel mattino a chiederle che fare col fascicolo Festa, e lei, dopo un attimo di indecisione, aveva firmato la proroga per le indagini.

Imma e l'appuntato attraversarono ancora una volta le colline, che adesso erano brune, malinconiche, accoglienti.

Stettero in silenzio per tutto il viaggio, avvolti nel rimpianto di qualcosa che era finito senza mai iniziare, e in un affetto che non serviva a nessuno.

"Ci siamo lasciati con Maria Luisa, dottoressa", fece Calogiuri tutt'a un tratto, senza togliere gli occhi dalla strada, quando erano quasi arrivati.

"E com'è?"

"Non andiamo piú d'accordo".

"Succede".

"Quel concorso da sottufficiale, ho deciso che lo farò".

"Fai bene".

Mentre dalla 106 stavano per immettersi sul sentiero poderale, Imma senza volere pensò qualcosa che non le faceva onore. Calogiuri l'avrebbe vinto, quel concorso, e poi sarebbe partito per il corso, che durava due anni, a Vicenza, o Alessandria, o in qualche altra città del Nord che lui adesso non sapeva nemmeno dove si trovava, e addio. Il pensiero dell'appuntato che le apriva lo sportello della macchina, che la portava in silenzio dovunque volesse, che la capiva solo con uno sguardo dei suoi occhi azzurri, o forse non la capiva, ma era lo stesso, le aveva tenuto compagnia in quei mesi campali piú di sua figlia, di sua madre, di Pietro, di tutte le solide certezze costruite con tanto sforzo nella sua vita, e avrebbe voluto dirgli di fermarsi, di non andarsene, che avevano ancora tante cose da fare, che ne valeva la pena, ma era come la gioventú, che capisci cos'è solo quando l'hai persa.

Pensò a un tratto che stavano facendo insieme quel viaggio per l'ultima volta. Le dispiacque.

La casa dell'ente bonifica aveva il cancello semiaperto.

Nel cortile, a parte i soliti nanetti dall'aria sempre piú disastrata, c'era la macchina di Rosario Festa, con la portiera e il portabagagli aperto, carica di scatole di cartone.

Imma e Calogiuri scesero dall'Alfa in silenzio e perfetta sintonia di movimenti. Tutti quei mesi di sali e scendi, di attese e partenze, di piccole cose da capire al volo, avevano creato fra di loro quello che si chiama affiatamento. E adesso, con quella specie di balletto senza parole, si stavano dicendo addio.

Imma indicò all'appuntato il podere di fronte alla casa: quello che doveva cercare lo sapeva. Erano passati otto mesi, ma se fosse riuscito a trovare qualcosa, avrebbero avuto le prove. Allora Rosario Festa si sarebbe convinto a parlare. E tutto il sistema di stoccaggio clandestino dei rifiuti tossici, o delle scorie magari, sarebbe saltato. Non potendo procedere in maniera ufficiale, bisognava fare cosí, con quello che avevano.

Le tornò in mente quel ritornello che la professoressa le ripeteva tutte le volte: Tataranni si applica ma non ha gli strumenti. Infatti. Non ce li aveva all'epoca e neanche adesso. Ma forse, proprio per questo, aveva imparato a farne a meno.

Calogiuri le disse che i suoi erano contadini, lí a Cutrofiano, e lui di terra qualcosa ci capiva. Se davvero avevano sotterrato quei rifiuti, vai a vedere che magari con un po' di fortuna riusciva a trovarli.

Imma lo guardò allontanarsi, con uno strano rimescolio a cui cercava di non dar peso, quindi si diresse verso la porta dell'abitazione, che era accostata. Bussò, aspettò un attimo, poi entrò.

Dentro, avevano portato via quasi tutto. Per terra, un calzino e una cartolina di Venezia, sfuggiti probabilmente da uno scatolone. Le finestre erano chiuse. Ce n'era solo una aperta, in fondo, dalla quale penetrava una lama di luce che tagliava la penombra.

Il signor Festa era in camera da letto, stava togliendo le ultime cose da un armadio. Quando Imma comparve sulla porta non sembrò sorpreso, non trasalí, malgrado fosse spuntata all'improvviso. Si guardarono per un attimo, in silenzio, poi fu lui a parlare.

"Alla fine ci siamo riusciti a vendere la casa".

La moglie era partita qualche giorno prima. Aveva raggiunto il figlio, in Ucraina. Lui era rimasto per il rogito. Fra due ore doveva andare dal notaio, disse.

Imma gli chiese il permesso e si sedette sulla rete del letto.

Si guardò intorno, nella stanza che fra poco l'uomo avrebbe lasciato per sempre, dopo averla condivisa con la moglie per tanti anni. Le tornò in mente quel pomeriggio di pioggia, quando lei e Calogiuri, proprio lí, accanto al comodino, si erano sfiorati inavvertitamente. Tranne quella donna, Rosario Festa aveva perso tutto. Come doveva essere sopravvivere al proprio figlio? si domandò. Non poteva immaginare niente di piú terribile. Ma proprio quel dolore l'avrebbe spinto a parlare. Sarebbe stato piú forte della paura, pensò. Facendo leva su quello, l'avrebbe convinto a denunciare, a fare nomi. A deporre in tribunale.

Si mise a raccontargli di sua figlia, Valentina. Di come era successo che a un certo punto avevano iniziato a non capirsi. Di come sembrava una cosa stupida, là per là, ma poi tutte quelle cose stupide...

Si spinse fino a parlare di lei e di suo marito, che in quegli anni erano riusciti a superare tanti momenti difficili, e ora all'improvviso tutto quello che avevano costruito giorno dopo giorno, con pazienza e con amore, le sembrava che fosse come un aquilone, di cui uno tiene in mano il filo in una domenica di vento forte.

Perché lo fece? Per guadagnare tempo, mentre Calogiuri cercava i rifiuti tossici. Per mettere l'uomo a suo agio, e convincerlo a confessare quello che sapeva, secondo la collaudata tecnica A. Ma forse, soprattutto, perché quelle cose, quel giorno, aveva bisogno di dirle a qualcuno.

Mentre parlava, Imma guardava Rosario Festa, che aveva finito di svuotare l'armadio e si era messo a sedere su una sedia di fronte al letto. Ripensava a Elena, sua moglie, all'amore che li univa, alla capacità che aveva quella donna di andare avanti, qualunque cosa succedesse. Al suo senso pratico. Rivedeva il ragazzo ucciso, il suo corpo nell'erba, composto come un manichino. E guardava ancora l'uomo. La sua espressione. Di uno che non ha piú niente da perdere.

Tutto era lí, davanti ai suoi occhi. Vicino. Troppo. Come le lettere che ballavano sui fogli e per poterle mettere a fuoco bisognava allontanarsi. Imma desiderò di aprire la porta di quella casa, attraversare a passi rapidi il cortile, salire in macchina con Calogiuri e farsi portare via. Lontano. Da quell'uomo, da quella stanza. Dai suoi dubbi.

"Dottoressa", disse Rosario Festa. Imma si riscosse.

Senza rendersene conto si era ammutolita. Ma che le succedeva? Aveva aspettato per mesi quel momento. Per anni, addirittura. Se riusciva a far parlare l'uomo, non ci sarebbero piú state nella zona insalate con le foglie strane, e forse nemmeno tutti quei morti di cancro. Certi signori si sarebbero ritrovati lí dove avrebbero dovuto stare già da parecchio: in galera. Il suo capo l'avrebbe presa in quel posto. La Macchia avrebbe imparato, e anche tutti gli altri, la Moliterni, i colleghi, la maestra delle elementari che le dava uno schiaffo ogni volta che sbagliava le doppie. La morte del ragazzo ucciso il giorno del compleanno sarebbe servita a riscattare tutto questo. E il dolore di quel padre avrebbe avuto un senso. Allora si decise e iniziò a stringere.

Disse al signor Festa che certe strade sono a senso unico, e una volta che le hai prese non puoi piú tornare indietro. L'uomo annuí. La osservava. Per un attimo Imma ebbe la sensazione di trovarsi dall'altra parte. Che fosse lui a cercare di rubarle i suoi segreti.

"Certi errori si pagano cari", gli disse, guardandolo con intenzione. Si era ricordata il loro primo incontro, e quella frase di Rosario Festa che già allora l'aveva colpita.

"Ma chi non ne ha fatti?" aggiunse.

Si stavano studiando. "A volte non si può agire diversamente, – buttò lí, – ci sono cose piú forti di noi".

Gli leggeva negli occhi un sentimento che si stava facendo strada in mezzo a tanti altri, violentemente.

"È terribile, ma continuare a pensarci non serve. Uno può anche impazzire, cosí. L'unica soluzione è parlare".

Sollievo, poteva essere? Una lunga tensione che iniziava a sciogliersi.

"Dopo, tutto sarà piú facile. Credete che non vi capisco? Avrei potuto trovarmi io al posto vostro. E fare quello che avete fatto voi".

Rosario Festa la guardò come se la vedesse per la prima volta. Lei proseguí.

"Quello che mi direte già lo so, però ho bisogno di sentirlo".

Solo una parete sottilissima da buttare giú, ancora.

"E un'ultima cosa: avete paura per vostra moglie, me lo posso immaginare. Ma vi assicuro che lei resterà fuori da questa storia. Vi do la mia parola, farò di tutto per proteggerla".

Rosario Festa aspettò ancora un attimo, poi si decise. "Dottoressa, conoscete quella cosa, l'Emmepitre?"

L'Emmepitre? Imma ripensò al ragazzo morto, adagiato nell'erba con cura, come da una mano pietosa, e a quelle cuffie da cui veniva fuori quel zm zm. Perché l'Emmepitre adesso? E Calogiuri dov'era? Non poteva piú aspettare. Doveva far parlare quell'uomo. Prima che fosse troppo tardi. Perché ne aveva vista, di gente che se non cogli l'attimo addio. Perché le prove sono importanti, ma ancora di piú quello che riesci a capire guardando chi hai di fronte... Perché...

Disse che i figli sono quello che abbiamo di piú caro. Per quanto li riguarda, non ci perdoniamo niente. A volte ci sentiamo responsabili in prima persona dei loro fallimenti, e di tutto quello che gli può capitare. Sbagliando, perché nessuno può vivere la vita di un altro. Ma è proprio per loro che bisogna avere la forza di spingersi avanti. Il coraggio. E a lui il coraggio non mancava. L'aveva avuto per intraprendere qualcosa, in una terra dove tutti non aspettano che gli aiuti statali. Per assumersi le sue responsabilità, e uscire dal fallimento a testa alta. Per risposarsi, dopo che la sua prima moglie era morta di cancro. Con quella russa, poi, che tutti guardavano di cattivo occhio. Per uscire con lei, mano nella mano, per strada. Forse ne aveva avuto anche troppo, di coraggio, ribellandosi a certe cose che gli altri accettavano con la testa bassa. Ed era stato suo figlio a rimetterci.

"Dovete raccontare tutto quello che è successo. Fatelo per Nunzio. E per i ragazzi come lui. Se no cosa lasceremo, ai nostri figli?"

Rosario Festa, sulla sedia, se ne stava accasciato come un vecchio fantoccio, ma quelle ultime parole sembrarono raggiungerlo. Riuscí a trovare la forza per mormorare qualcosa. "Lo sapevo che avreste capito. Già da quella prima mattina, quando vi ho vista".

Forse lo desiderava, anche. Ci avrebbe scommesso. Ma Calogiuri che stava facendo? Aveva trovato un indizio?

Sarebbe entrato nella stanza, fra poco, per dire che nel campo erano nascoste le scorie? Imma lo sperava. Con tutta se stessa. Puntando i piedi. Con incoscienza e ostinazione. Come un tempo, da bambina, sperava che Babbo Natale esistesse davvero.

Un brivido le corse sulla schiena. Alla fine fu lei che parlò di nuovo. Non sopportava il silenzio.

"Sta cambiando il tempo".

"Magari", rispose infine l'uomo. Aveva fatto troppo caldo, per la stagione, non pioveva da almeno un mese.

"La Madonna della Sulla..."

Imma lo disse quasi senza volere. Le era venuto in mente, prepotentemente, quel santino accanto al ragazzo ucciso. E sua madre, Nunziata, che le metteva in mano cinque euro: tieni a mamma, comprati qualcosa... Gesti affettuosi, maldestri. Pensieri forse inopportuni.

"È lei che si prega per la pioggia, vero?"

Rosario Festa annuí, guardandola negli occhi. Disse che doveva andare di là.

"C'è una cosa che vi voglio far vedere".

Imma non rispose subito. Si studiò con attenzione la punta delle scarpe. Un paio di mocassini col tacco alto, in vernice bordò, che aveva comprato anni prima a una svendita, e sembravano ancora nuovi, tranne un piccolo graffio che si notava appena.

"Vi aspetto", fece infine.

Se avesse dovuto spiegare a qualcuno, magari a uno di quei giovani uditori che ogni tanto venivano a tirocinio presso di lei, perché l'avesse lasciato andare, avrebbe fatto parecchi discorsi, che toccavano svariati argomenti, e tutti per dire un'unica cosa: non lo sapeva.

Rimase nella camera da letto smantellata, guardando la traccia di un quadro che era stato tolto dalle pareti. Chissà cos'era. Dopo poco dietro la finestra comparve Calogiuri che le faceva segno. Imma aprí i vetri. Aveva scoperto qualcosa?

Calogiuri fece sí con la testa, ma non aveva l'aria contenta di chi ha trovato quello che sta cercando.
"Dottoressa, – disse con prudenza, con quel suo tatto che se fosse stato un altro le avrebbe dato ai nervi. – Io ho cercato, mi sono fatto un giro per il podere, per vedere se c'era qualche segno, che ne so, come sono cresciute le piante, o qualcosa sul terreno".
"E allora?"
"Ho trovato un alberello, – disse il ragazzo. – Di limoni. Era piú piccolo di tutti gli altri, come se lo avessero piantato recentemente. L'unico di quella grandezza. Stava un po' staccato dalle altre file..."
"Vabbè, e quindi?"
"Dottoressa, scorie lí sotto non ce n'erano".
"E allora? Il giro, il limone, l'alberello? Calogiuri..."
"Veramente... ho trovato una camicia. A scacchi. E un paio di pantaloni, una canottiera, delle mutande, tutto sporco. Sono stati sotto terra, mi posso sbagliare..."
Imma lo guardò. Quando Calogiuri diceva che si poteva sbagliare, voleva dire che era sicuro al cento per cento. Se no stava zitto.
"Sembra sangue, dottoressa. E c'è anche un coltello".
Fosse stato un altro gli avrebbe chiesto che aspettava, una cartolina di saluti dall'Ucraina o da qualche altro luogo di latitanza? E comunque gli avrebbe detto di correre, prima che quell'uomo saltasse sulla macchina e arrivederci e grazie.
Invece lo guardava e basta.
"Che faccio, dottoressa?" chiese Calogiuri.
Imma raccolse la forza per rispondere, quando Rosario Festa tornò. Il suo corpo massiccio occupò il vano della porta. Guardò lei, guardò l'appuntato.
Si era sbagliata su tante cose, ma su quello no. Lo sapeva che sarebbe tornato.
"Scusatemi, non riuscivo a trovarlo".
L'uomo aveva in mano un album di foto, un po' vec-

chiotto. Si sedette nuovamente e aprí con decisione una pagina dove era incollata una polaroid. Si vedeva lui, molto piú giovane, insieme a una donna bruna e a un bambino, che verosimilmente doveva essere Nunzio. Stavano tutti e tre sull'ottovolante. Ridevano.
"È stato il nostro ultimo giorno di felicità, – disse. – La mattina dopo mia moglie doveva ritirare i risultati di un controllo, niente di importante, credevamo. Se n'è andata in pochissimo tempo".
"Alla Madonna della Sulla vengono le giostre, in paese..." Mentre lo diceva, Imma rivedeva il brigadier Cagnazzo che le parlava tutto fiero della processione.
Rosario Festa annuí e sorrise. "Nunzio aveva attaccato un capriccio per fare ancora un giro. Tutti e tre insieme. Ho detto di no, ne aveva già fatti parecchi. Volevo portarlo via, ma lui si è messo a piangere. E io, non so come mai, ho cambiato idea. Di solito so sempre cosa è giusto e cosa è sbagliato. Invece quella volta... quei dieci minuti di felicità li abbiamo rubati appena in tempo. Ci ho pensato spesso, negli anni che sono venuti".
"E vi portavate dietro quel santino. Non per fede, né per superstizione..."
"Mi ricordava quel giorno".
"Poi l'avete lasciato lí, vicino a Nunzio".
Calogiuri stava dritto, composto. Impassibile, avrebbe detto chi non lo conosceva.
"Quella sera, quando sono tornato dal bar, – disse Rosario Festa, – Elena stava uscendo. Per arrotondare, ogni tanto andava a fare le notti da una signora anziana qui vicino, che stava male e adesso è morta. Anzi, piú che arrotondare, è con quello che vivevamo. La roba che coltivo ci serviva solo per mangiare. Lei non si è mai lamentata, per questo..."
Quindi era cosí. tutto al contrario. Li manteneva lei...
"Le ho chiesto spiegazioni, – proseguí Festa –. Ve l'ho già raccontato. Ma poi sono rimasto solo, e fra le cose che

mi avevano detto al bar ce n'era una che non riuscivo proprio a togliermi dalla testa. Nunzio aveva comprato un giubbotto che costava cinquecento euro. Cinquecento euro? Noi con quei soldi ci viviamo un mese. Certe volte anche di piú. E lui da dove li aveva presi?
Sapete come succede la notte. La testa se ne va per fatti suoi. Piú cercavo di non fissarmi, peggio era. Ecco perché Nunzio si era arrabbiato con Elena. Ecco cos'era importante, per lui.
Mio figlio si comportava stranamente, da un po' di tempo. Entrava, usciva, senza dire dove andava, una notte era rimasto fuori. Chissà che combinava. Perché loro non vogliono lavorare, pensavo, vogliono solo il portafoglio pieno.
Sono andato in camera sua. Forse si era messo in una storia di droga. Forse rubava. Ho cominciato a cercare nei cassetti, negli armadi, e ho trovato quei soldi. Tanti soldi".
Imma rivedeva la tavernetta dove Nunzio aveva fatto la sua stanza, e il gran disordine che lei aveva preso per quello solito dei ragazzi.
L'uomo continuava a parlare. "Che aveva fatto, chi glieli aveva dati? Mi sono ricordato di averlo visto nel silos, che trafficava.
Ci sono andato, anche se ormai era molto tardi. Ho messo tutto sottosopra, e mi sono accorto che aveva usato qualche attrezzo, ma non capivo cosa ci potesse aver fatto. Allora ho deciso di andare a guardare nel casotto che c'è nel podere".
Imma vedeva Rosario Festa che percorreva la stradina poderale, nel buio, convinto di rimettere ogni cosa al suo posto. E avrebbe voluto gridargli di tornare indietro.
"Ma in fondo alla strada è arrivato Nunzio, col motorino, – proseguí l'uomo. – Mi ha visto e si è fermato. Forse si è spaventato, mi avrà preso per un ladro. Gli deve essere sembrato strano trovarmi lí, a quell'ora.
È sceso".
Imma si passò una mano sulla faccia. Stava sudando.

"Da dove hai preso i soldi per comprare la roba che hai addosso? gli ho chiesto. Ha cambiato faccia. Mi ha risposto che non erano fatti miei, che non mi doveva niente, che ero un fallito e lui non voleva fare la mia fine.
Un fallito?
Non sapete quante gliene ho dette. Che noi ci siamo guadagnati tutto, che io ero fallito, sí, ma potevo andare a testa alta.
Mi ha gridato di lasciarlo in pace con quei discorsi, almeno il giorno del suo compleanno. Faceva ventidue anni. Me l'ero dimenticato".
Rosario Festa restò in silenzio. Imma non sapeva se avrebbe trovato la forza per parlare ancora. E forse tutto sommato avrebbe preferito di no.
"Non sapete come mi sono sentito, – riprese invece dopo un po'. – Prima pensavo che era tutta colpa sua, adesso che la colpa era mia. Da tanto tempo non parlavo con mio figlio. Volevo recuperare. Ho cominciato a dirgli di quando era piccolo, e tutte le speranze mie e di sua madre, che avrebbe studiato, sarebbe diventato un professore, o un sindacalista. È sempre stato il mio preferito. Era la prima volta che riuscivo a dirglielo. Mi credete?"
Altroché se ci credeva. Per certa gente dire ti voglio bene, magari solo fra sé e sé, era piú difficile che confessare un omicidio. La conosceva, quella gente. Bene. Benissimo. Troppo.
"Gli sono andato incontro per abbracciarlo, ma lui si è tirato indietro, come per scansare uno schiaffo. Non aveva sentito niente. Aveva in testa le cuffie, non so quando se le era messe. C'era quel zm zm che si sentiva appena.
Non ci ho visto piú.
L'ho afferrato, gli ho gridato che era un ingrato, con me, e con Elena, che l'aveva cresciuto. Lui mi ha guardato in un modo..."
Imma inghiottí.

"È per lei che fai questa scenata? mi ha detto. Credi che me la sono scopata? cosí ha chiesto. Quella parola ha usato. L'ha ripetuto. Ha detto che se l'era proprio scopata. Forse se ne avesse usata un'altra... Io lo sapevo che non era vero, ma la mano mi è andata in tasca, dove tengo sempre il coltello, lo uso per la vigna. È l'ultima cosa che mi ricordo".

Imma, Calogiuri e Rosario Festa restarono ognuno al suo posto, senza guardarsi. Da qualche parte una finestra sbatteva. Quando Imma si decise a parlare, ormai era l'imbrunire.

"È vostra moglie, Elena, che si è occupata di tutto. È lei che ha pensato di pagare l'ipoteca coi soldi che avevate trovato in camera di Nunzio..."

"Sí, ma sono stato io che ho deciso. Eravamo già saliti in macchina per andare dai carabinieri, quando ho capito che non era giusto. L'avrei lasciata nei guai. E lei non se lo merita. Ho messo in vendita la casa cosí almeno avrà qualcosa per ricominciare. Ha raggiunto il figlio, in Ucraina. Lei resterà fuori da questa storia, vero? Me l'avete promesso".

Le ultime parole di Rosario Festa risuonarono distanti, come se venissero da un altro luogo. Le stava scendendo addosso una grande stanchezza. Gli disse che bisognava andarci adesso, alla stazione dei carabinieri, e consegnarsi.

"Se non vado a firmare il rogito sarà tutto inutile, – rispose lui. – Elena resterà fregata un'altra volta. Prima crolla l'Unione Sovietica, e la laurea che si è presa vale come la cartigienica. Viene qui e dopo un po' arriva la crisi. Si rimbocca le maniche per mantenere il marito, e tutti dicono che mi ha sposato per interesse. Vi sembra giusto?"

No, pensò Imma, con sua stessa sorpresa, e le vennero in mente le bilance di Manolo, quelle che fr fr fr con un colpetto si rimettevano in equilibrio.

"Noi ce ne andiamo, – disse. – Consegnandovi spontaneamente potrete contare sulle generiche".

Mentre raggiungevano la macchina, Imma ripensò a un giorno, in quarto ginnasio. Era quasi la fine dell'anno, c'era quel languore che precede l'estate, le veneziane erano abbassate a metà, molte allieve iniziavano a disertare le lezioni. Lei si era presentata volontaria in latino e greco nell'ultimo tentativo di raggiungere la media dell'otto. Aveva sette e mezzo.

La professoressa non doveva aver apprezzato, sicuramente avrebbe preferito restare a sventolarsi e chiacchierare con le ragazze dei progetti per le vacanze. Ma Imma non andava in vacanza.

Era riuscita a rispondere alle domande piú difficili, recitando alla perfezione aoristi e verbi anomali fin quando, saltando da un argomento all'altro, la professoressa non le aveva chiesto un suo commento al ciclo di Oreste. Lí, Imma si era bloccata. Non aveva saputo cosa dire, se non ripetere pari pari le prime frasi del paragrafo di storia della letteratura. Personalmente, le sembrava eccessivo che Oreste venisse perdonato, dalle Erinni che diventavano Eumenidi, dopo aver ucciso sua madre. Ma chi era lei per avere un'opinione? Il voto era stato uno stentato sei meno, e il verdetto della professoressa senza appello: non assimilava ciò che leggeva. Quel giorno Imma si era dovuta arrendere all'idea che malgrado tutti i suoi sforzi, sulla media dell'otto ci poteva mettere la croce sopra. Quel voto rotondo e panciuto, coi due cerchi comunicanti come il simbolo dell'infinito, invece, l'avrebbe preso Guarini, che faceva sempre scena muta.

In quel momento si sentiva nello stesso modo.

Sulla statale 106, mentre Imma e Calogiuri tornavano, c'era un viavai festoso. Certe macchine passavano strombazzando allegramente come quando la squadra del cuore vinceva la partita. Chiesero a qualcuno cosa fosse successo, e vennero a sapere che avevano revocato il decreto sulle scorie. Ma Imma non riusciva a rallegrarsi come tutti gli altri. Mentre Calogiuri guidava, pensava a Rosario Festa che andava dal notaio, firmava il rogito, poi si presentava a La Macchia per dirgli che aveva ucciso il figlio. E questo grazie a lei. Al suo talento di detective e alla sua perseveranza che l'aveva portata a trovare il colpevole. Ma non si sentiva particolarmente fiera di averlo assicurato alla giustizia. Non era quello il caso che voleva risolvere. Lei voleva far saltare quelle alleanze di cui era certa, anche se non aveva tutti gli elementi per provarle, quelle connivenze politiche, quella corruzione, quel male che si irradiava capillarmente da un'impiegata assenteista a un politico colluso, e faceva sí che poi la gente fosse travolta e spazzata via dalla storia. Quel sistema di stoccaggio clandestino che aveva sfiorato e intravisto, che c'era, ne era sicura, ma poi alla fine nella rete cos'era rimasto? A parte Rosario Festa, altri relitti della storia. Donato Di Biasi, che aveva sognato un'altra vita, poi era andato a finire ai salottifici e adesso si prendeva una condanna per l'aggressione a Manolo e per i reperti archeologici. Manolo, che aveva dovuto chiudere il Macondo. Niki Cannone che si sarebbe fatto un altro giro in carcere. Chi erano? Poveracci, analfabeti, gente già condannata in partenza. E lei che voleva giustizia non faceva che ribadire il sistema e consolidarlo. Poi pensava a quegli altri che se ne stavano a festeggiare, mangiando pesce a casa di qualcuno. E si diceva che tutto sommato non era una novità. Forse anche al tempo in cui si spezzettavano pínakes nei templi dei dintorni c'era qualcuno a cui certe cose non andavano giú.

Intanto erano arrivati a Scanzano. La gente era scesa per strada. Qualcuno suonava quella canzone: *Ommo se nasce, brigante se more, ma fino all'ultimo avimma sparà. E se murimmo menate nu fiore e na bestemmia pe' 'sta libertà.*
Nella piazza stavano ammucchiando la legna per i falò. Imma li guardò. Non era gente che aveva caratteristiche

particolari. Non erano persone molto allegre, né avevano grande talento per il commercio, erano testardi, suscettibili, gnugneri, a volta logorroici, però quando si mettevano non mollavano, come certe piante abituate a crescere in terreni impervi.

Come lei.

Pensò a come era andata a finire quella volta, al liceo. Dopo quel voto deludente era tornata al posto senza dire una parola. Mentre le altre, chiacchierando allegramente, iniziavano a raccogliere la loro roba, lei si era messa a sfogliare i libri di latino e greco per cercare di capire cosa avesse sbagliato. Aveva controllato le versioni, le date, le regole e le eccezioni. Nessun errore, non una virgola fuori posto. Poi aveva aperto il libro di letteratura.

In quel momento era suonata la campanella. Le altre si erano alzate tutte insieme ed erano corse alla porta, seguite dalla professoressa che si affrettava dietro di loro a piccoli passi: "Piano ragazze, non vi fate male, mi raccomando studiate un po' durante le vacanze, non abbandonate i libri..."

Lei era rimasta lí, con lo sguardo fisso su quelle pagine di cui capiva poco. Perché le Erinni diventavano Eumenidi? Da furie vendicatrici, divinità benevolenti? Perché Oreste veniva perdonato dopo aver ucciso la madre? Boh. Lei si era sforzata a imparare parola per parola quei concetti oscuri, e li aveva ripetuti tali e quali. Ma non era servito. Tutti i suoi sforzi erano stati inutili.

Aveva pensato che forse era meglio seguire il consiglio che il collegio dei docenti le aveva dato nel primo quadrimestre: passare a ragioneria, che era piú adatta a lei.

Nei corridoi si sentivano scalpitare e vociare gli studenti che si precipitavano fuori. Imma era rimasta da sola, nell'aula che si riempiva di silenzio, mentre il trambusto si faceva sempre piú lontano. Aveva chiuso il libro. Era stato in quel momento che aveva deciso. Non avrebbe cambiato scuola. Quella roba che ora le risultava incomprensibile, un giorno le sarebbe stata chiara. E se l'otto non l'aveva preso adesso, c'era sempre l'anno dopo, e quello dopo ancora.

Cosí aveva continuato il liceo.

All'otto in realtà non ci arrivò mai, ma di cose ne fece e ne scoprí parecchie, e adesso, per esempio, cosa voleva dire il libro di letteratura, perché le furie diventavano benevole, le Erinni Eumenidi, finalmente le sembrava di iniziare a capirlo. E forse aveva a che fare con quel tassello in piú o in meno che uno si ritrova sempre fra i piedi, con quei disegni che non quadrano mai perfettamente, con quegli imprevisti nei quali si inciampa. Chissà.

O forse il tassello mancante era lei, lei la variabile, il contrappeso della bilancia. Aveva avuto un altro sette e mezzo ma non avrebbe rinunciato neanche questa volta. E un giorno, magari, dietro il banco degli imputati...

"Dottoressa", disse Calogiuri.

Trasalí leggermente.

"Oh, scusatemi".

"Ma no, che mi volevi dire?"

"Niente".

Presa dall'entusiasmo dell'idea che aveva appena avuto, mentre lui stava manovrando il cambio, Imma pensò per un attimo di mettere la mano sulla sua, ma non lo fece.

Davanti a loro passò una ragazza, giovane, con la pancia. Sembrava Milena. Rideva.

Per chi mi ha aiutata a oliare i meccanismi, per chi mi ha spiegato come funziona la giustizia, per chi mi ha parlato di come vanno certe cose in Basilicata, per i ragazzi del liceo classico e la loro professoressa, per chi mi ha incoraggiata, per chi mi ha ospitata, per chi mi ha sopportata mentre scrivevo. Grazie a tutti.

Grazie anche all'International Writers and Translators Centre of Rhodes, per i bei giorni passati.

Indice

Prima parte

p. 5	Capitolo primo
16	Capitolo secondo
23	Capitolo terzo
31	Capitolo quarto
36	Capitolo quinto
43	Capitolo sesto
55	Capitolo settimo
62	Capitolo ottavo
68	Capitolo nono
75	Capitolo decimo
81	Capitolo undicesimo
88	Capitolo dodicesimo
97	Capitolo tredicesimo
101	Capitolo quattordicesimo
105	Capitolo quindicesimo
108	Capitolo sedicesimo
114	Capitolo diciassettesimo
120	Capitolo diciottesimo
127	Capitolo diciannovesimo
134	Capitolo ventesimo
140	Capitolo ventunesimo
150	Capitolo ventiduesimo
155	Capitolo ventitreesimo
159	Capitolo ventiquattresimo
162	Capitolo venticinquesimo

p. 174	Capitolo ventiseiesimo
182	Capitolo ventisettesimo
190	Capitolo ventottesimo
199	Capitolo ventinovesimo
205	Capitolo trentesimo
208	Capitolo trentunesimo
212	Capitolo trentaduesimo

Seconda parte

217	Capitolo primo
225	Capitolo secondo
227	Capitolo terzo
234	Capitolo quarto

Stampato per conto della Casa editrice Einaudi
Presso Mondadori Printing S.p.a., Stabilimento N.S.M., Cles (Trento)
nel mese di novembre 2009

C.L. 19103

Ristampa							Anno			
0	1	2	3	4	5	6	2009	2010	2011	2012

T6 0000147319

E1444
CONTE PIANTE
TRA I SASSI
VENEZIA

1 ED - CORALL
EINAUD